LIZZIE OUELLETTE ESTÁ MORTA

e ninguém sentirá falta dela

LIZZIE OUELLETTE ESTÁ MORTA

e ninguém sentirá falta dela

KAT ROSENFIELD

Tradução de Robson Falcheti

ALTA BOOKS
GRUPO EDITORIAL
Rio de Janeiro, 2023

Lizzie Oullette Está Morta

ISBN: 978-85-508-1790-3

Impresso no Brasil – 1ª Edição, 2023 – Edição revisada conforme o Acordo Ortográfico da Língua Portuguesa de 2009.

Dados Internacionais de Catalogação na Publicação (CIP) de acordo com ISBD

R813l Rosenfield, Kat

Lizzie Oullette Está Morta e Ninguém Sentirá Falta Dela / Kat Rosenfield ; traduzido por Robson Falcheti. - Rio de Janeiro : Alta Books, 2023.
304 p. ; 16cm x 23cm.

Tradução de: No One Will Miss Her
ISBN: 978-85-508-1790-3

1. Literatura americana. 2. Ficção. I. Falcheti, Robson. II. Título.

2022-3303 CDD 813
CDU 821.111(73)-3

Elaborado por Vagner Rodolfo da Silva - CRB-8/9410

Índice para catálogo sistemático:
1. Literatura americana : Ficção 813
2. Literatura americana : Ficção 821.111(73)-3

Produção Editorial
Grupo Editorial Alta Books

Diretor Editorial
Anderson Vieira
anderson.vieira@altabooks.com.br

Editor
José Ruggeri
j.ruggeri@altabooks.com.br

Gerência Comercial
Claudio Lima
claudio@altabooks.com.br

Gerência Marketing
Andréa Guatiello
andrea@altabooks.com.br

Coordenação Comercial
Thiago Biaggi

Coordenação de Eventos
Viviane Paiva
comercial@altabooks.com.br

Coordenação ADM/Finc.
Solange Souza

Coordenação Logística
Waldir Rodrigues

Gestão de Pessoas
Jairo Araújo

Direitos Autorais
Raquel Porto
rights@altabooks.com.br

Produtoras da Obra
Illysabelle Trajano
Maria de Lourdes Borges

Assistente Editorial
Henrique Waldez

Produtores Editoriais
Paulo Gomes
Thales Silva
Thiê Alves

Equipe Comercial
Adenir Gomes
Ana Claudia Lima
Andrea Riccelli
Daiana Costa
Everson Sete
Kaique Luiz
Luana Santos
Maira Conceição
Nathasha Sales
Pablo Frazão

Equipe Editorial
Ana Clara Tambasco
Andreza Moraes
Beatriz de Assis
Beatriz Frohe
Betânia Santos
Brenda Rodrigues
Caroline David
Erick Brandão
Elton Manhães
Gabriela Paiva
Gabriela Nataly
Isabella Gibara
Karolayne Alves
Kelry Oliveira
Lorrahn Candido
Luana Maura
Marcelli Ferreira
Mariana Portugal
Marlon Souza
Matheus Mello
Milena Soares
Patricia Silvestre
Viviane Corrêa
Yasmin Sayonara

Marketing Editorial
Amanda Mucci
Ana Paula Ferreira
Beatriz Martins
Ellen Nascimento
Livia Carvalho
Guilherme Nunes
Thiago Brito

Atuaram na edição desta obra:

Tradução
Robson Falcheti

Copidesque
Andresa Vidal

Revisão Gramatical
Fernanda Lutfi
Natália Pacheco

Diagramação
Rita Motta

Capa
Joyce Matos

Editora **afiliada à:**

ASSOCIADO

Rua Viúva Cláudio, 291 – Bairro Industrial do Jacaré
CEP: 20.970-031 – Rio de Janeiro (RJ)
Tels.: (21) 3278-8069 / 3278-8419
www.altabooks.com.br – altabooks@altabooks.com.br
Ouvidoria: ouvidoria@altabooks.com.br

Para Noah, que achou que esta história
parecia uma boa ideia.

PRÓLOGO

Meu nome é Lizzie Ouellette, e, se você está lendo isto, é porque já estou morta.

Sim, morta. Desinfetei o beco, passei dessa para melhor e zefini. Um anjo recém-chegado aos braços do Senhor, se é que você acredita nesse tipo de coisa. Carne fresca para os vermes, se não acredita. Não sei no que eu mesma acredito.

Não sei por que estou surpresa.

É que eu não quero morrer — ou não queria, eu acho, pelo menos não desse jeito. Você está lá uma hora e, na próxima, *puf*, desaparece. É apagada. Eliminada. Com um tiro, sem nem gemer.

No entanto, como tantas coisas que eu não queria, aconteceu mesmo assim.

O engraçado é que algumas pessoas vão dizer que foi mais do que merecido. Talvez não em palavras, ou não tão abertamente. Mas dê tempo ao tempo. Espera só. Um dia desses, talvez daqui a um mês ou dois, alguém vai deixar escapar uma ofensa. Num futuro próximo, no bar Strangler's, naquela hora mágica em que a bebida encoraja, antes que a placa de néon da Budweiser se apague e eles acendam aquelas luzes fluorescentes brilhosas para que o barman veja a sujeira que todos fizeram e esfregue o chão pegajoso, um velho vai atirar as borras da sua quinta, ou sétima, ou décima sétima cerveja e, cambaleante, se levantará, segurando as calças folgadas e dizendo: "Não sou de falar mal dos mortos, mas que se dane: aquela lá já foi tarde!"

E então ele vai arrotar e, trôpego, seguir para o banheiro, onde mijará em todos os lugares, menos no vaso. E sairá dali sem dar muita atenção para a pia, mesmo que suas mãos carreguem a sujeira de um dia inteiro. O velho com manchas nas calças, terra sob as unhas e um mapa topográfico de vasinhos rompidos correndo pelo nariz talvez até tenha uma esposa em casa com um hematoma no olho por conta da última pancada que ele deu nela há uma semana — bem, ele é uma flor de pessoa, obviamente. O herói da cidade. O coração pulsante de Copper Falls.

E Lizzie Ouellette, a garota que começou a vida em um ferro-velho e terminou menos de três décadas depois em uma caixa de madeira? Eu sou o lixo que esta cidade deveria ter descartado anos atrás.

É assim que as coisas são neste lugar. É assim que sempre foi.

E é assim que eles vão falar sobre mim quando o tempo passar. Depois que acreditarem que o meu corpo esfriou sob a terra, ou que virei cinzas espalhadas ao vento. Não importa a morte trágica ou terrível; velhos hábitos não morrem facilmente. As pessoas só sabem bater, especialmente quando se trata do seu saco de pancadas favorito; e mesmo que o saco não esteja mais se mexendo.

MAS ESSA PARTE eu conto depois.

Por ora, as pessoas serão um pouco mais gentis. Pegarão um pouco mais leve. E serão um pouco mais cuidadosas, porque a morte chegou a Copper Falls, e com a morte aparecem forasteiros. De nada adiantaria dizer a verdade, não quando não se sabe quem pode estar ouvindo. Então eles vão apertar as mãos e balançar a cabeça, dizendo coisas como "essa coitada era problemática desde que nasceu", e haverá mesmo piedade em suas vozes. Como se fosse isso e pronto. Como se eu tivesse conjurado problemas já no útero, e eles já estivessem lá, esperando para me alcançar quando eu fosse cuspida para fora. Uma teia que me envolveu e nunca mais se desgrudou de mim.

Como se as mesmas pessoas que agora lamentam pela minha vida conturbada não pudessem ter me poupado de tanta dor. Se tivessem pensado um pouquinho na garota do ferro-velho, oferecido um tiquinho de bondade...

Mas eles podem dizer o que quiserem. Eu sei a verdade e, pela primeira vez, não preciso guardá-la. Não mais. Não daqui onde estou, a sete palmos debaixo da terra; em paz, finalmente. Não fui nenhuma santa, mas a morte tem o dom da honestidade. Então, eis a minha mensagem do além-túmulo, a mensagem que eu quero que você se lembre. Porque ela será importante. Porque eu não quero mentir.

Todos acharam que foi mais do que merecido.

Todos acharam que era melhor que eu estivesse morta.

E a verdade, a verdade que percebi naquele horror derradeiro antes do disparo da arma, é que:

Eles tinham razão.

PARTE I

O LAGO

Pouco antes das dez da manhã de terça-feira, a fumaça vinda do ferro-velho na Old Ladd Road começou a ir para o leste. Àquela altura, o ferro-velho já ardia fazia horas. Sem ser detida, a fumaça formou uma coluna preta, pútrida e ondulante que era possível ser vista a quilômetros — agora, porém, a coluna era uma frente sendo empurrada pelo vento, que ganhava forças. As pontas de seus dedos finos e venenosos se arrastavam pela estrada e penetravam as árvores em direção ao lago. Foi quando o xerife Dennis Ryan enviou seu delegado, Myles Johnson, para desocupar as casas do local. Jurando encontrá-las vazias, é claro. Já se passava um mês do Dia do Trabalho e, com ele, a temporada turística. As noites eram mais longas agora, e mais frias, tingidas pela promessa de uma geada precoce. Naquele último fim de semana, viam-se pequenos caracóis de fumaça da queimada de madeira sobre as casas enquanto as pessoas acendiam suas fogueiras para se aquecerem do frio noturno.

O lago estava calmo. Sem motores zunindo, sem crianças gritando. Nada além do farfalhar do vento, do regato musical de água sob as docas de madeira e de um único pato-mergulhão grasnando ao longe. Naquela manhã, o delegado do xerife bateu em seis casas, seis casas vazias com portas trancadas e garagens livres, até que o discurso que ele preparou acerca da ordem de evacuação se apagou em sua mente por falta de uso. Restavam apenas duas casas quando ele chegou ao número 13, automaticamente revirando os olhos para o nome pintado com *spray* na caixa de correio. Por um momento, até considerou pular essa casa, pensando que, se o incêndio no ferro-velho de Earl Ouellette já era um bom indício, então a filha dele sufocando nas cinzas seria um final e tanto. Apenas por um momento, é claro; ele se asseguraria disso mais tarde, ao afogar o dia em uma garrafa de Jameson, enchendo a cara para embotar a memória das coisas horríveis que viu. Uma fração de momento. Apenas um pontinho no radar mental, e certamente não o suficiente para ter importância, pelo amor de Deus. O que aconteceu com Lizzie havia se dado horas antes de ele saber que desceria a estrada da costa, o que significava que não podia ser culpa dele, mesmo que uma vozinha lá no fundo de sua mente ainda lhe sugerisse o contrário. Quando ele bateu, ela já estava morta.

Além disso, ele de fato bateu na porta. Ele bateu. Orgulhava-se do trabalho e do distintivo que usava. Pular a casa de Ouellette foi apenas um pequeno impulso, um velho rancor que ainda estava lá; ele não cederia a esse impulso. Fora isso, olhando para a caixa de correio, percebeu que era preciso considerar Dwayne, marido de Lizzie. Lizzie podia não estar sozinha em casa — ou podia nem estar aqui. Às vezes, o casal tinha locatários em momentos inusitados. Mais do que às vezes. Se havia alguém disposto a desrespeitar as regras, deixando pessoas permanecerem além da temporada apenas para ganhar mais alguns dólares ao ano, essa pessoa era Lizzie Ouellette. Provavelmente, algumas pessoas na cidade inalaram a fumaça tóxica e, bancando bons advogados, jogariam todos na merda.

E assim ele entrou na garagem vazia do número 13 da Lakeside Drive, pisando em um denso manto de agulhas de pinheiro que soltava sua essência sob os pés dele. Bateu na porta com as palavras "fogo", "perigo" e "evacuação" ainda frescas em sua mente — e então recuou abruptamente quando a porta se abriu à primeira batida. Destrancada, sem nenhuma trava.

Alugar para desconhecidos, fora de época, era a cara de Lizzie Ouellette.

Deixar a porta aberta, não.

Johnson cruzou a soleira com a mão no quadril, destravando a arma. Mais tarde, no bar Strangler's, ele diria aos caras que soube que tinha algo errado desde o momento em que entrou — fazendo parecer um tipo de sexto sentido, mas, na verdade, qualquer um saberia. Havia um cheiro estranho na casa; não estava insuportável, mas rançoso e impregnado de notas fracas e doentes de algo que começava a apodrecer. E isso não era tudo. Havia sangue: um rastro dele, grossos respingos circulares no piso de pinho nodoso a poucos centímetros de seus pés. Vermelho-escuras e ainda cintilantes, as gotículas contornavam o canto do fogão de ferro fundido, escorriam pela bancada da cozinha e terminavam com uma mancha na borda da pia de aço inoxidável.

Abismado, dirigiu-se até lá.

Foi o seu primeiro erro.

Ele devia ter parado. Deveria ter considerado que um rastro de sangue que terminava na pia da cozinha teria um começo que valia a pena explorar antes de examinar qualquer outra coisa. Ele teria visto mais do que o suficiente para saber que algo estava errado, que deveria ligar para pedir reforços e esperar para saber como proceder; que ele não deveria, pelo amor do Senhor, jamais tocar em nada.

Todavia, Myles Johnson sempre teve um traço curioso, do tipo para quem a cautela só vinha depois. Na maior parte de sua vida, isso foi uma coisa boa. Dezoito anos atrás, como o novato da cidade, ele logo ganhou o respeito de seus pares com o bom e velho teste da corda que pendia nos bosques ao norte de Copperbrook Lake, agarrando-se a ela e saltando sem hesitação, enquanto o resto dos garotos prendia a respiração, para ver se a corda não arrebentava. Foi ele quem rastejou para debaixo da casa, para investigar uma família de gambás que lá se estabeleceu; foi ele quem perguntou ao antigo funcionário do correio por que ele não tinha um olho. Myles Johnson enfrentava qualquer desafio, explorava qualquer lugar escuro — e, até aquela manhã, a vida nunca havia lhe dado uma razão para ser de outro jeito. O jovem oficial que estava na casa do lago naquela manhã não era apenas um homem curioso e aventureiro, mas também otimista e motivado por uma certeza subconsciente de que nada de ruim aconteceria com ele, simplesmente porque nada de ruim jamais aconteceu.

E as gotas de sangue escorregadias, aquela mancha sinistra na lateral da pia, eram um mistério que o atraía muito. Avançou, contornando o sangue no chão, os olhos fixos na sujeira da pia — ah, sim, uma sujeira, e a mancha era a menor delas. À medida que se aproximava, dava para ver: não era apenas sangue, mas carne, um respingo de pequenos pedaços e cartilagem também. Havia algo cor-de-rosa, úmido e fibroso espreitando do buraco escuro do triturador de lixo, que emanava um cheiro como o dos fundos de um açougue. E, enquanto Johnson olhava e estendia a mão na direção daquilo, ele sentiu os primeiros sinais de aviso e o sussurro desconhecido de uma voz nova e estranha que dizia: *não meta a mão aí.*

Mas ele não obedeceu.

Foi o seu segundo erro. Aquele que ele se esforçaria para explicar a todo mundo, desde o xerife até a equipe forense, passando pela própria esposa, que ficou semanas sem deixar que ele a tocasse, por mais que esfregasse as mãos — e aquele que, após o fato, ele não conseguia justificar nem a si mesmo. Como explicar? Como explicar que, mesmo naqueles momentos finais, quando tirou a coisa da pia, ele estava apenas seguindo seu instinto de explorador? Como explicar que ele era apenas curioso e ainda estava certo de que nada de ruim viria em decorrência disso?

Afinal, nada jamais decorreu de algo assim.

Na pia, a coisa cor-de-rosa e polpuda reluziu. No quarto do outro lado da casa, uma nuvem de moscas se levantou brevemente, perturbada por uma força invisível, mas as moscas logo voltaram ao seu ofício: em um cobertor úmido, manchado de vermelho e envolto em algo que não se movia no chão. No ar, era mais pungente o aroma sutil da putrefação. E, pouco antes das 11h daquela manhã de segunda-feira, quando a fumaça do ferro-velho em chamas começava a atravessar as casas na enseada mais ocidental de Copperbrook Lake, o delegado Myles Johnson enfiou dois dedos no triturador de lixo e puxou o que restava do nariz de Lizzie Ouellette.

O LAGO

Trinta anos atrás, os bosques em torno de Copperbrook Lake eram propriedade de uma empresa madeireira que, depois de decretar falência, encerrou abruptamente suas atividades. Tudo o que restou foram os esqueletos desmoronados de barracos antigos, a lâmina de serra esquecida, enferrujada e engolida por arbustos de amoras-pretas ou ramos grossos de balsaminas. As clareiras onde eram derrubadas e empilhadas as toras vinham sendo lentamente recuperadas pela floresta, lugares irregulares e estranhos cheios de mudas e de arbustos ao final de estradas de terra esburacadas que davam em lugar nenhum.

Ian Bird não era daqui. Ele virou errado duas vezes por essas estradas, bramindo impropérios nos becos sem saída, antes de encontrar o desvio para a estrada da costa. Saiu da estrada ao chegar à caixa de correio que marcava o número 13, parando atrás de um furgão da equipe forense. Como ele, os técnicos foram convocados pela polícia estadual — o mais rápido possível, mesmo que secretamente já soubessem ser tarde demais para impedir os policiais locais de pisar ali, estragando a cena do crime e enfiando as mãos sem luvas em lugares que não diziam respeito a eles.

Como o triturador de lixo. Jesus Cristo! Bird gemeu alto ao pensar nisso. Foi o pior tipo de erro, mas coitado de quem fez isso. Sem luvas, ainda por cima.

Aquela pequena joia, o nariz decepado na pia, tinha sido noticiada no rádio quando Bird ainda estava a caminho, ou seja, àquela altura, algum intrometido com um *scanner* já tinha espalhado a notícia até a fronteira do condado. Não que realmente importasse. Em um lugar como este, com um caso como este, os detalhes sempre vazavam. Bird nunca esteve em Copper Falls, mas tinha passado um tempo em muitas cidades como esta e sabia como a banda tocava. Os policiais da cidade precisavam lutar contra uma imprensa faminta para proteger as informações; aqui se enfrentava algo muito mais primitivo. As pessoas que viviam em lugares assim pareciam se ligar aos negócios umas das outras em um nível celular, compartilhando segredos por meio de uma espécie de consciência coletiva, que se transferia de sinapse em sinapse tal como drones conectados a uma única colmeia. E, quanto mais suculenta, mais rápido a notícia viajava. Esta história teria cruzado a cidade antes que Bird errasse a primeira curva.

Entretanto, talvez estivesse tudo bem. Quanto mais difundidos fossem os detalhes horríveis sobre o assassinato de Lizzie Ouellette, mais difícil seria que o marido se escondesse. Mesmo amigos e familiares pensariam duas vezes antes de abrigar um cara que decepou o nariz da própria esposa... Se é que foi ele, evidentemente. Ainda era cedo, e era preciso explorar todas as possibilidades — mas havia todas as marcas de uma disputa doméstica, algo profunda e terrivelmente pessoal. Pareciam as peças que faltavam no quebra-cabeça: sem sinais de arrombamento, sem levar objetos de valor. E, claro, havia a questão do rosto mutilado da mulher. Bird viu selvageria como essa apenas uma vez, só que, naquela época, havia dois corpos: um assassinato seguido de suicídio, marido e mulher lado a lado. O homem reservou um machado para ela, guardando a bala para si. Foi um final mais limpo do que ele merecia e uma sujeira irritante para a equipe de investigação. Passaram semanas interrogando amigos, familiares e vizinhos, tentando descobrir o porquê daquilo. Tudo o que diziam era que eles eram felizes ou felizes o suficiente.

Bird se perguntou se Lizzie Ouellette e Dwayne Cleaves eram felizes o suficiente.

Com sorte, pegariam Cleaves a tempo de perguntar ao próprio.

Bird terminou o café, devolvendo o copo ao console do carro, e saiu. O vento tinha mudado de direção, empurrando a fumaça do ferro-velho para o norte, cruzando o lago, mas um leve odor acre ainda pairava no ar. Demorou-se para fazer o caminho até a entrada da garagem, assimilando o cenário — a casa aninhada entre os pinheiros se assomando ao final da curva. Para além dela, o lago resplandecia, as águas agitadas pelo vento. Mais alto que o farfalhar das árvores, ouvia-se o leve arrebentar de ondas batendo na parte inferior de uma doca. O som tinha seu papel aqui. Em uma noite tranquila, daria para ouvir um grito do outro lado do lago, se houvesse alguém para escutar. Mas, ontem à noite, todos os lugares estavam vazios. Não havia testemunhas. Ou o assassino era muito sortudo ou conhecia muito bem o local.

Bird sabia em qual das hipóteses apostaria seu dinheiro.

Com cara de quem estava prestes a vomitar, Myles Johnson estava junto à porta. Afastou-se ao ver o distintivo de Bird e apontou para o corredor, onde meia dúzia de pessoas se aglomerava na entrada do quarto. Bird reconheceu os policiais locais pela postura desconfortável — confusos, mas ainda assim descontentes por ver um estranho entre eles.

Os restos mortais de Lizzie Ouellette jaziam estirados no chão, ao lado da cama. Um dos técnicos se desviou do corpo quando Bird espiou pela porta, oferecendo um vislumbre do cadáver. A visão de um quadril com a parte de baixo de um biquíni vermelho esticada sobre o osso, um ombro desnudo, com a camisa puxada para o lado, o cabelo emaranhado de sangue. Muito sangue — dava para ver manchas na pele e outra que se espalhava pelo tapete. As moscas zumbiam, mas não havia vermes. Ainda não. Ela não estava ali há muito tempo.

Bird examinou a área ao redor da cama, observando a colcha amassada no chão. Mais sangue. A colcha estava manchada, mas não encharcada.

— Ela estava coberta — falou uma voz, e Bird se virou para ver o jovem delegado que o recebera na casa, os ombros largos quase roçando as paredes do espaço estreito. Ele torcia um pano de prato nas mãos, os nós dos dedos brancos de tanta força que empregava.

O cara do nariz.

— Foi você que encontrou o corpo, então?

— Sim. Quer dizer, eu não sabia quando movi o cobertor. Pensei que ela estava, sabe, viva ou…

— Viva — repetiu Bird. — Mesmo depois de ter encontrado o nariz dela na pia? Ainda está lá?

Johnson balançou a cabeça negativamente enquanto uma das técnicas saía do quarto, apontando para o corredor enquanto passava.

— Ele o deixou cair — informou ela. — Nós o ensacamos. Não se parece muito com um nariz.

Bird se voltou para Johnson.

— Tudo bem, oficial. Está tudo bem. Me conte o que viu.

Johnson fez uma careta.

— Fui acompanhando o sangue. Tinha um rastro desde a cozinha, depois que eu encontrei… você sabe. Daí vi o cobertor com mais sangue. Jurava que tinha alguém embaixo. Puxei. Vi o corpo. É isso. Eu não tentei… Digo, só de bater o olho eu soube que ela estava morta.

Bird fez que sim com a cabeça.

— Então ele a cobriu antes de sair.

— Ele? Você diz, tipo… — Johnson sacudiu a cabeça com veemência, apertando o pano de prato. — Não, cara. O Dwayne não teria…

Os olhos de Bird se estreitaram ao som do primeiro nome do marido.

— Ah, é? Cadê o Dwayne, então? Tentou enviar uma mensagem para ele? Ele respondeu?

Bird sentiu uma ponta de satisfação ao ver o rosto de Johnson ficar vermelho. Mencionar a mensagem tinha sido apenas um chute, mas ele acertou em cheio. Johnson e o marido da falecida não eram só conhecidos; eram amigos.

Encostado na parede durante essa troca, o xerife Ryan agora dava um passo à frente, colocando a mão no ombro de Johnson.

— Ei, é uma cidade pequena. Todos nós conhecemos o Dwayne, alguns há muito tempo. Mas ninguém está tentando atrapalhar você. Aqui, todos queremos a mesma coisa, e os meus homens vão lhe prestar qualquer ajuda necessária. Já mandamos um carro para a casa dele e da Lizzie na cidade. Não tem ninguém lá. O Toyota da Lizzie está estacionado aqui atrás, e eles tinham outro veículo, uma picape... não está aqui, então o melhor palpite é que, achando o carro, achamos o Dwayne também. Divulgamos a descrição do veículo. Se ele estiver na estrada, será apanhado mais cedo ou mais tarde.

Bird anuiu com a cabeça.

— Então eles moravam na cidade. E este lugar é o quê? Uma casa de veraneio?

— Earl... o pai da Lizzie... a casa é dele. Ou era. Acho que a Lizzie praticamente tomou posse, deu um trato e botou para alugar. Para pessoas de longe, na maioria das vezes. — O xerife se deteve, deslocando o peso do corpo para a outra perna, com a testa franzida. — Isso não pegou bem entre alguns proprietários.

— Como assim?

— Somos uma comunidade unida. A maioria que tem casas em Copperbrook gosta de fazer negócios de boca em boca, sabe. Indicação entre família, amigos da família, pessoas ligadas à comunidade. Ouellette anunciou esta casa em um site para qualquer um alugar. Como eu disse, não pegou bem. Tivemos alguns problemas. Alguns vizinhos se aborreceram.

Bird arqueou as sobrancelhas, apontando a cabeça na direção do quarto, do sangue, do corpo.

— O quanto se aborreceram?

O xerife captou o tom e endureceu.

— Não como você está pensando. Estou dizendo que, em relação ao pessoal para quem ela alugava, não sabemos quem eram ou no que estariam interessados. Você vai querer descobrir.

Houve um longo silêncio enquanto os homens se entreolhavam. Bird foi quem primeiro desviou o olhar, observando o telefone. Quando falou novamente, manteve o tom suave.

— Vou investigar tudo o que for relevante, xerife. Você mencionou o pai da vítima. Ele mora na cidade?

— No ferro-velho. Ele tem um trailer lá, ou tinha. Duvido que tenha sobrevivido ao incêndio. Céus, não dá para imaginar... — O xerife meneou a cabeça, e Myles Johnson olhou para as mãos, que não paravam de torcer o pano de prato. Bird pensou que o troço logo rasgaria.

— O incêndio — disse Bird. — Aconteceu onde fica a casa do pai? Que maldita coincidência.

— É por isso que eu estava aqui. O vento subiu, e eu vim pedir às pessoas que evacuassem — comentou Johnson. — Mas a porta...

— Bird? — Um técnico forense enfiou a cabeça para fora do quarto, fazendo um gesto com o dedo. Bird assentiu e fez o mesmo movimento para Johnson.

— Vamos dar uma olhada nela. Me leve até lá.

UM MOMENTO DEPOIS, ele estava ao lado do cadáver, lendo em voz alta as notas preliminares que alguém tinha rabiscado a fim de que passassem pelo seu crivo.

— Elizabeth Ouellette, 28 anos... — Ele olhou do bloco para o corpo, fazendo uma careta. O nome estava escrito em letras legíveis, mas o rosto era irreconhecível. Deitada de lado, a mulher tinha os olhos opacos e entreabertos sob as mechas de cabelo ruivo encharcadas de sangue. Os olhos eram a única parte que ainda se parecia com antes; abaixo via-se tudo triturado, uma verdadeira "torta de cereja", como diriam alguns do quartel. O nariz era o de menos. Quem matou Lizzie Ouellette colocou o cano de algo grande sob o queixo da mulher (talvez a espingarda que tinha desaparecido, registrada em posse na casa que ela compartilhava com Dwayne Cleaves) e puxou o gatilho. A bala arrancou a mandíbula, devastando os dentes e explodindo a estrutura do crânio antes de sair pela parte de trás da cabeça. Um único dente molar perolado sobressaía da sujeira, um branco impossível, perfeitamente intacto.

Com uma expressão de assombro, Bird desviou o olhar, concentrando-se no resto do cômodo. Havia um respingo na parede, fragmentos de ossos e de cérebro, mas ele ainda estava impressionado com o aspecto do lugar. Alguém — a mulher que se encontrava morta a poucos metros dele, supunha — tinha cuidado da decoração. Via-se um tapete oriental puído, mas elegante, no pé da cama, de um azul de tom desbotado que ecoava nas cortinas, emoldurando a janela, e na colcha, agora manchada de sangue. Um par de lindos abajures de latão, ou algo parecido, nas mesinhas de cabeceira. Uma pilha de livros antigos artisticamente dispostos na cômoda. Casas do lago eram quase sempre um depósito de móveis que não ornavam, troféus de caça antigos, travesseiros com a estampa de frases como FUI PESCAR — a própria família de Bird já tinha alugado uma casa perto da fronteira que parecia ter a cabeça de um cervo brotando em todas as superfícies verticais. Este lugar, porém, era algo de revista. Ele precisaria localizar todos os sites em que Ouellette tinha anunciado a casa, mas já imaginava como ela deve ter chamado a atenção das pessoas da cidade que queriam sair de férias.

Bird se virou, curvando-se para o corpo. *Torta de cereja*, pensou de novo. Encontraram a carteira, os cartões de crédito e a habilitação da falecida em uma bolsa na cômoda, mas o rosto era um problema. E uma interrogação. Ele olhou em volta do quarto, dos técnicos até o xerife e Johnson, que agora sussurrava com outros dois homens mais jovens que provavelmente eram também policiais locais.

— Quem fez a identificação? — perguntou Bird, mudando sutil e repentinamente a energia no recinto. Uma quietude irrequieta, a rápida troca de olhares entre os homens. O silêncio durou tempo demais, e ele se endireitou, irritado. — Johnson? Xerife? Quem fez a identificação? — repetiu.

— Foi, hã, um esforço conjunto, por assim dizer — respondeu um homem loiro que Bird não conhecia. Johnson olhou para o chão, mordendo o lábio.

— Esforço conjunto — repetiu Bird, e houve mais silêncio, mais olhares trocados, antes de Johnson dar um passo à frente e estender um dedo para o corpo.

— Ali está — falou. Bird seguiu o dedo apontado e viu. Aquilo tinha lhe escapado em meio a todo o sangue e as moscas gordas e escuras. A camisa da morta estava revirada até o pescoço, e via-se na curva interna de um dos seios uma bolha escura do tamanho de uma mosca-doméstica, mas sólida. E estática. A nuvem de moscas ascendeu e pairou; o ponto permaneceu. Ele semicerrou os olhos.

— É uma verruga?

— Sim, senhor — respondeu Johnson. — Marca de nascença. É a Lizzie Ouellette, sem sombra de dúvida.

Bird franziu a testa e pestanejou, não gostando nada da sensação de ter perdido alguma coisa, ainda menos da mudança de energia no quarto.

— Você tem certeza disso? — perguntou, percebendo que Johnson não era o único a assentir com a cabeça. Olhou para os outros homens. — Todos vocês? Todos vocês sabem como é o seio da Elizabeth Ouellette?

Johnson tossiu, ruborizado.

— Todo mundo sabe, senhor.

— Como?

A questão pairou no ar, e a ficha de Bird caiu: os homens seguravam o riso. Risadinhas eram instintivas, mesmo agora. Ele podia vê-los quase tremer com o esforço para contê-las.

Ninguém quer falar, pensou.

Entretanto, por incrível que pareça, alguém falou. O policial aloirado, com a boca um pouco torcida — não sorrindo exatamente; ninguém poderia acusá-lo de sorrir —, olhou diretamente para Bird e respondeu:

— Como é que você acha que sabemos, cara?!

Não foi uma pergunta.

Bird soltou um suspiro e foi trabalhar.

A CIDADE

Era pouco antes das dez da manhã, o Sol refletia nas janelas que davam para o sul, quando o casal na mansão multimilionária em Pearl Street finalmente começou a se mexer. Ela acordou primeiro, o que era incomum. Durante toda a vida, Adrienne Richards foi relutante em acordar cedo, despertando com uma longa série de chutes, gemidos e falsos começos. Agora, a mulher deitada em casulo na cama *king-size* acordou num piscar. Olhos fechados. Olhos abertos. Como Julieta despertando em sua tumba — só que com lençóis de algodão egípcio, com no mínimo 1.200 fios, no lugar de uma lápide de mármore.

Lembro-me bem de onde eu devo estar,

E aqui estou.

Onde está meu Romeu?[1]

1 Trecho de *Romeu e Julieta,* de William Shakespeare. Tradução de Barbara Heliodora. [Ed. especial]. Rio de Janeiro: Nova Fronteira, 2011. (Saraiva de bolso) [N. da T.]

Ela poderia ter rolado para vê-lo, mas não era preciso; dava para senti-lo ao seu lado, ouvir a respiração lenta e constante que indicava que ele ainda dormiria por uma hora, a menos que desse uma sacudida nele. Apenas uma das muitas coisas que ela sabia por instinto, depois de quase dez anos de casamento. Ela conhecia o som e as nuances da respiração dele melhor do que da própria.

Era preciso sacudi-lo, é claro. Mais cedo ou mais tarde. Não podiam dormir o dia todo. Havia coisas a serem feitas.

Lembro-me bem de onde devo estar.

Ela lembrava.

Ela se lembrava de tudo.

Havia tanto sangue.

Todavia, por vários longos minutos, ela ficou acordada sem se mover, contentando-se em vagar os olhos pelo quarto. Não era difícil ficar imóvel; o gato, um macho grande e cinza com olhos verdes e pelo sedoso, tinha se acomodado na dobra de seu corpo durante a noite e, aquecido, ronronava sobre ela, cujo rosto repousava em um travesseiro limpo e macio. O quarto foi pintado com um lindo azul-escuro — Adrienne passou por uma fase de terapia de cores, e essa cor prometia promover o bem-estar, a qualidade do sono e a melhoria do sexo — e de quebra tinha cortinas que, mesmo agora, nesta última hora antes do meio-dia, sombreavam como veludo os cantos e as fendas, acumulando-se sob o móvel. O vestido que ela usou na noite anterior estava largado no lugar onde ela o tinha tirado — um erro estúpido; provavelmente seria preciso mandar lavá-lo —, mas, tirando isso, o quarto estava perfeito. Simples. Um brinco. Os toques pessoais se restringiam a uma prateleira próxima que sustentava a estatueta de uma dançarina de balé, um par de brincos de safira deixados em um pires e uma fotografia emoldurada dos então recém-casados Sr. e Sra. Richards no dia do casamento. Uma memória de tempos mais felizes. Loira e magra, Adrienne era só sorrisos em um vestido branco de seda; Ethan, alto e de ombros largos, já ostentava um corte de cabelo bem rente, para disfarçar as entradas. Ele tinha 34 anos no dia do casamento. Era 12 anos mais velho que ela, que se casava pela primeira vez; ele, pela segunda.

Não que desse para saber só de olhar para a foto, pensou ela. Ambos pareciam radiantes e felizes, emocionados com a novidade. Recém-casados no início de uma vida inteira juntos, para sempre.

Ela invejava aqueles dois. O jovem casal na foto não tinha ideia do que estava fazendo. Um horror para além da imaginação, só que ela não precisava imaginar. Aconteceu, e, nas poucas horas que dormiu, gravou-se na memória com detalhes vívidos e terríveis. Noite passada... Ela estava em choque, supôs, e ele também, naquela longa viagem para casa. Os dois sentados, em silêncio, atordoados, à medida que tudo desaparecia no retrovisor: a cidade; o lago; a casa e tudo nela.

O corpo.

O sangue.

Havia tanto sangue.

Mas foi fácil sentir, à medida que os marcadores de quilometragem brilhavam no escuro e os eventos da noite se distanciavam deles, que tudo não passava de um sonho ruim. Mesmo o regresso para casa não parecia totalmente real. No trajeto, ela colocava a cabeça para fora da Mercedes, olhando para o bosque, e tudo o que pensava é que estavam quase em casa. Agarrou as chaves e foi até a porta, a boca tensa e comprimida, o marido ao seu lado com ar sinistro. É provável que tenham se falado em algum momento, mesmo que apenas para concordar em deixar uma discussão mais densa para o outro dia, mas tudo o que ela se lembrava era do silêncio. Ambos caminhando cautelosos pelo corredor escuro, chegando até o quarto, nem mesmo se preocupando em ligar a luz. Ela chutou os sapatos para longe, abriu o zíper do vestido e, despindo-se, entrou debaixo dos cobertores. A última coisa de que se lembrava foi olhar para o escuro e pensar que nunca pegaria no sono, que seria impossível.

Mas ela adormeceu.

Não podia mais ficar parada.

O gato lançou um olhar de desaprovação quando ela se movimentou, saltando para o chão ao vê-la deslizando do edredom. Ao lado dela, o marido se mexeu. Ela se deteve.

— *Tá* acordado? — sussurrou ela. Em tom manso. Testando.

As pálpebras tremularam, mas permaneceram fechadas.

Deixando o marido dormir, ela saiu do quarto, os braços cruzados sobre os seios desnudos, seguindo o gato até a cozinha. Encolheu-se ante a luminosidade que atravessava as janelas. O lugar dava para uma bela vista do bairro, mas, céus, como era claro. Todo aquele vidro, janelas intermináveis, as fachadas de pedra das casas do outro lado da rua reluzindo ao Sol. Era ofuscante. Acima das ruas estreitas, o céu se estendia azul e limpo.

Faminto, o gato contornou suas pernas, miando. Ela precisaria cancelar a babá do gato.

— Tudo bem, amigo — falou mansinho. — Vamos providenciar seu café da manhã.

ELA TOMAVA CAFÉ NA BANCADA, agasalhada com um suéter e digitando no notebook, quando o marido apareceu no fim do corredor. Ouviu-o sair da cama vinte minutos antes, mas a porta tinha permanecido fechada; houve um breve silêncio seguido do som de água corrente. A princípio, ela ficou atordoada. Da cama para o chuveiro, como se fosse apenas uma manhã normal. Como se não houvesse conversas urgentes no caminho. Então, a surpresa cedeu lugar ao alívio. Havia coisas piores que um homem poderia fazer sob tais circunstâncias do que aderir à própria rotina. Significava que ele estava sabendo lidar.

Ele parou no mesmo lugar onde ela tinha parado, olhando para a vista através das janelas. Estava usando um moletom surrado da faculdade e tinha se barbeado. Havia pedaços de papel higiênico grudados no seu rosto; um pedacinho caiu enquanto ela observava, repousando na gola surrada do moletom. Ela pigarreou. Hora de tratar do que importa.

— Oi.

O marido se virou lentamente ao som da voz. Os olhos estavam vermelhos — *por falta de sono,* pensou ela. Era o que ela esperava. Certamente, ele não tinha chorado. Olhou para ele, mas não foi possível interpretar sua expressão.

— Vem cá. Fiz café.

Ela apontou um dedo para o armário ao lado da pia. Ele o abriu como se estivesse atordoado, retirou uma caneca e se sentou ao lado dela.

— Fiz lambança. Eu me cortei — comentou ele com a voz grave. — Vai sair sangue o dia todo.

— Tudo bem — respondeu ela. — Hoje você vai ficar em casa mesmo. Fora de vista. Não sei quanto tempo a gente tem. Marquei alguns compromissos e saio dentro de uma hora, para ver quanto tempo levamos para organizar as coisas. Está bem?

Ele repousou a caneca.

— Do que você *tá* falando?

— Acharam o corpo dela.

Toda a cor se esvaiu do rosto do marido.

— E ele?

Ela balançou negativamente a cabeça, inclinando-se para ler em voz alta.

— Contamos com a ajuda da população para localizar o marido de Ouellette, Dwayne Cleaves — reproduziu ela. — Quem tiver informações blá-blá-blá. Tem um número para ligar. É isso.

— Droga! Mas como? Como é que podem...

— O incêndio no ferro-velho — respondeu, calma. — A fumaça subiu esta manhã. Devem ter ido lá, para garantir a evacuação. Mas vai ficar tudo bem...

Ele não estava escutando. Balançou a cabeça, batendo a mão aberta na bancada.

— Droga. Droga, droga, droga. Caramba, por que é que você precisa...

Ele ergueu os olhos, viu a expressão da esposa e decidiu não terminar a frase.

— Vai ficar tudo bem. Entendeu? Vai ficar tudo bem. Está tudo bem. Pegaram a pista certa. Dwayne Cleaves matou a esposa e agora ele está fugindo.

Longo silêncio.

— Eles vão encontrá-lo — disse ele finalmente.

Ela fez que sim com a cabeça.

— Mais cedo ou mais tarde. É bem provável. Mas quem sabe quando? Você viu o que eu vi. Pode demorar muito tempo.

— Então, o que fazemos?

— Nós? Nada. Você fica aqui. Fora de vista. Vou buscar o dinheiro, e depois bolamos um plano. Um plano de verdade. Tivemos sorte, mas quero ser inteligente, mesmo que leve alguns dias. Está tudo bem. Não precisamos correr, não quando não tem ninguém na nossa cola.

Agora ele a odiava. Ela podia sentir o ódio emanando dele, podia ver a tensão vibrando na mandíbula enquanto cerrava os dentes. Ele sempre odiava quando ela adotava esse tom, o que não deixava dúvidas de quem, na opinião da esposa, era a inteligência do casal. *Bem, ferrou,* pensou ela. Ela era inteligente. Sempre foi e ela sempre soube, quer pessoas como o marido reconhecessem ou não. E, se precisasse irritá-lo para lembrá-lo do que estava em jogo e quem estava no comando... Bem, ela preferia o orgulho ferido dele a outras alternativas. Aquele olhar com olhos vermelhos e assombrados de quando ele saiu do quarto, olhando para as janelas como se não soubesse quem era ou onde estava — não, ela não tinha gostado nem um pouco daquilo. Se ele não segurasse a barra, os dois estariam ferrados.

— E se a polícia aparecer? — indagou ele finalmente.

— E por que isso aconteceria?

Ele deu de ombros, olhando para baixo.

— Sei lá. A Mercedes? As pessoas vão se lembrar de ter visto o carro, se é que viram. Placa de fora do estado, fora de temporada, um carrão luxuoso *pra* caramba que chama mais atenção do que mosca no leite. Ainda mais depois daquela besteira no mercado, no ano passado. Você e o maldito iogurte? Eles vão se lembrar e vão vir fazer perguntas e...

— Então vou dizer a eles o que eles precisam saber — cortou ela, com um olhar fuzilante. — Eu vou dizer a eles. Olhe para mim. Olhe para mim. — Ele olhou. Por vários segundos fitou a esposa fixamente. Ela colocou a mão sobre a dele e falou com convicção feroz: — Estamos muito perto de terminar. Você só tem que me deixar cuidar de tudo.

Finalmente, ele assentiu com a cabeça. Acreditava nela, dava para ver no rosto dele. Mas o olhar perdido... ele ainda estava lá também. Ela soltou um suspiro.

— Diga. Não podemos nos dar o luxo de jogar este jogo, não agora. Diga o que quer que não esteja dizendo.

Ele olhou para a xícara de café. Mal tinha tomado, e agora estava frio.

— É que... — Afastou-se e endireitou os ombros. — Eles vão descobrir o que fizemos.

Ela balançou a cabeça, furiosa.

— Não vão.

Ele suspirou, girando o anel no dedo, o que sempre fazia quando estava nervoso. Ver isso partia o seu coração, mas ela precisava ser firme.

— Ouça bem — ordenou. — Lizzie e Dwayne estão mortos. Acabou. Não há mais nada que a gente possa fazer. Mas estamos vivos. Temos um futuro. E temos um ao outro. Está bem? Você precisa confiar em mim.

Os ombros do marido cederam, e os dela também, aliviados. Ele estava concordando com ela, do jeito que sempre fazia, do jeito que ela sempre sabia que ele faria. Mas ainda havia assombro no seu olhar, e, quando ele falou novamente, ela quase gritou.

— Não consigo parar de pensar — confessou ele, e ela se inclinou para frente, agarrando os ombros dele, sem condições de suportar.

— Pare.

Mas estava além das forças dele. A imagem sempre vinha. As palavras escaparam sussurrantes, e o ar na casa pesou pavorosamente.

— O jeito que ela olhou para mim.

04

LIZZIE

Só para constar, eu nunca dei para aquele cara.

Você sabe bem de quem estou falando. Aquele que não se conteve diante do cadáver ensanguentado de uma mulher agredida e assassinada, gabando-se com os caras da cidadezinha de já terem visto os peitos dela antes. Gente fina esses rapazes de Copper Falls. De verdade. Especialmente aquela linhagem. A combinação perfeita de grosseria e timidez que já se tornou famosa. Alguém que estava lá disse a alguém que não estava: *você não vai acreditar no que o Rines disse para aquele tira* — e, em pouco tempo, as pessoas estavam repetindo aquilo pelo condado como um bordão. Você se lembra, *né*?

— *Como é que você acha que sabemos, cara?!*

Misericórdia.

Você deve achar que eu estava brincando. Ou exagerando, iludida, apenas sendo dramática. Tudo bem; já ouvi isso antes. É coisa da cabeça dela. Ela só quer atenção. Todo mundo sabe que a *Ouellette é um lixo.* Evidentemente, estamos falando dos cidadãos de bem que frequentam a igreja. Sal da terra, gente trabalhadora da Nova Inglaterra. É difícil acreditar em tamanha crueldade até presenciá-la com os próprios olhos.

Mas agora você presenciou. Agora você sabe. Visite a bela Copper Falls! Onde o ar é limpo, a cerveja é barata, e os policiais locais vão maldizer uma garota na cena do seu próprio assassinato.

O nome dele é Adam Rines. O loiro que estava praticamente com um sorrisinho no canto da boca, o Senhor Como É Que Você Acha Que Sabemos? E, apesar do que ele quer que todo mundo acredite, eu nunca dormi com ele. Nunca dormi com nenhum deles, exceto Dwayne, e foi diferente e mais tarde. Muito mais tarde. Fazia uns bons cinco anos então, desde aquele início de verão, as telhas úmidas e mofadas da cabana entre as minhas omoplatas, seis meninos horrorosos buzinando nos meus ouvidos.

Como é que você acha que sabemos, o meu rabo.

Eu vou dizer como. Ou você pode até adivinhar. Só precisa de um pouco de imaginação. Tipo assim: imagine que você tem 13 anos. Pesa uns 40 quilos e ainda não é uma mulher, mas também já não é mais uma garotinha. Imagine seu corpo, os braços desengonçados e os joelhos para dentro, e seus cabelos, uma bagunça ruiva sempre suja e escorrida, as pontas desniveladas onde você mesma teve que meter a tesoura. Imagine a ignorância: uma mãe morta há muito tempo, e um pai que simplesmente não entende, não percebe que uma menina de 13 anos já tem idade para precisar de um sutiã, uma caixa de absorventes e uma conversa que explique as mudanças no seu corpo. Ele não vê que você está crescendo.

Mas todo mundo vê. Veem o que está acontecendo com seu corpo. Veem isso antes mesmo de você.

Imagine.

Eles me alcançaram no último dia de aula enquanto eu voltava para casa de bicicleta, quase dois quilômetros de poeira, a mochila tão pesada que eu precisava descer da bicicleta e seguir andando toda vez que chegava em uma ladeira. Havia meia dúzia deles. Alguns eram mais velhos, todos maiores que eu. Larguei a bicicleta na estrada, a roda dianteira girando. Corri até a floresta e tentei me esconder entre as árvores, mas eles me pegaram. É claro que me pegaram. Até me achei sortuda, porque só puxaram minha camiseta sobre a cabeça.

Sempre tive aquela verruga. Não dava para não ver; o alto-relevo, um ponto preto na pele. Eu sabia que era feia — mesmo assim, tinha o cuidado de não deixar as outras meninas verem quando a gente trocava de roupa no vestiário depois da aula de ginástica —, mas não havia nada que eu pudesse fazer para escondê-la naquele dia, apoiada contra a cabana desmoronada floresta adentro, os braços buscando proteção, e um garoto forçando cada lado dos meus ombros. Eu não conseguia nem ver além da bainha da camiseta esticada sobre o meu rosto, úmida de suor e de saliva. Eu não usava nada por baixo, e um deles meteu o dedo na mancha escura abaixo do meu peito com tanta força que machucou. Ele soltou uma interjeição de nojo.

Todos viram. E aqueles que não viram, como Adam Rines, ouviram a respeito. Minha verruga era como uma lenda local, um conto repetido que crescia como a carpa pré-histórica gigante que supostamente vivia nas profundezas de Copperbrook Lake. Ainda me lembro da primeira vez com Dwayne, quando tirei o vestido e fiquei como ele queria, despida, deixando que olhasse para mim. Ele encarou aquele ponto escuro e falou: "Pensei que fosse maior." No que eu emendei: "É o que dizem por aí", o que para mim era uma resposta para lá de espirituosa, mas Dwayne não riu.

Dwayne nunca ria das minhas piadas. Algumas pessoas me achavam engraçada, mas não era o caso de Dwayne Cleaves. Meu marido era como muitos homens, sempre alardeando como ele amava a comédia, mas sem um pingo de senso de humor. Todas as piadas, exceto as mais idiotas, passavam batido, e ele curtia mais as que eram sempre à custa alheia. Ele amava, *amava de paixão*, aqueles programas de rádio que passam trote, em que os apresentadores infernizam alguém contando uma história falsa, deixando a pessoa ainda mais irritada e só esclarecendo a situação depois que o coitado já perdeu completamente a cabeça. Céus, que dó daquele povo. Não que sob tais circunstâncias eu possa bancar a conselheira sentimental, mas isso lá se parece um bom-partido? Não se case com ele. Porque ele é um idiota, e você provavelmente deve mandá-lo cair fora.

Claro que eu não era inteligente o suficiente para seguir o meu próprio conselho. Não que eu tivesse opções. Os meninos não estavam exatamente batendo na porta do trailer do meu pai para me levar a encontros ou me dar um anel de diamante. Dwayne nunca teria admitido que estávamos juntos se não fosse pelo que aconteceu naquele verão após a formatura, e dava para sentir a vergonha saindo de seus poros — aquela humilhação que faz você ter vontade de colocar a cabeça num buraco, todo mundo também com vergonha por você. O ar pesou no dia do casamento. As pessoas olharam para os próprios pés e fecharam a cara quando ele disse "aceito", como se tivesse acabado de mijar nas próprias calças, ali mesmo. Isso é ser uma Ouellette em Copper Falls: só de estar ao seu lado é constrangedor. Como aquelas tristes domésticas indianas. Intocáveis.

Intocável, mas dá para comer, e é por isso que toda essa bagunça termina do jeito que termina.

A polícia também não vai ouvir nada disso. Os homens que vieram colher provas e interrogar saberão apenas meia verdade — ou mentiras deslavadas de pessoas como Adam Rines —, e eu não deixei um diário esclarecendo as coisas. Talvez devesse ter deixado. Talvez as pessoas realmente me escutassem agora, da maneira como nunca escutaram quando eu estava viva. Talvez até entendessem.

Eu não começaria pelo início. Nem me lembro do início. Algumas pessoas afirmam ter memórias do passado, memórias claras e nítidas, pequenos vislumbres de suas vidas aos 2 ou 3 ou 5 anos. Para mim, são apenas um borrão. Em parte é porque nada mudou: o trailer, o ferro-velho, os bosques ao redor. Meu pai dormindo naquela porcaria de poltrona diante da TV antiga com antenas em V. O acre da cerveja derramada na noite anterior. Dia após dia, semana após semana, ano após ano. A única maneira de saber se uma memória é de antes ou de depois é que às vezes minha mãe está lá, em segundo plano. Não me lembro mais do seu rosto, mas tem a forma dela. Cabelos ruivos que começavam a acastanhar. E a voz áspera e sombria como os cigarros que ela sempre fumava — embora eu também não me lembre de vê-la fumando. Talvez ela nunca tenha fumado na minha frente. Ou talvez eu tenha me esquecido. Lembro-me, sim, do meu pai dando um soco na parede do trailer, abrindo um buraco, na noite em que minha mãe derrapou na estrada que liga Copper Falls a Greenville, indo tão rápido que sobrevoou o gradil e mergulhou no mato. Morreu com o impacto. Dirigia muito rápido. Bêbada também. Meu pai nunca me contou essa parte, mas todas as crianças da escola sabiam, e elas estavam na idade certa para serem cruéis. Foi um dia emocionante em Falls Central quando alguém do quinto ano da Srta. Lightbody percebeu que meu sobrenome, "Ouellette", rima com "boquete".

Lembro-me dos dois policiais estaduais junto à escada do lado de fora, um atrás do outro, segurando o chapéu no peito. Na academia, provavelmente, eles aprendem a nunca dar más notícias com o chapéu na cabeça. Será que o xerife Ryan vai tirar o chapéu quando contar ao meu pai que eu morri?

Talvez eu não queira contar essa parte, afinal.

E não quero que você pense que a minha vida foi ruim. Não foi. Meu pai me amava, sim, o que é mais do que algumas pessoas podem dizer. Ele me deu o que podia, e os erros, ele cometeu por ignorância, não por maldade. Mesmo quando estava bêbado, e ele enchia a cara mesmo, nunca levantou uma só mão ou disse uma palavra cruel. Muitas pessoas me machucaram na vida — cruzes, eu me casei com um homem que quase não sabia fazer outra coisa —, mas o meu pai, não. Aquela casa no lago, aquela onde eu morri? Comprou de Teddy Reardon por uma bagatela no ano seguinte ao do acidente da minha mãe. Comprou a casa para mim, e, depois de uns reparos, eu a colocaria para alugar, ajudando a custear a universidade que, na cabeça do meu pai, eu ainda queria cursar um dia. Ele realmente acreditava na possibilidade de que eu seria alguém, não importava o que falassem sobre nós.

E, quando tudo saiu dos eixos e eu acabei com o Dwayne, meu pai me entregou a chave do lugar como presente de casamento, e você nunca perceberia que ele estava desapontado, exceto pela maneira como não conseguia me olhar nos olhos.

O LAGO

O primeiro pensamento de Bird enquanto rolava a página de Lizzie Ouellette no Facebook era que ela não gostava de tirar foto. Algumas garotas eram absolutamente obcecadas pelo próprio rosto — sua última namorada era uma delas, as redes sociais um rol interminável de selfies editadas com aqueles filtros estranhos e reluzentes que a deixavam com cara de personagem de desenho animado. Independentemente de como você chamaria esse tipo de garota, Lizzie era exatamente o oposto. A última atualização de sua foto de perfil tinha sido há três anos, uma foto granulada, tirada de longe, com o rosto virado para o Sol. Uma mão protegia os olhos, uma lata de cerveja Coors Light na outra, e olhos tão semicerrados que a descaracterizavam — era impossível dizer como ela era além do básico: pálida, magra e ruiva. Bird continuou passando. As fotos seguintes não tinham a Lizzie; havia a foto de um pôr do Sol sobre o lago, outra foto borrada de algo marrom e peludo — um coelho? Um gato? — aninhado na grama. Em algum momento, ela tentou tirar uma foto de perto, com a câmera do computador, a luz explodindo tanto que tudo o que se via eram os olhos, as narinas e a linha fina da boca. Mas, finalmente, ele a encontrou. Dez anos atrás, de perto, olhando por cima do ombro e direto para a câmera, com os olhos arregalados e os lábios semiabertos, como se tivesse sido pega de surpresa. Usava um vestido amarelo sem alças e uma coroa de flores na cabeça, os cabelos caíam caprichosamente em várias tranças, as faces cheias e rosadas. Dez anos atrás... Bird fez as contas. Ela tinha 18 anos na imagem. Uma garota indo para o baile de formatura.

Ele fitou a imagem por vários segundos antes de sua ficha cair: as flores, a maquiagem, a roupa. O baile, pensou ele, mas não era.

Era o dia do casamento.

A última vez que Lizzie Ouellette alegremente se deixou fotografar — ou a última vez que outra pessoa se deu ao trabalho de apontar uma câmera na direção dela —, e, quanto mais Bird passava as fotos do *feed*, mais certeza tinha de que era a última. Os perfis do Facebook contam muito sobre uma pessoa, mas havia algo incrivelmente solitário nesta aqui. Algumas pessoas não postam muito porque valorizam a privacidade. No caso de Lizzie, porém, a impressão era de que ela simplesmente não estava nem aí, porque todo mundo estava pouco se lixando.

Eles se importavam agora, é claro. Nas últimas horas, a linha do tempo de Lizzie Ouellette se encheu de comentários. Pareciam registros macabros de anuário: *não acredito. R.I.P. Lizzie. Lizzie, nós nunca fomos chegadas, mas eu sei que você está fazendo a farra aí no céu. Descanse em paz.* Diligente, Bird anotou os nomes, mas já sabia que nenhum deles ajudaria. Essas pessoas não conheciam a garota, não conviviam com ela. Com exceção de uma tal Jennifer Wellstood, os outros nunca curtiram uma única foto sequer ou mesmo desejaram feliz aniversário para ela. Certamente não fariam ideia do tipo de coisa em que ela estava metida nos últimos dias de sua vida, que era o quebra-cabeça quase impossível que Bird precisava montar. Aquele momento na casa, apenas poucas horas antes — o risinho mal contido ante aquela verruga no peito da mulher —, tinha sido o indicativo de um fenômeno na cidade. De alguma forma, todos em Copper Falls conheciam Lizzie Ouellette, mas ninguém mantinha convivência com ela.

Mesmo o próprio pai não sabia ao certo onde ela estava no fim de semana anterior, o que ela estava fazendo, ou por que ela teria acabado no lago em vez de estar na casa que ela e Dwayne tinham na cidade. Earl Ouellette foi o primeiro interrogatório de Bird, realizado logo após o amanhecer, em um canto da delegacia onde os paramédicos o deixaram depois do incêndio. Barba por fazer, Earl tinha rosto e mãos manchados de graxa e de fuligem; enquanto falava, ele esfregava o nó de um dedo com o polegar, distraído. Bird se perguntou se ele estaria em estado de choque. Por qualquer providência razoável, ele deveria estar. Era um inferno para um homem suportar; seu meio de vida e sua família desapareceram em uma única manhã. Lizzie era sua única filha. Agora, Earl Ouellette estava sozinho no mundo. E ainda assim...

— *Num* sei no que eu posso *ajudá*. A gente não falava muito, não — avisou Earl. Ele olhava para frente, os olhos vermelhos e vidrados pela fumaça ou pelo luto, ou por ambos.

— Mesmo ela morando tão perto? — perguntou Bird.

Earl deu de ombros.

— Aqui tudo é *pertim*. A cidade todinha *num* dá nem dois quilômetros de uma ponta *pra* outra. Lizzie se enfiou que nem caramujo dentro do mundinho dela, mesmo quando *nós dividia* o teto.

— No ferro-velho? — Bird passou na frente dele apenas para verificar os restos carbonizados do trailer no qual a vítima tinha passado a infância. — Deve ter sido difícil. Quartos grudados. Mesmo que só para duas pessoas.

— Ela tinha o quarto dela. Tentei... — Earl se deteve por um tempo que Bird pensou que duraria a frase inteira. — Eu tentei. — Mas o mais velho tossiu, retirou um lenço do bolso e cuspiu um catarro marrom. — Tentei *dá* espaço *pra* ela — completou.

O polegar de Earl esfregava a mancha de fuligem. Estava saindo.

— Descobriram o que deu início ao incêndio? — Bird espreitou o homem.

Earl deu de ombros.

— *Num* sei, não. Pode ter sido *qualqué* coisa.

— Você tinha seguro, imagino. — Ele tentou manter o tom casual, mas ainda assim os ombros do homem endureceram.

— Opa.

Bird não pressionou; o fogo foi uma estranha coincidência, mas não era investigação dele. E, mesmo assim, Earl Ouellette passou a maior parte da noite anterior dormindo ao volante de seu caminhão no estacionamento do Strangler's, pelo visto seu hábito durante a semana. Meia dúzia de pessoas o avistou — ou ouviu os roncos —, o que oficialmente o retirava da lista de suspeitos do incêndio criminoso e do assassinato. Por vários segundos, os homens ficaram sentados em silêncio. Bird considerava a próxima pergunta quando Earl Ouellette se virou de súbito e olhou diretamente para ele. Os olhos do velho tinham um tom de azul inquietante, como um jeans antigo quase desbotado de tão batido.

— Perguntaram onde era o dentista que ela ia — comentou Earl.

— O dentista — repetiu Bird, depois meneou a cabeça quando se deu conta. *Droga.* — Ah. Para fazer o reconhecimento. Não te contaram...?

O olhar de Earl permaneceu firme; intrigado, mas não menos penetrante.

Caramba, pensou Bird.

— A polícia identificou sua filha no local por uma marca de nascença ali na... eeer... no topo da caixa torácica. — Bird observou como os olhos azuis se estreitaram, como as sobrancelhas franzidas se uniram. — Lamento, Sr. Ouellette, não há uma maneira fácil de comunicar isso. Sua filha foi baleada. O rosto estava muito desfigurado.

Alguns homens teriam desmoronado nesse momento. Bird deu graças que não Earl Ouellette. Em vez disso, o mais velho tirou um cigarro de um pacote amassado e o acendeu, ignorando as placas de PROIBIDO FUMAR e um recepcionista de cabelos grisalhos que se virou, fuzilante, ao primeiro sinal de tabaco.

— Ajudaria ter prontuários médicos — explicou Bird. — Qualquer um. Dentista, ou... Você conhece o médico a que a sua filha ia?

— *Num* sei nada, não. Dez anos atrás ela passou com o *doutô* Chadbourne por causa daquele negócio dela lá. — Ele parou. — *Cê* deve ter ouvido falar. — De fato. Ele fez que sim com a cabeça, e Earl também. — Mas o Chadbourne bateu as botas. Uns quatro anos já. Tinha ninguém *pra tá* no lugar do *doutô*, então o povo vai quase tudo *pro* ambulatório de Hunstville, se é que o povo vai.

Bird rabiscou uma nota para si mesmo enquanto Earl dava uma tragada funda no cigarro. Agora tinha o olhar distante, a mandíbula inquieta. Pigarreou.

— Uma marca de nascença, você disse. — Bird fez que sim com a cabeça. — Uma verruga. Imagino que...

Earl o interrompeu com um corte seco:

— Desde menina ela tinha aquilo. *Dissero* que dava *pra* tirar com *aqueles raio laser* lá, mas eu *num* tinha dinheiro, não.

— Compreendo. Senhor, sei que é um momento difícil, mas como membro da família... O que quero dizer é que, se te mostrássemos uma fotografia da marca, você faria o reconhecimento dela?

Mais uma vez, Earl acenou positivamente com a cabeça, sua resposta breve saindo de uma nuvem de fumaça.

— Aham.

DEZ MINUTOS DEPOIS, Bird desligou o motor da viatura e olhou pelo retrovisor, passando a mão no cabelo. Estava mais desgrenhado do que gostava — a léguas da cabeça que ele mesmo raspava em seus primeiros anos de polícia —, mas, quanto mais comprido ficava, mais se podiam ver os primeiros grisalhos nas têmporas. Então ele abandonou a maquininha e deixou crescer. Ganhava uma aparência um pouco mais velha, um pouco mais séria, o que não era de todo ruim para um policial, especialmente em um dia como este. Entretanto, se realmente queria dar um trato no cabelo, imaginava estar no lugar certo.

O lugar era um trailer, com um toldo de lona montado sobre a porta e pintura personalizada. Roxo-vivo, do mesmo tom da placa escrita à mão, colocada perto da estrada. Seguindo a tradição da cidadezinha, o nome do salão era um trocadilho infame: este era o Tua Juba. A pintura fresca e conservada. Não era o caso do estacionamento, com rachaduras e cheio de buracos, o que se encaixava com o que Bird tinha ouvido e observado sobre Copper Falls como um todo: as pessoas davam seu melhor, e a temporada de verão vinha a calhar, mas mesmo o fluxo anual de turistas não poderia reverter a morte ocorrida na cidade por negligência. As estradas esfarelando, as vitrines fechadas e repletas de poeira, as fazendas vitorianas abandonadas nos limiares dos campos sem carpir, as paredes começando a ceder sob o peso insistente das neves invernais. Ao lado da pista do condado, a carcaça de cervos atropelados apodrecia porque não havia mais orçamento para o cara que tinha o trabalho de ir até lá com sua picape e tirar os restos com a pá.

Todo ano, a população de Copper Falls encolhia um pouco mais à medida que as pessoas desistiam, perdiam a esperança, fugiam para o Sul em busca de melhores condições — ou não, e morriam onde estavam. Bird deu uma olhada nos números. Mesmo antes de Lizzie Ouellette aparecer desfigurada na casa de Copperbrook Lake, a expectativa de vida neste condado rural estava, por razões usuais, bem abaixo da média. Acidentes. Suicídios. Opioides.

Bird saiu do carro e subiu os degraus sob o toldo, a porta rangendo ao abrir. O ferro-velho ainda queimava, o ar levemente acre, mesmo aqui, na beira da cidade. Em comparação, eram agradáveis os aromas dentro do trailer, uma essência vaga e artificial de toranja.

Dentro, apenas uma pessoa: morena, maxilar rígido e um telefone na mão. Soergueu os olhos para ele e voltou para a tela.

— Jennifer Wellstood? — perguntou Bird, já sabendo a resposta. A morena fez que sim com a cabeça.

— O xerife disse que você viria. Quanto tempo vai demorar? Tenho um cliente vindo.

— Quando?

Ela deu de ombros.

— Em uma hora?

— Tudo bem. São só algumas perguntas. Meu nome é...

— Sim, eu sei. — Soltou um suspiro ao telefone, depois o largou. — Não sei em que posso ser útil. Eu mal conhecia a Lizzie.

— Curioso, todo mundo diz que você era a melhor amiga dela na cidade — comentou Bird.

A mulher olhou para os próprios pés.

— É triste se for verdade — falou. Então balançou a cabeça. — Caramba. É bem provável.

O QUE ERA PRECISO ENTENDER, comentou Jennifer, era que Lizzie não facilitava. Sim, ela não estava nem aí para ninguém. Nem para o pai. Earl Ouellette veio para a cidade quando jovem, para trabalhar na madeireira, casou-se com uma garota local e assumiu o ferro-velho, isso tudo em cerca de dez anos — o que lhe rendeu a fama de desonesto, segundo a opinião de uns teimosos locais. Não importava que foi há quatro décadas, por alto; não importava o tempo que ficasse ou quantas raízes viesse a fincar, elas não seriam suficientes para impressionar as famílias que aqui estão há cinco gerações. E quanto aos filhos...

— Já ouviu aquele ditado? "Filho de peixe, peixinho é"? — prosseguiu Jennifer com ar irônico.

Bird fez que sim com a cabeça.

— Sim, já ouvi.

— Então, sabe como é. Não importava que Lizzie tivesse nascido aqui. Ela ainda era uma estranha para as pessoas apegadas a esse tipo de mentalidade.

E ela se tornou um bode expiatório fácil, segundo Jennifer. Não apenas por causa do pai, ou daquele amontado de lixo onde moravam, ou do fato de que Earl Ouellette às vezes caçava esquilos para fazer guisado — algo que até podia ser normal no lugar de onde ele veio, mas as pessoas daqui torciam o nariz para isso, e ele nem mesmo tinha a decência de se mostrar envergonhado. Era a própria Lizzie. Earl era complacente diante da desaprovação da cidade, mas Lizzie, ela revidava. E continuou assim até que o ranço se apoderasse de todos, até que as pessoas passassem a odiá-la — um ódio muito maior do que jamais tiveram pelo pai dela. Um ódio escuro e profundo como um rio entre ela e todos os demais. Intransponível.

— Mas vocês eram amigas — retomou Bird.

Jennifer deu de ombros.

— Sim, éramos. Mas não ficou mágoa entre nós. Se eu a avistasse, diria oi, ela também. Eu nem sempre me dava bem com a Lizzie, mas acho que... meio que sentia pena dela. Dwayne sempre saía sem ela, tipo ir a churrascos ou coisas assim, como se a gente ainda estivesse no ensino médio e os caras fossem zoar se ele levasse a mulher. Quero dizer, eles *eram* casados. Era ridículo. Então às vezes eu a convidava.

Bird pensou na foto de Lizzie espremendo os olhos ao Sol, com uma lata de cerveja. Foi isso o que Jennifer fez? Convidou-a por pena, para socializar no quintal de alguém?

— Quando é que você a viu pela última vez? — perguntou ele.

— É difícil dizer. Trombei com ela em Hannaford... faz um tempo já. Início do verão, talvez? Não conversamos muito tempo. Ela estava ocupada com o trabalho e com a casa. A casa no lago. Chegou a vê-la? — Bird fez que sim com a cabeça; ela também, sorrindo um pouco. — Ficou bonita. Ela era boa nessas coisas. Fiquei feliz por ela.

— Ouvi dizer que nem todo mundo se sentiu assim.

Jennifer meneou a cabeça.

— As pessoas são ridículas. *Pra* ser honesta? Pura inveja! Ninguém *quer* alugar com desconto para o fulano, que é primo de segundo grau da esposa. Todos eles gostariam de fazer o que Lizzie fez, mandar o primo pastar e anunciar a casa no Airbnb, alugando *pra* quem tem o bolso cheio. Aquele casal, não lembro o nome, mas eles eram montados na grana. Ano passado, alugaram a casa da Lizzie por um mês inteiro e de novo neste verão. Uma vez, a mulher chegou aqui com um carrão, uma SUV preta, perguntando se dava para eu tonalizar o cabelo dela.

— Você atendeu?

— Não. Eu teria que fazer pedido do tonalizante — respondeu. — Ela tinha um cabelo singular.

— Singular?

— Tingido. Sabe, *balayage*?

— Bala o quê?

Ela revirou os olhos.

— Ai, esquece. Enfim, acho que era para ser um loiro *rosé* ou puxado *pra* isso, mas a água daqui *tava* detonando o cabelo dela… por causa do lago e do sol que andava tomando. *Pra* jogar a real? *Tava* um lixo. Avisei que o melhor que eu faria seria voltar à cor natural.

— Como você daria um jeito nisso?

Jennifer bufou. Bird soltou um riso involuntário.

— De qualquer forma, foi a última vez que a vi. Mandei mal. Podia ter cobrado o triplo dela.

Bird relanceou os olhos pelo espaço. Como Lizzie, Jennifer tinha olho bom para decoração: produtos alinhados na parede, ao lado deles um vaso de planta trazendo um colorido verde. Nada mal para o lugar, mas ainda assim era um salão de cabeleireiro dentro de um trailer.

— E a Lizzie? Você já fez o cabelo dela?

— Uma vez, na verdade. Para o casamento.

— Eu vi uma foto. Ela estava bem bonita.

Jennifer abafou um risinho.

— Lizzie? Bonita? Deve ter sido uma foto bem favorecedora. Mas o cabelo ficou legal. Eu ainda estava no curso técnico; novata em tudo. Mas, sim, foi só essa vez. Ela não vem aqui. — Fez uma pausa, corrigindo-se.

— Digo, não *vinha*. Lizzie não era muito de cortar o cabelo. Ou de conversinha fiada.

— Então ela não se abria com você — arriscou Bird.

— Comigo, não. Acho que com ninguém. Com o Dwayne, talvez.

— Fale sobre o Dwayne.

Jennifer deu de ombros.

— Eu não sei onde ele está, se é isso que está me perguntando. Você acha que foi ele, *né*?

Bird não pestanejou.

— E ele e a Lizzie? Você conhecia os dois, pelo visto. Como acabaram juntos?

Ela bufou.

— Eles tinham 18 anos, oficial. Aposto que consegue adivinhar.

— Então ela estava grávida — supôs Bird. Ele sabia disso, evidentemente. Foi uma das primeiras coisas que soube sobre Lizzie Ouellette quando começou os interrogatórios, a primeira coisa que a maioria julgou que fosse necessário que ele soubesse.

— Sim, estava — confirmou Jennifer. — Ela perdeu o bebê, imagino. Mas pegou o cara.

— É impressão ou você acha que ela escondia alguma coisa?

Jennifer suspirou.

— Veja bem, eu era dois anos mais nova que a Lizzie e os outros na escola. Eu não andei com aquelas crianças. Mas acho que eu não tinha nem 4 anos na primeira vez que alguém me disse que os Ouellettes eram escória e que eu devia ficar longe. Diziam que a Lizzie tinha herpes e que, se chegasse muito perto dela, você iria contrair. A gente nem sabia o que era herpes, mas sabe como são as crianças.

— Soa mais do que crianças sendo crianças — comentou Bird.

— Piorou muito com o casamento. O povo ficou enfurecido com o que ela fez com o Dwayne.

— O que ela... fez? — Bird tentou manter o semblante neutro, mas Jennifer captou o tom e sorriu com ar afetado.

— Ah, você sabe. Disseram que ela tinha acabado com a vida do cara. — Revirou os olhos. — Como se ela tivesse engravidado sozinha, *né*?

— É assim que o Dwayne se sentia?

Ela mudou o peso do corpo, de repente desconfortável.

— Sei lá. Todo mundo ficou surpreso que eles ficaram juntos, depois. Ele não falava muito sobre isso. Acho que ele se sentiu preso ao casamento, com bebê ou sem.

— Um deles chegou a se envolver com outra pessoa? Houve traição?

— Eu não saberia dizer — esquivou-se Jennifer rapidamente. Mas os olhos se esgueiraram para o lado.

Bird voltaria ao assunto se precisasse. Por ora, ele finalizou suas perguntas e agradeceu a Jennifer Wellstood pelo tempo despendido.

JÁ ESTAVA NA METADE DO CAMINHO, desengatando a viatura para sair do estacionamento, quando a porta roxa do trailer se abriu com ímpeto. Ele parou o carro e abaixou o vidro do passageiro enquanto Jennifer se aproximava. Braços cruzados sob os seios, abraçando-se, ela olhou para todos os lados da estrada deserta antes de se curvar para olhá-lo pela janela.

— Srta. Wellstood — disse Bird.

— Olha — falou ela. — Não quero causar confusão.

— Confusão *pra* quem? — questionou Bird, e ela mais uma vez se mostrou aflita. Bom. Às vezes, as pessoas só precisavam de um empurrãozinho para agir conforme a decência; ou pelo menos para não se preocuparem tanto em prejudicar a reputação do cara que destroçou a cabeça da própria esposa com uma espingarda.

Jennifer se inclinou um pouco mais para dentro do carro.

— Um tempo atrás, eu fui até a casa da Lizzie e do Dwayne para deixar umas tralhas. Foi logo depois do feriado. A família do meu marido *tava* toda em casa para o Natal e ela me emprestou a assadeira grande que ela tinha. Ela atendeu a porta com dois olhos roxos.

Bird arqueou a sobrancelha e fitou atentamente a moça, seguro de que havia mais. Jennifer mordeu o lábio.

— Ela tentou disfarçar. E eu não perguntei. Não quis perguntar. — Então ela mudou o peso do corpo, e, pela segunda vez, os olhos se esgueiraram de lado. Sentia culpa. — Acho que eu devia ter perguntado.

Bird se inclinou para a janela.

— Você acha que o Dwayne batia nela? — indagou ele, mas Jennifer se retesou e soergueu o corpo, recuando, com os olhos na estrada. Um carro vinha do oeste. Desacelerou ao passar, o rosto do motorista uma lua pálida atrás do vidro. Observando. Jennifer acenou. Alguém acenou de volta. Quando já não se via mais o carro, ela se afastou, cruzando novamente os braços.

— Você não ouviu isso de mim.

06

LIZZIE

Meu marido era um monte de coisas. Um bonitinho do ensino médio. Um valentão de última categoria. Um atleta que poderia ter ido para a universidade, se quisesse. Um drogado. Um babaca. E, sim, ele era um assassino. No fim, vamos chegar a essa parte. Pretendo contar tudo a você. Mas não basta apenas contar a verdade; estou lhe contando uma história e quero que ela se desenrole bem. Para entender o final, você precisa saber como tudo começou.

Meu marido podia ser um completo desgraçado.

Mas não era um espancador de esposa.

Mesmo durante os piores momentos, quando ficava realmente furioso, bêbado ou drogado, ou as duas coisas. Dava para ver que, nessas horas, ele até gostaria de me bater. Mas não batia, e acho que é porque ele sabia que, se o fizesse, levaria o troco. Eu saberia jogar sal na ferida. Eu conhecia seus pontos fracos.

Ele nunca teria arriscado. Apesar de todas as suas lendárias habilidades dentro de campo, do braço de lançador que poderia tê-lo tornado um astro do esporte, meu marido não era um homem que gostava de desafio. O príncipe encantado do meu conto de fadas malfadado preferia suas brigas injustas, seu rival irremediavelmente submetido, a garantia nos resultados. No ensino médio, ele era o brutamontes que colocava o pé na frente de um aluno franzino do oitavo ano só para vê-lo se estatelar no corredor lotado. Ele era o tipo de homem que sentia uma alegria grotesca em seguir uma aranha pela casa toda para, no fim, esmagá-la com um sapato ou uma revista. E o maldito mata-insetos — ele amava! — ficava lá fora, sentado, com uma cerveja na mão, como se estivesse assistindo a um filme enquanto os mosquitos do crepúsculo da floresta eram atraídos pelo brilho azul hipnótico da armadilha disposta em nosso quintal. Se fechasse os olhos, era possível ouvir o choque: *zzzztriii! Fziii! Zap!*

Dwayne soltava uma gargalhada idiota toda vez que um deles se incinerava, um som *a-hã-rrô-rrô* que vinha do fundo da garganta, e, por fim, virava a cerveja e atirava a lata no quintal, dizendo: "Esses insetos são tão burros."

Este era o meu homem: meio bêbado, numa terça-feira, exibindo sua superioridade para algo que sequer tem um sistema nervoso central desenvolvido. Escolher alguém do tamanho dele teria demandado uma espécie de integridade que ele simplesmente não tinha.

Todavia, os homens de Copper Falls eram assim. Nem todos eles, talvez nem a maioria, mas grande parte. O suficiente para ser comum. O suficiente para que, se alguém fosse como um deles, pudesse olhar em volta e presumir que o seu jeito era a maneira certa de ser. Provavelmente, o pai era igual; seria o primeiro a ensinar que havia um senso de poder em esmagar aranhas, eletrocutar moscas, exterminar uma vida que, de tão pequena, não significava praticamente nada. Aprenderia cedo, enquanto ainda era um menino.

E, então, esse menino dedicaria o resto da vida a encontrar coisinhas para esmagar.

EU TINHA 11 ANOS naquele verão, jovem o suficiente para sentir que havia certa mágica no lugar onde vivemos. Nosso trailer ficava ao fim do lote mais próximo da estrada, os montes que se encimavam atrás dele pareciam uma cidade antiga em ruínas. Como se fosse a entrada para outro mundo, e eu gostava de fingir que era, sendo meu pai e eu seus guardiões: sentinelas na fronteira, incumbidos de proteger segredos antigos de intrusos e saqueadores. Corredores de terra batida serpenteando entre as pilhas de sucata, móveis lascados, brinquedos inúteis. Havia uma fila de carros arrebentados demarcando a propriedade a oeste, empilhados como blocos de construção, tão antigos que já estavam lá antes de eu nascer, até mesmo antes de o meu pai assumir o lugar. Meu pai tinha ódio daquilo; berrava que um dia os carros tombariam e me proibiu de subir neles, mas não tinha mais nada a fazer. A máquina usada para erguer e empilhar as carcaças já tinha sido vendida para quitar uma dívida, e assim lá ficaram, enferrujando pouco a pouco. Eu voltava para o lugar onde essa divisa terminava, onde findavam os montes e começavam os bosques, um caminho estreito de grama amarelada ziguezagueando entre as árvores logo além do para-choque de um Camaro esmagado. Essa era a parte mais antiga da propriedade, antes de se tornar um depósito de tranqueiras. A uns cem metros árvores adentro estava o meu local favorito: uma clareira onde as carcaças enferrujadas de três caminhões antigos se punham de frente uma para a outra, com as rodas afundadas completamente na terra. Ninguém sabia de quem eram ou como foram deixados lá, frente a frente, como se parados no meio de uma conversa, mas eu adorava a forma que tinham: os capôs curvilíneos, os para-lamas cromados, os faróis como os grandes olhos de inseto. Agora faziam parte da paisagem. Ao longo dos anos, animais tinham feito ninho nos assentos; videiras se enfiaram nos chassis. Em um deles, atravessava um carvalho que crescia saindo do banco do motorista e passando pelo teto, terminando em flores, um exuberante dossel verde.

Era lindo para mim. E, mesmo as partes feias, aquela fila de carros empilhados ou as pilhas de lixo compactado, pareciam trazer emoção, perigo e mistério. Eu ainda não tinha descoberto do que eu deveria sentir vergonha — do trailer ou do lixo amontado atrás dele, dos móveis baratos, da maneira como meu pai recolhia livros ou brinquedos das caixas de lixo que as pessoas deixavam no ferro-velho, arrumava e me dava de presente no Natal ou no meu aniversário em um embrulho com um laço em cima. Eu não sabia que eram lixo.

Eu não sabia que *nós* éramos lixo.

Devo agradecer ao meu pai por isso. Por isso e nada mais. Por muito tempo, fui capaz de imaginar que éramos os guardiões abençoados de um lugar estranhamente mágico; e agora percebo que foi por causa dele. Ele tomou para si a responsabilidade de manter longe a maldade do mundo, para que os meus sonhos seguissem em frente. Mesmo quando a situação piorava, quando o inverno se estendia um mês além do normal e o carro quebrava e ele precisava gastar nosso dinheiro destinado ao mercado para consertar o câmbio, ele nunca nos desesperava. Ainda me lembro de como meu pai entrava na floresta ao amanhecer e voltava com três esquilos gordos pendurados no ombro, me lembro do jeito que ele sorria ao dizer: "Conheço uma menina sortuda que vai *cumê* hoje o ensopado de frango *especiar* que minha vó fazia!" Ele era tão convincente com seu "sortuda" e "*especiar*" que eu batia palmas de alegria. Um dia, eu perceberia que não éramos sortudos, e, sim, falidos, e que nossas escolhas eram carne de esquilo ou carne nenhuma. Naqueles primeiros anos, porém, cortando cuidadosamente os pés do meu jantar com uma tesoura de poda ensanguentada, despelando do jeito que o meu pai me ensinou, tudo era uma aventura. Pelo tempo que pôde, ele me protegeu da verdade sobre quem éramos de fato.

Mas ele não conseguiria fazer isso para sempre.

FIQUEI MUITO SOZINHA naquele verão, eu, os montes e os gatos do ferro-velho. Sempre tínhamos algumas companhias selvagens zanzando, e eu raramente as via, exceto de canto de olho, um relâmpago se esgueirando furtivamente por entre os montes e na floresta. Naquele inverno, porém, havia uma ninhada de gatinhos; os miados vinham de algum lugar perto do trailer, e, certo dia, flagrei uma gata malhada e franzina se enfiando no lixo com um rato morto pendurado nos dentes. Em junho já não se via sinal da gata, mas os gatinhos ainda estavam lá; três jovenzinhos curiosos de pernas longas que se sentavam nos montes e me observavam toda vez que eu caminhava pelo quintal. Meu pai me olhou com cara de tacho no dia em que eu pedi para que ele comprasse comida de gato no supermercado.

— *Os gato sabe caçá* — avisou. — Nós *num* afugenta eles, não, porque *eles mata os bicho* do quintal.

— Mas eu quero que eles gostem de mim — falei e devo ter parecido verdadeiramente patética, porque ele mordeu as bochechas para não rir e, na vez seguinte que foi ao mercado, voltou com um saco de ração barata e um aviso de que era proibido gatos no trailer. Se eu quisesse um animal de estimação, ele disse, iria me arrumar um cachorro.

Eu não queria um cão. Não que eu não gostasse deles, sabe. Sempre gostei de animais. Quase sempre gostava mais deles do que das pessoas. Mas os cães eram demais. A baba, o barulho, o desespero em agradar. A lealdade de um cachorro é superestimada; você a conquista por nada. Você chuta um cachorro todos os dias, e ele ainda assim volta, implorando, querendo ser amado. Mas os gatos… eles são diferentes. Você tem que fazer por merecer. Mesmo os gatinhos do ferro-velho, aqueles que ainda não aprenderam a ter cautela com as pessoas, não pegaram comida da minha mão logo de cara. Demorou dias até que não fugissem de mim, e mais de uma semana para eu ganhar a confiança deles. Mesmo quando tiravam migalhas dos meus dedos, apenas um deles baixava a guarda e vinha rastejando até o meu colo para ronronar. Ele era o menor do grupo, com a cara branca e marcas cinza que cobriam a cabeça e as orelhas como um boné, e um par engraçado de pernas dianteiras que se dobravam para dentro como dois cotovelos humanos, ficando todo retorcido. Na primeira vez que ele rastejou para fora dos montes, eu ri alto com a visão que tive: o gato pulando e sentando-se sobre as patas traseiras como um canguru, avaliando a situação. Ele não parecia saber que estava quebrado ou, se sabia, não se importava. Logo de cara, gostei dele com todas as minhas forças e lhe dei o nome de Trapim.

Meu pai não entendia nem compartilhava meus sentimentos calorosos por coisas quebradas. Na primeira vez que viu o Trapim saindo dos montes, a expressão dele se fechou.

— Ah, que inferno, garota. Ele não pode *caçá* com essas *pata* da frente torta — comentou ele. — *Num* vai *sobrevivê* ao inverno. Tem é que *sacrificá* antes que ele *morre* de fome.

— Ele não vai morrer de fome se eu der comida — retruquei, fechando as mãos em punho, meu olhar fulminante. Eu estava pronta para a luta, mas meu pai, triste e frustrado, apenas me lançou novamente aquele olhar sombrio e se retirou. Naquele verão, mais do que na maioria, ele não teve tempo de pelejar com uma garota teimosa sobre os fatos tristes e brutais da vida. Ele tinha chegado a um acordo com Teddy Reardon para comprar a casa no lago — ela estava prestes a desabar, centenária e pouquíssimo usada nos últimos 25 anos — e me deixava vigiando o ferro-velho na maioria das tardes enquanto trabalhava na reforma da casa. Levei o trabalho a sério por uns três dias, o tempo que demorei para perceber que todos na cidade sabiam o que meu pai estava fazendo e que ninguém viria procurar sucata ou peças para o carro enquanto ele não estivesse aqui.

Eu não ligava. Estava acostumada a passar longas horas sozinha, brincando de faz de conta a partir do que eu lia nos livros. Transformava-me em pirata ou em princesa e imaginava que os montes eram muros altos em torno de uma terra estranha e misteriosa que, dependendo do dia, eu tentava saquear ou deixar para trás, fugindo. Eu era boa em brincar de faz de conta e preferia fazer isso sozinha; outras crianças sempre estragavam minhas brincadeiras, saindo dos personagens ou quebrando as regras, levando junto a fantasia. Com a minha imaginação, eu poderia ocupar uma única história por horas ou até dias, seguindo de onde parei assim que o carro do meu pai desaparecia na estrada.

Naquela manhã, o tempo estava sinistro. O dia amanheceu cinza e sombrio, o céu já carregado de nuvens baixas. Meu pai olhou para elas, resmungando; ele ainda consertava o telhado da casa no lago e estava descontente com a perspectiva de ter que interromper o trabalho por causa da possível tempestade. Para mim, porém, as massas de nuvens eram apenas parte da história daquele dia: uma bruxa tinha fixado residência na floresta, decidi, e lançou uma maldição que lentamente se espalhava como uma doença escura pelo céu. Eu teria que me dirigir ao seu covil e lutar contra a sua magia obscura, usando a minha própria magia. Enchi um pote de vidro com os ingredientes de um contrafeitiço: flores de trevo, um pedaço de fita e um dos meus dentes de leite que tirei de uma caixa na qual guardava quinquilharias. (A fada dos dentes parou de aparecer em nosso trailer à medida que meu pai se afundava na bebida, embora eu ainda levaria anos para fazer a conexão; enquanto isso, os dentes não reclamados se tornavam úteis em momentos como esse.) Quando o Trapim rastejou para fora dos montes, eu o peguei nos braços e o adicionei à brincadeira: todos os outros gatos no quintal eram servos da bruxa, decidi, mas este tinha deixado de lhe ser fiel depois que ela o amaldiçoara com pernas tortas.

Não vi quando chegaram; não sei por quanto tempo ficaram lá me observando. Eu me movia lenta e cuidadosamente por entre os montes, voltando para o local mágico onde os três caminhões enferrujados ficavam frente a frente: se havia um lugar para realizar magia, era este. Absorvida na brincadeira, arrastando o Trapim enquanto ele dormia contente no meu ombro, fiquei surpresa ao perceber que não estava sozinha. Um grupo de três crianças, dois meninos e uma menina, ficou olhando ao lado da longa pilha de carros, bloqueando o caminho pela grama amarelada. Eu conhecia todos os três, é claro, da escola e da cidade. Dois deles, uma menina e um menino com cabelos loiro-escuros, eram Brianne e Billy Carter, 12 e 13 anos de idade, os filhos de nossos vizinhos mais próximos, que moravam do outro lado da floresta adjacente ao fundo do quintal. Já tínhamos brincado juntos algumas vezes, na época em que a minha mãe ainda era viva e ajudava nessa integração, mas a amizade desapareceu junto com ela. Agora eles só apareciam para atirar pedras nos carros, e meu pai havia falado com eles mais de uma vez sobre não entrar na nossa propriedade. Eles claramente não tinham dado ouvidos.

O outro garoto, DJ, era mais novo — no ano anterior, ele sentava uma fileira atrás de mim na classe do quinto ano da Srta. Lightbody —, mas grande para a idade. Billy e ele ficavam quase ombro a ombro. Pelo sorriso afetado no rosto dos três, imaginei que já fazia um tempo que estavam me observando.

— Eca, é nojento! — exclamou Brianne em voz alta, e seu irmão sorriu com ironia.

— Falei *pra* você — disse Billy. — Ela beija e tudo.

— Eca — repetiu Brianne e soltou algo entre uma risadinha e um grito estridente.

Levei um tempo para entender que eles falavam sobre o gato, que ainda cochilava nos meus braços com suas patas dianteiras engraçadas dobradinhas sob o próprio queixo. Levei mais tempo para entender o significado completo de "falei *pra* você", para perceber que esta não era a primeira vez que Billy Carter se infiltrava em nossa propriedade e me observava brincar no quintal com o Trapim. Ele esteve aqui antes, talvez mais de uma vez, talvez se escondendo na floresta para não ser visto — ou talvez eu estivesse tão imersa nas minhas brincadeiras idiotas que nunca tinha percebido a companhia. Agora ele estava de volta e trazia uma plateia.

Billy e sua irmã riam e zombavam enquanto eu segurava o Trapim mais forte contra o peito, mas foi DJ quem avançou.

— Você não devia estar tocando nesse gato — falou. — Meu pai diz que gatos assim têm doenças. Ele vai passar para os outros gatos, e logo todos vão estar zoados como ele. Ele nem devia estar vivo.

Mordi o lábio inferior, sem conseguir formular meus pensamentos em palavras. Minha boca estava seca, e minha mente, zonza, como se eu tivesse acabado de acordar de um sonho vívido. Minha pele formigava com o choque daquela invasão desagradável. Eu queria que todos fossem embora. Odiava Brianne e Billy, que tinham vindo pela floresta e entrado na nossa propriedade mesmo sabendo que não eram permitidos, mesmo tendo sido avisados. Meu pai havia dito a eles que, da próxima vez que invadissem, ele ligaria para os pais de cada um, ou talvez até para a polícia. E, ainda assim, aqui estavam eles, certos de que poderiam pisar e repisar todo o nosso quintal e se safar disso. Mas foi DJ que me deixou mais nervosa. A maneira como ele continuou dando passinhos para frente, a maneira como ele olhava para o Trapim com uma mistura de nojo e de fascínio. A maneira como sua boca úmida e vermelha formou as palavras: *ele nem devia estar vivo*.

Eu devia ter fugido. Eu podia ter fugido. Eu conhecia o quintal melhor do que ninguém e era rápida. Eu podia ter contornado os montes até o trailer e ter me trancafiado lá, junto com o Trapim, para mantê-lo seguro atrás da tranca. Podíamos ter esperado lá até que os intrusos se entediassem e fossem embora. Apesar de meu pai ter proibido gatos em casa, ele entenderia que havia sido uma emergência, que quebrar as regras era a única maneira de evitar o horror que aconteceu.

Mas eu era muita lenta. Muito idiota. Inocente demais para entender que vivemos em um mundo onde algumas pessoas gostam de pisar em coisas pequenas — e depois dizem que fizeram um ato de bondade. Logo me lembrei do que o meu pai havia dito, cujo significado eu, teimosa, me recusei a ouvir.

Tem é que *sacrificá* antes que ele *morre* de fome.

DJ, o garotinho com a boca vermelha, também foi rápido. E, ao contrário de mim, ele tinha um plano. Eu descobriria mais tarde que ele havia marcado com os filhos do Carter apenas por este motivo: fazer o que lhe ensinaram que era necessário. Ele agarrou o Trapim dos meus braços antes que eu soubesse o que estava acontecendo. Em um momento, meus braços estavam cingidos no gato; no próximo se encontravam vazios, e nas mãos de DJ via-se o Trapim pendurado pelas axilas, contorcendo-se, prensado. Tentei correr até ele.

— Não! — gritei.

— Vai ser coisa rápida. Segurem ela — falou DJ, a boca cerrada em uma linha sombria que o envelheceu de repente, como um adulto com um trabalho a executar. As nuvens baixas e cinzentas no céu começaram a se acumular e escurecer, e, de dentro da minha cabeça, naquela mesma parte da minha mente que poderia me manter horas a fio envolta com histórias de faz de conta, uma voz miúda sussurrou: *é tarde demais; a maldição está se espalhando*. Brianne e Billy obedeceram no mesmo instante, correndo até mim, agarrando meus braços, puxando-me para trás enquanto DJ levava o gato, que se contorcia, e eu gritava, porque finalmente entendia que era tarde demais e o que estava prestes a acontecer. O que ele ia fazer. DJ agarrou o Trapim de outro jeito, girando-o no ar, segurando o gatinho pelas patas traseiras. Uma única gota de chuva escorreu pelo meu rosto enquanto eu lutava contra as mãos ligeiras que me seguravam. DJ parou diante da pilha de carros esmagados, tão altos, sólidos e implacáveis. Trocou de pé, como um lançador, girando o joelho, dobrando o cotovelo, o corpo se enrolando com energia reprimida enquanto o Trapim, impotente, balançava, segurado pelas patas de trás — e então, de dentro da minha cabeça, outra voz falou, uma que parecia a minha, porém mais velha, cansada e fria.

Não olhe.

Fechei os olhos com força.

Ouviu-se um miado de dor, cortado abruptamente por um estrondo metálico que ecoou terrivelmente.

As mãos que seguravam meus braços me libertaram.

A chuva começou a cair forte, mais forte, grudando a camiseta na minha pele.

— Ei — falou DJ ao meu lado. — Ei, veja só... ele nem sofreu.

Não respondi.

A chuva continuou caindo.

Eu me sentei na lama, tremendo, os olhos fechados, até ter certeza de que estava sozinha.

Não muito tempo depois, meu pai chegou em casa e me encontrou na chuva, sentada nas escadas dobráveis. Encharcada até os ossos e segurando nos braços o corpo mole do Trapim, minha camiseta coberta de sangue e de pelo emaranhado.

— Lizzie? — falou. — Minha nossa, que diabos...

Olhei para cima e disse:

— Tudo bem, eu não trouxe o Trapim para dentro, porque você mandou... você mandou... — E então eu comecei a soluçar, meu pai me pegou nos braços, o pobre cadáver do Trapim e eu, e me levou para dentro, onde finalmente parei de chorar e contei o que aconteceu. Me lembro do olhar em seu rosto enquanto ele ouvia, e daí se endireitou, pegou as chaves e partiu pela estrada até a casa dos Carters: era o mesmo olhar que eu tinha visto no rosto de DJ uma hora antes, a expressão determinada de um homem a executar um trabalho desagradável, mas necessário. Falou que voltaria em dez minutos, mas levou muito mais tempo, quase uma hora, e, seja lá o que tenha dito, fez Billy e Brianne nunca voltarem a pôr os pés em nossa propriedade novamente naquele verão. Quando setembro chegou, todos sumiram por completo, e nunca mais se ouviu falar da família, que se mudou para o Sul do estado.

DJ era uma questão mais delicada. Seu pai era o pastor da igreja que ficava no topo da colina da vila, e seu sobrenome estava entre os mais antigos da cidade, estava até gravado no monumento aos fundadores que ficava no centro. Meu próprio pai, que tinha crescido bem longe de Copper Falls e não compartilhava sangue com ninguém da cidade além de mim, precisava andar com cuidado — foi isso que ele me disse enquanto cavávamos uma sepultura para o pobre e doce Trapim na clareira atrás do quintal. Eu coloquei um buquê de flores de trevo e de madrugador sobre o túmulo. Ele me fez contar a história novamente e depois uma terceira vez, ouvindo atentamente enquanto repetia a sequência de acontecidos. As crianças aparecendo na beira do quintal. Como o Trapim estava nos meus braços e então não estava mais. A maneira como DJ rodou o gato, da cabeça para a cauda. O som metálico e terrível que ressoou quando o osso coberto de pelo bateu contra o para-choque de um Camaro detonado. A sensação da chuva encharcando minha camiseta, meu cabelo, enquanto eu me sentava na lama, com os olhos fechados, e, então, a visão que me saudou quando os abri. Perguntou-me gentilmente, mas com muita seriedade, se eu tinha certeza do que o DJ tinha feito. Se tinha certeza de que foi ele, mesmo com os olhos fechados. E, seriamente, eu concordei com a cabeça. Sim, eu tinha certeza.

Na manhã seguinte, meu pai fez a barba, penteou o cabelo, vestiu uma camisa limpa e dirigiu para a cidade. Ficou muito tempo fora. O Sol já era do meio-dia quando ele finalmente voltou. Não estava sozinho. Enquanto eu esperava, sentada nas escadas dobráveis, um segundo carro, mais novo e mais limpo do que a picape antiga do meu pai, estacionou atrás. O pastor estava ao volante. Havia uma figura menor no banco do passageiro.

— Eu vou ficar lá dentro — avisou meu pai, virando o rosto para lançar um olhar para DJ, que saiu do carro do pai e ficou de pé, com as mãos enfiadas nos bolsos. — Esse garoto aí tem algo *pra* te dizer. Não é?

— Sim, senhor — respondeu DJ.

Vi quando ele se aproximou, cruzei os braços cuidadosamente no peito. Achei que ficaria enjoada só de vê-lo, só de lembrar o que ele tinha feito, mas não me senti assim; em vez disso, fiquei curiosa. O menino que se aproximava parecia uma pessoa diferente daquela que tirou o Trapim dos meus braços. Aquele olhar de gente grande já não estava em seu rosto. Era jovem, inseguro, infeliz. Parou a poucos metros, mudando de um pé para o outro.

— Meu pai me mandou pedir desculpas — falou, finalmente. Ele não tirou os olhos do chão. — Ele disse que, mesmo que seja certo ter livrado um gato como aquele do sofrimento que ele passava, eu não deveria ter feito o que fiz. Porque, hã, porque... — ele deu uma olhada rápida na figura ao volante — ...porque não era a minha casa, meu pai disse. Então ele me trouxe até aqui para eu te dizer isso.

— *Pra* dizer o que, rapaz? — bradou a voz do meu pai, e DJ e eu nos assustamos. Ele estava parado à porta do trailer, do lado de dentro, uma sombra ultrapassando a tela, e senti uma onda de gratidão por ele ter ficado para ver aquilo.

— Sinto muito — falou DJ.

Eu não sabia que ele ia falar até que as palavras estivessem ali.

— Sente mesmo? — perguntei, e pela primeira vez o menino ergueu os olhos para mim.

— Sim — respondeu, tão baixinho que mal deu para ouvi-lo. — Não queria ter feito aquilo. Eu me arrependi assim que fiz.

OBVIAMENTE, não havia como voltar atrás. Desculpando-se ou não, Trapim estava morto, e também a parte de mim que acreditava em contos de fada, em feitiços mágicos, em salvar coisas quebradas de um mundo que queria machucá-las. Depois desse episódio, parei de brincar nos montes. Nunca mais alimentei os gatos do ferro-velho. Não mais contei a mim mesma histórias bonitas sobre o nosso lugar no mundo. Quando saí pela porta, eu sabia quem e o que eu era: uma garota que morava no meio de uma montanha de lixo.

E agora tudo se foi, e eu também. Aposto que você consegue ver a fumaça daquele quintal em chamas a quilômetros. Se apertar os olhos, talvez veja minha alma flutuando para o céu junto com ela, ascendida em uma coluna preta, pútrida e ondulante. Queria saber onde o meu pai está e se ele finalmente vai embora. Ele deveria. Seu negócio incendiado, a filha morta; não há nada mais que o segure em Copper Falls.

MAS ESPERE AÍ: esta história não acabou. Quase deixei de fora a melhor parte.

Porque, depois das desculpas forçadas e da súbita expressão de arrependimento, DJ acenou com a cabeça e se virou, voltando de ombros curvados para o carro no qual o pastor esperava com o motor ainda ligado. O homem no banco do motorista baixou o vidro, e a fumaça de seu cigarro saiu pela janela, um caracol de fumaça no ar nebuloso.

O pastor perguntou:

— Fez tudo que mandei, Dwayne Jeffrey?

E o menino respondeu:

— Sim, senhor.

Porque aquele rapaz, o que matou o meu gato, caro leitor... eu me casei com ele.

07 A CIDADE

— Adrienne Richards?

Há tanto tempo esperava atenta ao nome que chamavam que já na primeira sílaba ela estava fora da cadeira. Ao se levantar, o sofá de couro soltou um chiado grosseiro.

— Sim.

Jovem, a mulher que anunciou o nome de Adrienne estava impecavelmente vestida, desde as solas vermelhas de seus sapatos de salto Louboutin até seus óculos modernos e supergrandes. Deu um sorriso que esboçou prática, com lábios apertados e sem revelar dentes; profissionalismo puro. Se o visual mais casual de tênis e *legging* da cliente estava deslocado, ela não deu a entender.

— Por aqui, por favor, Sra. Richards.

— Obrigada.

Os Louboutins clicaram no chão, e ela os seguiu, cuidando para andar com suavidade, agir naturalmente. Fingir que foi um dia como qualquer outro. Apenas uma mulher em uma reunião — negócios de costume, nada além.

Não foi fácil. Naquela manhã, ela já tinha levado um susto a poucas quadras do salão onde agendou horário para fazer um corte e aplicar luzes com o primeiro cabeleireiro disponível. Escolheu intencionalmente um local bem do outro lado da cidade — igualmente longe, tanto do escritório de Ethan quanto de qualquer um dos locais que Adrienne frequentava —, em parte para evitar a possibilidade de topar com alguém que conhecesse os dois. Até aquele momento havia funcionado perfeitamente. Ninguém olhou desconfiado, e o jovem que cuidou de seu cabelo fez exatamente o que ela pediu: um corte *long bob* ondulado com luzes loiro-rosé, casando perfeitamente com a foto que Adrienne salvou no Pinterest sob a *tag* "inspiração para cabelo".

Quando um dedo bateu levemente em seu ombro enquanto ela andava na calçada, buscando as chaves, quase gritou. Girando, deu de cara com uma loira que agia como se estivesse se desculpando, vestida, da cabeça aos pés, com o mesmo estilo inspirado em Lululemon que também dominava o guarda-roupa de Adrienne, como um uniforme que permitia que os membros da classe ociosa feminina da cidade se reconhecessem na natureza. Um olhar mais atento revelou que elas estavam de fato usando as mesmas *leggings*, em cortes um pouco diferentes.

— Quase não te reconheci! — exclamou a loira como um ganso, e houve um momento de puro e intenso pânico: *droga. Quem é você?* O rosto da mulher era familiar, mas apenas no sentido de que o mundo de Adrienne estava apinhado de mulheres com essa aparência, genericamente bonitas, com sobrancelhas grossas e delineadas, o rosto tão artisticamente esculpido por cosméticos e injetáveis quanto o corpo por aulas de ginástica localizada. Então a loira falou novamente, e ela relaxou.

— Levei um minuto para lembrar o seu nome... Adrienne, *né*?

Ela sorriu de volta, adotando instantaneamente o mesmo tom apologético.

— Sim! É claro, olá! Sinto muito... Que constrangedor, esqueci completamente...

— É a Anna — disse a loira, rindo. — SoulCycle, a primeira aula de sábado. Estou certa, *né*? Sou péssima quando encontro alguém do estúdio na vida real. Tipo, num contexto diferente! Quase passei reto por você, mas aí eu vi a sua bolsa... — Apontou para a bolsa de ginástica, que realmente era difícil de passar despercebida: não apenas pela estampa, colorida e espalhafatosa, mas também pelo logotipo que ocupava inteiramente um dos lados, um anúncio chamativo de que a bolsa devia ter custado pelo menos 2 mil dólares. Anna pousou um olhar breve e invejoso sobre a marca, depois voltou os olhos. — Enfim, eu quis dar um oi. Seu cabelo está ótimo! Fez alguma coisa?

— Mais ou menos — respondeu ela, desesperada para que a conversa terminasse, mas Anna era do tipo que se alongava; cortá-la seria estranho e imprudente. Sorriu de um jeito que esperava que parecesse autodepreciativo, um pouco íntimo, e inclinou-se. — Para ser bem honesta, eu já usei essa cor antes. No ano passado foi a maior tendência da moda outono, mas simplesmente não consigo abandonar. — Pausou, permitindo-se rir. — É horrível eu achar que realmente fica bem em mim?

— *AiMeuDeus*, não, claro que não — falou Anna, com ar tão sério que foi difícil não rir. — Você vai relançar a tendência! Devia postar nas redes sociais. E aí, anda fazendo *spinning*? Acho que não te vi neste fim de semana ou... calma, planejou férias?

O pânico estava de volta. Para alguém que dizia ter memória fraca, Anna estava muito bem informada sobre os detalhes da agenda de viagens da família Richards. *Caramba, Adrienne*, pensou ela. Sempre falava demais.

— Acho que saí da minha rotina — comentou. Outro sorriso autodepreciativo, tom amigável o suficiente. Ainda assim, ela temia que fosse o tipo de resposta enigmática que despertaria o interesse de Anna.

Mas Anna não ficou interessada. Parou de ouvir, talvez até sem escutar o início da resposta à própria pergunta enquanto olhava para o celular e batia loucamente na tela.

— Anna?

— Ah, droga — esbravejou Anna. — Adrienne, sinto muito, preciso apagar um incêndio, mas talvez eu te veja... você sabe...

— Sem problemas — falou, e Anna pareceu aliviada por poder voltar a atenção para o suposto incêndio, ou talvez apenas por não precisar se comprometer explicitamente a participar de uma aula de SoulCycle com Adrienne, que ela mal conhecia e de quem provavelmente apenas fingiu gostar.

De todo modo, foi o ponto-final. Ela soprou beijinhos para Anna, que acenou com os dedos de volta, e tudo se acabou sem aparentemente despertar suspeitas. Sua próxima parada era de volta ao centro da cidade, e ela dirigiu em uma espécie de estado de fuga efusiva, aterrorizada, mas também curiosamente entusiasmada pelo encontro surpresa. Ela não se preparou nem um pouco para isso; só estava à espera do inevitável momento em que Anna perceberia que algo ia muitíssimo errado. A meio caminho do destino, foi tomada por uma nova onda de pânico e precisou encostar para examinar o reflexo no retrovisor, subitamente atormentada pela apavorante possibilidade de que tivesse deixado alguma ponta solta, jogando conversa fora com a "Anna da SoulCycle" com um respingo de sangue alheio bem à mostra no rosto.

Mas é claro que não havia nada. E Anna não tinha notado coisa nenhuma. Quaisquer que fossem os horrores da noite passada, por mais que fosse poderosa a sensação de que ela tinha acordado esta manhã como uma pessoa totalmente diferente e que todo mundo notaria, agora estava claro que ela ainda poderia ser, ou pelo menos parecer, normal. Ficou tonta ao constatar isso.

Eu consigo me safar dessa.

Tudo o que havia feito desde a noite passada era baseado nessa verdade, mas até agora não tinha realmente acreditado nisso. Mesmo que algumas pessoas fossem rápidas em apontar que esta não era a primeira vez que Adrienne Richards se safava de um assassinato, no sentido mais literal da palavra — mas foi diferente. Adrienne era jovem, burra e irresponsável, e a morte do homem foi acidental. Algo bem diferente de colocar uma espingarda sob o queixo de alguém e olhar para o rosto dela enquanto puxava o gatilho.

Havia tanto sangue.

Estremeceu e meneou furiosamente a cabeça, tentando apagar a memória ou pelo menos borrá-la.

Mesmo assim, o outro pensamento ainda estava lá, em sua cabeça, impossível de ignorar.

Eu consigo me safar dessa.

Havia apenas um detalhe: era sem dúvida "eu", e não "nós". Ela agora via claramente as coisas, e isso incluía o fato inescapável de que seu marido seria um problema. Tudo aconteceu muito depressa, não havia tempo para considerar as armadilhas óbvias de escolhê-lo como parceiro de crime — e não era como se ela tivesse uma escolha, não quando ele a escolheu primeiro. Toda essa bagunça foi culpa dele, e aqui estava ela, limpando tudo. Não pela primeira vez. A boa patroa entrando em cena. Houve um tempo em que ela queria desempenhar esse papel, até que "querer" já não bastava. Todo casamento tem suas ranhuras. Essas eram as deles. Era assim que as coisas funcionavam entre os dois. Os respingos de sangue ainda estavam quentes e molhados em suas faces quando ela se virou para ele e disse que tudo ficaria bem, que cuidaria de tudo. E falava sério.

Mas esta, pensou ela, era a última maldita vez.

A MULHER DOS LOUBOUTINS seguiu pelo corredor e passou por outra porta, subitamente silenciando os cliques dos saltos; o piso de mármore cedia lugar a uma madeira reluzente sobre a qual se estendia um tapete oriental ricamente tecido em tons sutis de ocre e vermelho. Em uma plaquinha dourada, lia-se apenas: RICHARD POLITANO e, então, abaixo, CLIENTES PARTICULARES. Atravessaram uma sala de espera — vazia, a não ser pelo tapete e por outros móveis finos e luxuosos — e daí uma segunda porta, onde sua escolta pigarreou e falou "Adrienne Richards", como se fosse a criada de um romance de Jane Austen anunciando a chegada de uma nobre na sala de visitas. Havia uma enorme mesa de mogno na sala e um homem baixinho sentado atrás dela, que se levantou ao som do nome de Adrienne.

— Sra. Richards — disse ele, sorrindo da mesma forma que a mulher dos Louboutins. Estendeu a mão, pouco mais de um centímetro de punho da camisa passando a manga do terno perfeitamente ajustado. — Como é bom te ver. Já se passaram séculos.

— É Adrienne, por favor — respondeu, retribuindo o sorriso dele. — E faz séculos. Eu tentava lembrar a última vez que estive aqui.

Ouviu-se um clique suave por trás, e ela se virou e viu que a porta pesada por onde entrou agora se fechava. A mulher dos Louboutins tinha saído, para deixá-los conversar em particular. De repente, ela entendeu o propósito daquele *lobby* supérfluo, uma sala vazia em um prédio onde o metro quadrado chegava a valer os olhos da cara: era um símbolo, um amortecedor de 100 mil dólares entre você, o *cliente particular* e o negócio habitual praticado em outras partes da firma. Aqui, você era especial. Aqui, estava a salvo.

— Adrienne, então — corrigiu-se Richard Politano. — E você deve me chamar de Rick, é claro. Quanto à sua última visita, vieram vocês dois juntos aqui, não? Você e o Ethan? Só daquela vez, eu acho. Já deve fazer algum tempo, desde aquele... bem, aborrecimento.

Ela fez que sim com a cabeça.

— Isso mesmo.

— Bem, hoje nos encontramos em melhores circunstâncias, então. Sente-se — pediu ele, indicando um par de poltronas aconchegantes dispostas em ângulos para uma mesa de centro polida. — Aceita um café? Ou uma taça de vinho? Lamento tê-la feito esperar. Tive que reorganizar umas coisas para te encaixar, mas é claro que sempre fico contente em reservar um tempo para você e o Ethan. Como ele está?

— Ethan está bem... — Ela se desconcentrou, pressionando os lábios, movendo-se na poltrona, e notou com prazer a maneira como Rick se inclinou pouco a pouco no assento dele, penetrando avidamente o espaço onde algo claramente deixava de ser dito. Ela decidiu que não havia necessidade de embromar: — Como vê, ele não está aqui.

Foi uma declaração destinada a provocar uma resposta, e ela não se desapontou: na fração de segundo que levou para Rick Politano moderar sua reação, ela viu uma série de emoções passarem pelo rosto dele.

Divertimento, surpresa, intriga, agitação. *Ótimo,* pensou ela. Ofertou-lhe um sorriso, matreiro e hesitante.

— Rick. Vou falar abertamente. Posso, *né*? Você sempre me pareceu um homem que leva confidências a sério.

— Claro — confirmou e desta vez não fez nenhum esforço para esconder o interesse. O tom não mudou, mas o sorriso, sim; o lábio superior subiu um milímetro, e, num instante, a expressão de Rick Politano passou de amigável e profissional para nitidamente astuta.

— Pergunto porque preciso de um conselheiro. Alguém em quem eu possa confiar — disse ela.

— Não sei se eu entendi — respondeu Rick, empertigando a cabeça de uma maneira que sugeriu que, na verdade, tinha entendido perfeitamente.

Ela se inclinou, mantendo contato visual, e prosseguiu:

— Não quero ser uma dessas mulheres que a vida pega de surpresa. Uma dessas mulheres que deixam o marido controlar tudo, presumindo estarem seguras e protegidas, e, então, a merda bate no ventilador, e elas se veem sem nada.

— Entendo — falou Rick. — Há algo que eu deveria saber? Pela sua expressão, Adrienne, posso entender que a merda bateu no ventilador?

— Não — respondeu. E então: — Eu não sei. Ainda não. Talvez não bata. Mas, se algo acontecer, se algo estiver vindo, quero estar preparada. Quero saber onde piso. E desde o… aborrecimento, sinto que me falta essa informação. Ethan não me conta muita coisa. Sinto… sinto como se eu não estivesse no controle. E isso é terrível.

Rick Politano tinha grossas sobrancelhas pretas sob uma onda de cabelos brancos encorpados e, quando ela terminou de falar, ele franziu o cenho com ar de desaprovação.

— Fico surpreso de ouvir isso — comentou. — Um homem que mantém sua esposa no escuro interpõe um muro entre uma importante aliada, especialmente… se você não se importa com a minha forma de dizer… se ela for tão ambiciosa e inteligente quanto você. Sempre achei que Ethan entendesse isso, mas… Bem, vai saber?! Talvez ele não quisesse importuná-la.

— Talvez — disse ela. — Mas cá estou, importunada.

— Bem, não podemos admitir isso — falou Rick, sorrindo. — Garanto que todos os cenários foram previstos e planejados. É minucioso, mas não é complicado. Ficarei feliz em te explicar.

— Sim — respondeu ela. — Por favor, me explique.

08 LIZZIE

Ainda tem tanta coisa que não contei a você sobre a vida que vivi com o Dwayne e o que construímos juntos. O bebê, tão pequeno e tão calmo, no clarão que tive antes que o levassem embora. O acidente do Dwayne e o vício que se seguiu. A maneira como as coisas azedaram ao longo dos anos, a maneira como nossa felicidade se deteriorou de dentro para fora até tudo terminar num estrondo, literalmente.

Mas haverá muito tempo para isso.

É hora de falar sobre Adrienne Richards.

ADRIENNE RICHARDS não era o tipo de pessoa que frequentava Copper Falls, e Copper Falls não era o tipo de lugar que lhe teria algum atrativo. A cidade em si não era encantadora, com todas aquelas casas desabando e fachadas de loja entaipadas, poeira se acumulando nas vitrines que ladeavam a ruazinha principal. Algumas cidades mais ao sul tinham fileiras de lojinhas fofas para turistas e negócios sazonais, suficientes para sustentá-las; nós só tínhamos uma: a gelateria, tocada por uma mulher de expressão amarga chamada Maggie, cujo antebraço direito era maior do que o esquerdo depois de anos trabalhando com o pegador de sorvete. Além do bar Strangler's — e coitado do forasteiro que tentasse pisar naquele buraco —, não havia nada para atrair turistas, exceto o próprio lago, que era bonito, mas afastado. Pouco mais de 20 quilômetros da cidade sem graça, descendo uma série de estradas sinuosas de cascalho que eram, no melhor dos tempos, cansativas de dirigir e traiçoeiras à noite, além de bem fora do alcance da torre de celular mais próxima, o que deixava muita gente da cidade surtada. Os que vinham queriam quase sempre passar um fim de semana, uma semana, no máximo, e a única pergunta que sempre pareciam fazer era se tinha Wi-Fi. (Não tinha.) Por isso pensei que a mensagem de Adrienne, no início, fosse uma traquinice, uma estúpida local tentando se divertir um pouco. Era como uma paródia, o malabarismo que ela fez para deixar claro sem dizer abertamente que ela e Ethan eram figurões e tal. Ela quis reservar um mês inteiro ("dinheiro não é problema"), confirmando se o lago e a casa eram tão isolados quanto na busca pelo Google Earth, e também se o nosso *"staff"* (eu ri nessa parte) era discreto, porque ela e o marido prezavam muitíssimo pela privacidade.

Mais tarde, percebi por que ela escolheu Copper Falls e a minha casa, quando todos com essa dinheirama estavam de férias em lugares extravagantes, nos Hamptons ou em Cape Cod: ela precisava estar onde eles não estavam. Ela queria o anonimato de Copper Falls, onde ninguém era sofisticado ou interessado o suficiente para conhecer sua história a fundo. Ela queria escapar de sua reputação, mesmo que apenas durante o verão.

Tínhamos isso em comum. Acho que é por isso que, no fim das contas, ela me escolheu também.

Para a maioria das pessoas em Copper Falls, Adrienne e Ethan eram irritantes, mas enfadonhos, apenas mais um casal rico que não era da cidade nem digno de confiança, mas cujo dinheiro aceitariam com relutância desde que não saíssem de vista. Os detalhes de suas vidas e a extensão de sua riqueza eram irrelevantes; quando a pobreza é uma constante na vida, a diferença entre um milionário e um bilionário é mera abstração. É como calcular a distância de uma viagem até Marte em comparação com Júpiter. O que são mais cem anos-luz se a realidade está totalmente fora de alcance e você nunca vai chegar lá? Mesmo quando percebi que os Richards não eram apenas um típico casal de classe média alta, eu não entendia o que significava ter esse dinheiro todo.

Mas a maneira como o mundo se sentia em relação a eles — isso eu entendia. Quando pesquisei o nome de Adrienne na internet, logo depois de receber o dinheiro da reserva do mês, na hora ficou claro por que "discrição" era tão importante para ela. Ela e seu marido eram famosos por todas as razões erradas.

Ethan Richards era um criminoso. O tipo cortês, um daqueles bandidos de colarinho-branco que flutuam em um paraquedas dourado e pousam suavemente em uma pilha de dinheiro enquanto a empresa que saqueavam arde em chamas. O escândalo já era notícia velha, mas histórias como essa sempre fazem os sinos soarem. Negócios obscuros, perdas ocultas, homens com escritórios locais andando na corda bamba entre o *antiético* e o *ilegal* a fim de encher seus bolsos já estufados, passando por cima de gente humilde que labuta por dinheiro. Quando a merda finalmente bateu no ventilador, centenas de pessoas perderam seus empregos, e muitos mais perderam suas economias de vida. O objetivo de tudo era difícil de entender, mas o impacto era claríssimo. Em algum lugar, a avó de alguém vai passar sua aposentadoria comendo ração para gatos em um apartamento sem aquecimento por causa dos crimes de Ethan Richards e seus amigos — e, entre todos os homens envolvidos, Ethan escapou impune.

Naquela noite, fiquei acordada por horas, lendo todas as histórias sobre sua prisão e sua posterior soltura e todos os artigos de opinião publicados mais tarde sobre a necessidade de que as leis mudassem, para que pessoas como Ethan Richards pagassem por seus crimes no futuro. Ele nunca foi acusado, mas isso quase não importava. No que dizia respeito à imprensa e ao público, ele era culpado de todas as acusações, com Adrienne como coacusada. Era engraçado como funcionava. As pessoas estavam com raiva dele, mas, céus, o ódio ia todinho para ela. Veja o porquê: ela fazia o perfeito papel de vilã, uma imagem maravilhosa de privilégios superficiais com seus projetos de vaidade, seus patrocínios no Instagram, sua vida de luxo totalmente imerecida. E então houve a insensibilidade; ela parecia ignorar ou ser indiferente quando se tratava da devastação que seu marido tinha causado, e alguns dos artigos até sugeriram astutamente que ela mesma poderia ter tido um dedo ali, uma Lady Macbeth moderna e impecável encorajando seu homem por detrás das cortinas. Mais tarde, depois que a conheci melhor, eu decidiria que tinham tudo para estarem errados sobre isso. Adrienne simplesmente não era ambiciosa ou imaginativa o suficiente para planejar um escândalo contábil de bilhões de dólares. Quanto mais lia naquela noite, porém, mais difícil era não admirar Adrienne Richards. O drama corporativo, as notícias, a possibilidade de seu marido ser indiciado por fraude e ir para a cadeia, deixando-a sem nada — muitas mulheres teriam perdido a cabeça, mas não Adrienne. Mais do que tudo, isso parecia ser uma amolação para ela.

Não dava para dizer nada disso a ela, é claro. Eu não teria dito. Eu já tinha decidido tratá-los como quaisquer outros hóspedes, exceto por me disponibilizar a ir uma vez por semana para fazer uma limpeza e trocar a roupa de cama, e isso só porque eles estavam ficando muito tempo. No dia em que chegaram, entreguei as chaves extras, falei uns cinco minutos sobre as atrações locais e como a casa funcionava e deixei os dois a sós.

Foi pura coincidência que eu estivesse no mercado algumas horas depois, quando Adrienne entrou. Ela não passava despercebida, percorrendo os corredores em suas alpargatas, deixando uma trilha de perfume e meia dúzia de moradores irritados em seu rastro. No início, ela apenas saltou de seção em seção, emitindo ruídos a cada decepção com a seleção de queijos, fazendo caretas para as verduras ("Onde está a *couve*", murmurou), andando com a cesta vazia enquanto as pessoas assistiam e reviravam os olhos. Eu pensava em sair de fininho antes que ela me avistasse. Alguns idosos também começavam a me fulminar com o olhar, porque havia apenas uma pessoa na cidade que alugaria a casa para uma visitante obviamente tão deslocada. Um deles resmungou baixinho algo para o outro; peguei as palavras "tinha que ser a Ouellette" e decidi que era melhor não ouvir o resto.

Então Adrienne foi até o caixa e começou a perguntar a Eliza Higgins onde estava o iogurte orgânico islandês, e Eliza só disse "quê?" num tom desagradável, fingindo não entender, como se nunca tivesse ouvido falar de iogurte ou da Islândia e tampouco falasse inglês. Então, Adrienne se repetia, soando mais irritada a cada vez, e eu fui ficando com raiva. Com muita raiva das duas. Eu queria dar um tapa em Adrienne, não apenas porque ela parecia não perceber que estava sendo ridicularizada, mas porque ela devia ter noção do ridículo ao acreditar que encontraria os produtos sofisticados dela em um lugar como Copper Falls. Na verdade, este acabou se revelando um dos seus maiores talentos: fazer parecer que *você* era a esquisita, a maior idiota do mundo, por não saber o que era leite de alpaca caipira ou ovos de abelha liofilizados com iogurte ou vaporização vaginal customizada, ou qualquer outra merda caríssima que a Gwyneth Paltrow recomendou na porcaria da sua *newsletter* daquela semana. Mas essa era Adrienne, que faria cara de surpresa, como quem diz *quem, eu?*, com olhos perplexos e arregalados, quando todos na cidade nutriam verdadeiro ódio por ela.

Mas, ora, eles me odiavam também — o que nos colocava no mesmo time. Eu teria feito o que fiz se não fosse por isso? As coisas teriam sido diferentes?

Porque o que eu fiz foi marchar até o caixa e dizer:

— Meu Deus, Eliza. Ela quer iogurte da Islândia. Não é tão complicado assim. Apenas diga que não tem, porque você já estocou iogurte Oikos uma vez, e o povo daqui surtou porque teve que aprender a pronunciar uma nova porcaria de palavra. E então aponte onde está o Oikos, já que é a melhor alternativa, para que ela possa concluir as compras e voltar para o lago. E tem mais, ela e o marido vão ficar o mês todo. — Virei-me para me dirigir a uma pequena multidão boquiaberta que se reuniu atrás de mim. — Isso mesmo, galera, o mês inteiro e parte de agosto também, então podem dar meia-volta e tocar a merda da vida de vocês. — E terminei me voltando para Eliza: — Seu braço não vai cair se fizer o pedido de uma mísera caixa do tal iogurte da Islândia. Se sobrar depois que eles forem embora, eu compro o resto de você. O que acha?

Eliza apenas bocejou para mim, mas Adrienne se meteu na conversa como se fôssemos conhecidas há anos.

— Ó, é delicioso — falou. — Vai mudar a sua vida.

VINTE MINUTOS DEPOIS, Adrienne Richards pagou pelas compras, e caminhamos juntas até o estacionamento, deixando Eliza Higgins carrancuda diante do caixa. O Sol reluziu no cabelo de Adrienne — era um loiro sedoso naquela época, antes que ela tingisse de loiro-rosé, que o Sol e a água do lago acabariam deixando laranja —, e ela olhou cautelosamente por cima do ombro antes de soltar uma gargalhada rouca e conspiratória.

— Minha nossa! — exclamou. — Que aventura. Não sei se vou ter coragem de voltar lá.

Seu riso era contagiante. Não me segurei e ri junto.

— Pode ser um pouco embaraçoso — admiti. — Se for um problema, no fim de semana você me passa os itens que estão acabando e eu levo quando for fazer a limpeza.

Adrienne arqueou uma sobrancelha, olhando-me de soslaio.

— Não sei se você também vai poder voltar lá — comentou.

— Ah, eles estão acostumados comigo. Conheço a Eliza desde sempre — falei.

— Ela não vai ficar com raiva?

Soltei uma risada.

— Não falei isso. Mas, se a opinião de alguém a seu respeito nunca foi boa, por que esquentar a cabeça?

Vou ser honesta: eu não me senti tão arrogante como deu a impressão. Mal saímos do mercado, e a notícia já teria se espalhado por toda a cidade, mais uma para a lista de Lizzie Ouellette, a Cadela do Lixão. Provavelmente, antes do fim do dia, eu escutaria até do Dwayne e do meu pai, nenhum deles achando a menor graça nos modos de Adrienne.

Mas, naquele momento, descobri que não me importava. Eu queria que ela gostasse de mim, queria ser o tipo de pessoa de quem ela gostaria. Ela era tão *esplêndida*. A maneira como nem ficou abalada com a grosseria de Eliza, como ela caminhava pelo estacionamento com o queixo empinado e os quadris balançando, como se estivesse desfilando em uma passarela. Ao andar ao seu lado, combinando o meu passo com o dela, tive esperanças de que aquela magia dentro dela viesse um pouco para mim, apenas um tiquinho. E talvez eu estivesse imaginando, mas algo no tom de sua voz e na inclinação da cabeça enquanto falava me fez pensar que uma linha tinha sido cruzada — que ela gostava de mim, que talvez até fôssemos amigas.

Acho que foi quando percebi pela primeira vez: Adrienne Richards era sozinha. Eu tinha lido em algum jornaleco de fofoca que, depois do acontecido, todos os amigos passaram a evitá-los. Essas revistas podem estar cheias de besteiras, mas, nesse caso, era a mais pura verdade. Eles não tinham filhos, não tinham família; ninguém do mesmo sangue para apoiá-los. Imaginei como seria para alguém como ela. O telefone parar de tocar, os convites não chegarem mais. Murmúrios quando você entrava em uma sala. Analisei suas redes sociais: eram festeiros irrefreáveis, mas agora as fotos nunca traziam outras pessoas. Na maioria era apenas Adrienne, seu rosto ou suas unhas e seu cabelo; ocasionalmente havia a foto de um livro ou de uma xícara de café dispostos na mesa de tampo de vidro em seu apartamento. Ethan e ela devem ter passado muitas noites ali, apenas os dois, olhando um para o outro. Penso que suas férias vinham mais para interromper o tédio do exílio mútuo do que qualquer outra coisa. Não que eles tenham feito algo de diferente durante o mês no lago, mas pelo menos havia mais espaço e cenários diferentes ali. Às vezes, a impressão é que eles tinham ido ao lago apenas para fugir um do outro. Quando eu visitava casa, o que eu vinha fazendo um dia ou outro até o fim de julho, eles quase nunca estavam juntos. Ela ficava no deque, não raro com um livro de autoajuda no colo, sempre com uma taça de vinho que reabastecia para um nível mais fotogênico antes de me pedir para tirar uma foto. Ethan permanecia lá dentro, cochilando, ou saía para passear em um dos caiaques Costco que deixei para o uso dos convidados. Não para remo, apenas para ficar à deriva. Ele levava o barco por umas centenas de metros e ficava sentado ali, olhando para o espaço, o remo descansando em seu colo. Eu acenava. Ou ele não me via ou simplesmente ignorava. E, então, às vezes, ele nem estava por lá. A primeira vez que isso aconteceu, dei falta da grande Mercedes preta e perguntei sobre o paradeiro ele.

— Ele voltou para a cidade — respondeu Adrienne.

Franzi a testa, sem entender.

— Que chato. Ele não podia ficar?

— Não, ele podia. Só não quis. — Ela bocejou. O Sol ia se pondo dourado, e lá do lago um pato-mergulhão grasnou. Adrienne não reagiu. Devia estar bêbada ou mais do que bêbada. Será que àquela altura ela já tinha começado a usar? Gosto de pensar que eu saberia, mas ela era boa em esconder as coisas.

— Sinto muito — falei.

Outro bocejo.

— Tanto faz. Ei, Lizzie, tira uma foto minha?

Inclinou-se contra o parapeito, com o lago atrás dela e o vinho na mão, enquanto eu usava seu celular para tirar uma foto; e depois outra, e outra, já que Adrienne estava preocupadíssima com seus ângulos. Eu não ligava. Ela era linda, e, mais tarde, na privacidade do meu banheiro, eu praticava as poses, inclinando a cabeça e franzindo os lábios do jeito que ela fazia, e imaginava como era ser tão linda também. Tão equilibrada, tão "abençoada", a palavra que ela sempre usava para descrever a si mesma e a vida que vivia. E, quando eu pensava em Ethan, era só para me perguntar por que um homem casado com uma mulher daquelas não aproveitaria todas as chances, todas as oportunidades disponíveis, para estar ao lado dela.

Era tão estranho.

Já não é mais.

O LAGO

O lugar onde Lizzie e Dwayne moravam na cidade era uma casinha inexpressiva estilo *saltbox*: exterior com revestimento de vinil cinza, interior com carpete verde antigo e painéis de madeira nas paredes. Bird, que tinha mais de 1,90 metro, abaixou-se involuntariamente ao passar pela porta da frente. O Sol se punha, a oeste, encharcando de dourado o início da noite, enquanto um friozinho penetrava no ar. Dentro da casa, porém, parecia que a noite já tinha caído. Os tetos eram baixos; os quartos, escuros.

Bird não estava sozinho: Myles Johnson o encontrou na entrada, ainda tão assustado quanto… bem, quanto um homem que começou o dia puxando um nariz decepado de um triturador de lixo. Bird fez uma careta ao ver as mãos de Johnson, já vermelhas e rachadas de tanto lavar. Elas iam sangrar antes que acabasse o dia.

— Já esteve aqui antes? — perguntou Bird.

Johnson olhou ao redor, esquadrinhando a sala da esquerda para a direita. Bird seguiu o olhar. A porta se abriu e revelou um antro que continha um sofá de couro falso rasgado, uma poltrona xadrez e um par de mesas laterais que não combinavam. Era difícil acreditar que a mesma mulher que decorou tão meticulosamente a casa do lago também morasse neste lugar.

Johnson respondeu:

— Algumas vezes. Temporada de caça, geralmente. Eu pegava o Dwayne e a gente ia caçar. Mas nunca fiquei muito tempo.

— Alguma coisa parece fora do lugar?

Johnson meneou a cabeça.

— Para mim, não. Mas não tenho certeza.

Bird se dirigiu à cozinha, e Johnson o seguiu, curvando-se ao passar pela porta. A casa era arrumada, mas claustrofóbica. Os quartos eram arejados e apertados, e os móveis, volumosos e um pouco grandes demais para o espaço. Não era uma cena de crime, pelo menos não até onde se sabia — um dos técnicos examinou brevemente e não encontrou vestígios de sangue, nenhuma desordem. A espingarda em nome de Dwayne era a única coisa que aparentemente faltava. As roupas de Dwayne e de Lizzie ainda estavam penduradas nos armários. A geladeira, abastecida. Via-se na pia um prato sujo com algo amarelo — gema de ovo, talvez — tão seco que tinha formado uma crosta dura na borda. Nada representava algo para Bird. Às vezes, em um caso como este, a casa da vítima teria um quê de assombração, cada arranhão na madeira ou mancha no carpete repentinamente imbuídos de significado, prenúncios da eventual tragédia. Mais triste ainda era quando havia sinais de que ela já previa: uma mala feita e guardada em um armário, um maço de notas socado em uma gaveta, o endereço de um abrigo ou o cartão de visitas de um advogado de divórcio escondido entre as páginas de um livro. Na vida de uma mulher violentada, nunca haveria um dia mais perigoso do que o dia em que ela tentasse partir. Em um caso comovente, a mala estava junto à porta, e a dona, deitada de bruços a poucos metros de distância. Ela deixou cair a mala quando ele deu um tiro nela.

Lizzie Ouellette não tinha uma mala, ou um esconderijo para dinheiro, ou um diário detalhando seu plano de fuga dos anos de abuso. Nem

Dwayne deixou uma confissão escrita, ou uma nota de suicídio, ou uma busca reveladora na internet sobre viagens para o Canadá ou para o México. Mesmo assim, Bird achou que a casa seria de boa valia, ainda que apenas contasse sobre as pessoas que moravam lá, revelando coisas sobre Dwayne e Lizzie que a população de Copper Falls preferia não dizer. Jennifer Wellstood tinha sido mais aberta que a maioria, mas mesmo ela parecia fazer parte de um acordo tácito entre os locais para revelar só até certo ponto. Esta casa, porém, com a porcaria da mobília sem combinar, o carpete sujo, as prateleiras que não continham livros nem lembranças, as paredes em que nem uma única fotografia sequer foi pendurada — tudo contava uma história. Os dois poderiam até ter dormido juntos todas as noites aqui, mas o espaço não era de uma vida compartilhada, não havia "nós". O sofá de couro falso tinha um longo amassado no meio, onde Dwayne provavelmente se esparramava com frequência, sozinho. Viam-se umas latas de cerveja vazias na mesinha de canto próxima ao lugar onde ele apoiava a cabeça no encosto do sofá, a ponta que dava melhor visão para a TV. Lizzie até podia puxar a cadeira, é claro, mas comparativamente parecia pouco usada, com um par de botas de trabalho surradas e um cordão arrebentado no chão. Mesmo sabendo pouco sobre ela, Bird não conseguia imaginar Lizzie sentada ali.

Saiu da cozinha e seguiu para a parte de trás da casa com Johnson em seu encalço. Uma porta à direita dava para o quarto: bagunçado, com um azedume emanando das pilhas de roupa suja no chão. Bird estacou e olhou para o delegado.

— E este quarto? — perguntou. — Algo diferente?

— Eu não sei, meu. Eu só entrava e saía. Eles não me convidavam para o quarto — respondeu Johnson, lançando a Bird um olhar desorientado. — Mas parece... normal? É a cara do Dwayne, em todo caso. Ele é meio desleixado. Devia ver o carro dele.

— E quanto a Lizzie? Isso seria um incômodo para ela? — perguntou Bird.

Johnson se mexeu desconfortavelmente.

— Saquei o que você está fazendo.

— O quê? — perguntou Bird.

— Você quer saber como era entre eles, se brigavam e tal. Quero dizer, eu entendo. Mas eu simplesmente não sei, entende? Aqui as pessoas valorizam a privacidade. Meus pais mesmo iam para o porão se fossem discutir, porque era o único lugar onde daria para gritar um com o outro sem que os vizinhos ouvissem. Se o Dwayne e a Lizzie estavam tendo problemas, eu nunca vi. Diabos, eu mal a via. Ela manteve distância dos amigos do Dwayne, e isso foi bom *pra* gente.

— E por quê? — Johnson pestanejou, surpreso, e Bird repetiu a pergunta: — Por quê, hein? Seu amigo estava casado com ela há dez anos. Você nunca quis conhecê-la melhor? Ou simplesmente não gostava dela?

— Veja bem… — Johnson começou, e a voz sumiu. — Acho que nunca pensei no porquê. Não havia nenhuma razão. As coisas com a Lizzie eram assim e ponto, sabe. Era como era.

Bird se virou. Só hoje tinha ouvido algumas vezes: *era como era*. Por que a cidade ainda achava Earl Ouellette levemente suspeito mesmo quando ele morou aqui por décadas, era dono de um negócio, casou-se com uma mulher local e teve uma criança que cresceu com eles? *Era como era*. O que fez de Lizzie uma combinação tão única de pária e saco de pancadas, uma garota que todos casualmente odiavam de longe sem nunca se questionarem o motivo? *Era como era*. Copper Falls era um lugar onde se atribuía o seu rótulo desde cedo e permanentemente; uma vez que as pessoas decidissem quem você era, elas simplesmente nunca permitiriam que você fosse outra pessoa. Seu rótulo era o que era; você era alguém bom ou ruim.

Lizzie foi rotulada como alguém ruim. Não restavam dúvidas sobre isso, mesmo quando Bird lutava contra a tendência da comunidade em manter silêncio e jamais falar mal dos mortos. As pessoas desconversavam, permitindo que o não dito se metesse nas entrelinhas.

Pobre Earl. Lizzie sempre foi um desafio. Ele tentou mantê-la na linha. Talvez se ele tivesse sido mais presente, mas… bem, ela puxou a mãe. Que sua alma descanse em paz. A alma das duas. Billie também estava sempre metido em encrenca. Sempre desorientado, com algo para provar. Ele era pouco mais velho que Lizzie quando Earl chegou à cidade. Se o garoto Cleaves tivesse sido um pouco mais cuidadoso, sabe o que quero dizer, talvez nada disso tivesse acontecido...

Bird fez uma careta, deixando o olhar vagar pela bagunça do quarto. *O garoto Cleaves.* Este era o outro ponto: Dwayne Cleaves tinha 30 anos e era o principal suspeito do assassinato da esposa, mas as pessoas não paravam de falar sobre ele como se o tal fosse algum tipo de herói da cidade cuja vida fora injustamente descarrilhada. *Tanta promessa, um desperdício. Ele ia jogar na maior liga de beisebol. Ou talvez fosse uma liga menor. Concorrer a uma bolsa de estudos? Bom, seja como for, a questão é que ele tinha sido notado. Ele poderia ter conquistado mais. Mas desistiu de tudo. E para quê? Algumas pessoas dizem que ela nunca esteve grávida.*

O silêncio se estendeu por muito tempo, e Myles Johnson limpou a garganta.

— Acho que eles tinham um quarto no andar de cima, tipo um escritório — falou. — Já deu uma olhada?

— Ainda não. Vá na frente.

Os homens trombaram um no outro ao chegarem à parte de trás da casa e depois se viraram para subir as escadas estreitas sob o teto inclinado. Era mais quente no segundo andar, e mais claro. Bird pisou no patamar e acenou com a cabeça enquanto olhava ao redor: havia uma intenção neste quarto, que ecoava a decoração cuidadosa da casa do lago. Este espaço no andar de cima, portanto, seria onde Lizzie passava o tempo, enquanto Dwayne se esparramava com sua cerveja e a televisão no andar de baixo. Havia um sofá baixo e estreito encostado em uma parede e, ao lado, um suporte com um vaso de plantas. Na outra ponta, uma prateleira repleta de livros, a maioria livros de bolso amarelados, e, na frente do sofá, uma mesinha. Faltava sobre ela o notebook barato removido pelos policiais que visitaram a casa naquela manhã. Por não estar protegida por senha, a máquina já tinha sido examinada, não revelando nada de interesse para a polícia. Lizzie a usava para gerenciar o calendário de reservas da casa do lago — os nomes de todos os que alugaram o lugar naquele verão chegariam à caixa de entrada de Bird a qualquer momento — e visitar um punhado de sites. As coisas habituais, nada escandaloso: Facebook, Netflix, Pinterest.

Ela esteve mais ativa neste último, selecionando pequenas coleções de "*pins*", imagens favoritas; Bird nunca tinha ouvido falar do site, mas quem verificou o notebook (uma mulher, imaginou ele) chamou as coleções de "painéis de inspiração". Lizzie mantinha as coleções em meia dúzia de categorias sob vários títulos: design de interiores, maquiagem, paisagem, estilo, artesanato e um painel aleatório intitulado como "sonhos". Bird rolou essa última pasta, esperando ver algum frufru de contos de fada: vestidos de Cinderela, brincos de diamante, mansões de bilhões de dólares, a Riviera Francesa. Mas a coleção de "sonhos" de Lizzie Ouellette era banal, senão absolutamente chata. Uma cabana à luz fraca em uma floresta nevada. Um martíni em taça de cristal gelada sobre madeira escura. Os pés de uma pessoa calçando botas de couro robustas. Unhas pintadas de vermelho cereja. Uma mulher de costas para a câmera, a silhueta contra um pôr do Sol cor de pêssego. Bird, recordando as imagens, sentiu uma pontada de pena com um misto de incômodo. Era de se esperar que alguém que viveu em um lugar tão pequeno, uma vida tão medíocre, ousasse sonhos um pouco mais altos.

Virou-se para Johnson.

— Você disse que não passava muito tempo aqui. Presumo que não veio a este cômodo.

Johnson olhou em volta, encolhendo os ombros.

— Não. É a primeira vez. É... maneiro.

— Lembra a casa do lago — comentou Bird, no que o outro homem concordou com a cabeça.

— Sim. Tipo, junte as peças. — Ele deu de ombros novamente. — Você perguntou por que ela não saía com a gente, *né*? Mas ela tinha coisas assim. Vivia no próprio mundo.

— Pelo que ouvi, ela tinha que encontrar outra coisa para fazer. Não é verdade? Ouvi dizer que as pessoas atazanaram até a vida do rapaz por ele ter se casado com ela. Me disseram que as pessoas convidavam o Dwayne para sair, mas não ela.

Johnson se encolheu.

— Sei lá. Claro, as pessoas faziam piada. Torravam o saco dele. Não significava nada. Mas, no ensino médio, o Dwayne podia pegar a garota que quisesse, e a Lizzie era meio que... sabe. O ferro-velho. E o pai estranho dela. E ela meio que se achava demais, considerando... — Bird apenas cometeu o erro de se inclinar para frente, um pouco ávido demais, e Johnson fechou os lábios e voltou a esfregar as mãos freneticamente. Respirou fundo. — Eu não quero falar mal da Lizzie — falou. — Me sinto péssimo com o que aconteceu com ela. Me sinto péssimo com tudo. E eu sei que qualquer coisa que eu disser você vai extrapolar, e eu também não quero isso. Ainda acho que o Dwayne não machucaria a esposa. Só estou tentando dizer que estar com ela não fazia bem a ele. A impressão que dava era que, depois que ele se envolveu com ela, tudo começou a desandar.

Bird tentou outra estratégia.

— Como a carreira dele? Ouvi que ele ia jogar para a liga principal.

Johnson bufou um pouco.

— Uh. Não. Liga universitária. A primeira divisão, talvez. Mas era algo, sim, e então não dava mais. Ele teve que arranjar esse emprego na madeireira por causa do bebê, e depois não tinha bebê nenhum. E ele sofreu o acidente. Deve ter ouvido a respeito.

Bird fez que sim com a cabeça. O acidente foi uma reviravolta importante na história de Dwayne Cleaves, o Herói Trágico; um acidente envolvendo um caminhão madeireiro e uma amarração malfeita. Dwayne sofreu uma lesão seríssima que deixou o pé direito dele com três dedos a menos e, com sorte, não perdeu o pé inteiro. Uma reviravolta menos conhecida, mas mais interessante na trama, uma que Bird desvendou sozinho, foi que Dwayne recebeu um cheque gordo da madeireira como indenização — algo perto de seis dígitos por dedo perdido — e usou o dinheiro para dar entrada em um negócio local. Esqui para iniciantes no inverno, poda e remoção de árvores no verão, equipamentos inclusos. O proprietário original, um homem chamado Doug Bwart, já tinha fugido para uma comunidade de aposentados na Flórida. Quando Bird falou com ele ao telefone, porém, o homem ainda se lembrava da transação como se fosse ontem. O mais interessante de tudo: ele não tinha muitas lembranças de Dwayne.

Mas se lembrava muito bem de Lizzie.

— Quase dei de presente, *né*? — resmungou o homem. — Dwayne era um cara bom, mas aquela esposa dele... garota execrável. Ela me passou a perna. Entrou, balançando uma papelada de todo tipo, reclamando das emissões disto, da conformidade daquilo. Eu teria descontado outros 25 mil só para calar a boca daquela lá.

Isso foi antes de Bird informar a Doug Bwart que Lizzie Ouellette estava morta, momento em que o homem gaguejou, retrocedendo, garantindo a Bird que ele nunca seria tão duro se soubesse. Todavia, como a casa, com sua personalidade dividida entre o andar de cima e o andar de baixo, e como Myles Johnson, que quase disse abertamente que Dwayne ficaria melhor sem Lizzie por perto, a história de Bwart foi esclarecedora. E agravante.

Os pensamentos de Bird foram interrompidos pelo som de Johnson pigarreando.

— O Sol está se pondo — comentou. — Já viu o que precisava ver?

— Sim. E agradeço por ter vindo — acrescentou Bird. — É de grande ajuda ter alguém que conheça a cidade.

Mudos, os dois homens desceram e saíram pela porta da frente, ambos inalando profundamente enquanto adentravam na noite que caía. O frio no ar era refrescante, e o cheiro de fumaça do ferro-velho já não pairava, finalmente. O quintal em si era insalubre. O sustento de Earl Ouellette ardeu até virar uma pilha de cinzas encharcadas — e, em mais alguns dias, ele teria as cinzas de sua única filha para espalhar por cima. Perda sobre perda. Um pensamento medonho. Bird balançou a cabeça e enfiou a mão no bolso para pegar as chaves. Johnson permaneceu ao lado dele, hesitante. Mais uma vez, ele torcia as mãos.

— Senhor? — perguntou o delegado. — Acha mesmo que o Dwayne fez isso?

Bird fitou o longe.

— Acho que eu gostaria de fazer essa pergunta a ele — respondeu, finalmente. — Boa noite.

A casa estilo *saltbox* se distanciava no retrovisor enquanto ele dirigia, mas Bird continuava a andarilhar mentalmente por seus cômodos: o gabinete escuro, o quarto bagunçado, a escada curta, o escritório arejado. Talvez a casa onde os dois viveram juntos, embora tão separados, fosse um sinal não de acordo ou de cooperação, mas sim um caldeirão de problemas borbulhantes. E ainda assim: quando Lizzie Ouellette ficou grávida, Dwayne Cleaves assumiu e se casou com ela. Então a tragédia, a lesão dele, transformou-se em oportunidade, e Lizzie entrou em cena para negociar... e ele deixou que ela tomasse a frente. *Confiava* nela. Mesmo válida a suposição, passaram-se anos. Muita coisa poderia ter acontecido; muita coisa poderia ter mudado. Mas a verdade que Bird não podia ignorar era esta: em dois dos momentos mais desafiadores de suas vidas, momentos que poderiam facilmente separá-los, Lizzie e Dwayne uniram forças.

10 A CIDADE

A bolsa de ginástica pesava no ombro enquanto Adrienne cruzava o saguão do banco do centro da cidade, saindo pela entrada da frente assim que o relógio bateu 17h. A calçada estava apinhada de pessoas, e ela colocou um braço sobre a bolsa, segurando-a junto ao quadril, ciente das consequências catastróficas se alguém tentasse pegá-la. Deixou o escritório de Rick horas antes, mas as palavras de aviso dele ainda soavam em seus ouvidos.

— Não há necessidade de apressar esse processo. E um cheque desse tamanho? Minha querida, simplesmente inaceitável. Não é apenas pouco ortodoxo, é perigoso. Eu nunca recomendaria a uma cliente que assumisse tal risco.

— Mas... — protestou, que foi o momento em que Rick se inclinou e pousou uma mão no joelho dela. O toque foi mais paternal do que lascivo, mas ainda assim a pôs em silêncio, assustada.

— Adrienne, esse dinheiro é seu — falou. — Quero ser absolutamente claro sobre isso. Você está no controle, e eu posso distribuir esses fundos da maneira que quiser. — Sorriu para ela, aquele sorriso astuto. Ávido e matreiro. — Mas é muito importante para mim que você e seus ativos sejam bem cuidados, e acredito que haja uma solução que satisfaça suas preocupações imediatas e duradouras, sem fazer nada precipitado. Dessa forma, seus interesses estão protegidos em todas as frentes... inclusive das garras gananciosas da Receita Federal.

Rendeu-se, então. Ela não poderia explicar muito bem que suas preocupações eram muito mais imediatas e muito menos nebulosas do que ela tinha sugerido, que a Receita Federal era a menor de suas preocupações. Que duas pessoas estavam mortas, e ela estava correndo contra o tempo.

Fez uma careta enquanto caminhava, apressando-se para acompanhar a multidão rápida, drones de escritório velozes a pegar seus trens para casa. Ninguém olhou para ela, mas ainda assim se sentia terrivelmente visível, exposta. Afinal de contas, saiu com um cheque, se bem que apenas com uma fração do que havia nas contas que ela esperava liquidar inteiramente. Mas uma fração era muito dinheiro. Mais do que ela jamais segurou de uma só vez. Rick estava certo: Ethan planejou todos os cenários imagináveis, incluindo, mas não se limitando, ao próprio encarceramento ou morte, de modo a garantir que a esposa fosse bem-cuidada. Seja lá o que viesse a acontecer com ele, Adrienne podia ter certeza de que viveria como tinha se acostumado, por assim dizer. Ou pelo menos perto disso.

— Não quero meter o nariz — disse Rick, mantendo o sorriso irônico, sugerindo não haver nada que ele quisesse fazer mais —, mas talvez devêssemos rever e discutir a possível divisão de ativos. Você teria direito a muito mais do que isso se, por exemplo, antecipasse um divórcio...

— Oh, não, não. Não se trata disso — respondeu prontamente com uma risada, como se a ideia de divórcio fosse tremendamente ridícula.

Oh, não, Rick, ela se imaginou dizendo. *É algo muito pior. Diga-me, Rick: você já viu o que acontece com uma mandíbula humana quando a gente descarrega nela um cartucho cheio de munição Mag-Shok? O rosto dela literalmente explodiu, Rick.*

E suas preocupações imediatas estavam satisfeitas, como tão elegantemente expôs seu confiável conselheiro? Graças ao planejamento completo de Ethan, a resposta podia realmente ser sim. Adrienne sabia sobre alguns dos planos — como o cofre há pouco esvaziado, o conteúdo agora cuidadosamente guardado na bolsa em seu ombro. Quase soltou um grito ao abrir o cofre, mas ela pegou tudo. Vai saber quando ela teria outra chance! Melhor coletar tudo, mesmo que isso significasse andar por aí com centenas de milhares de dólares enfiados na bolsa de ginástica.

O cheque administrativo mais os diamantes. Agora, isso foi uma surpresa. Só Deus sabe quando Ethan decidiu adquiri-los, ou quanto valiam, mas eram maravilhosamente fáceis de transportar.

Ela teria de esperar para contar tudo. Para calcular, estimar, decidir se o que já tinha era suficiente — o que significava que precisava decidir exatamente de quanto precisava, uma pergunta que só trouxe mais uma dúzia em seu rastro. Suficiente para quê? Suficiente para quem?

Suficiente para dois?, pensou ela e agarrou a bolsa com mais força. Saber o que era "suficiente" exigia saber o que vinha na sequência, e ela não sabia. Estava meio convencida de que tudo desmoronaria antes mesmo que chegasse até aqui.

Em vez disso, tudo corria melhor do que jamais tinha esperado, mesmo com os contratempos. Seu maior medo era que Richard Politano fosse um obstáculo para ela conseguir o que precisava; ele, porém, mostrou-se solícito. É claro que ele não acreditava no divórcio. Provavelmente se deteve nessa pequena possibilidade bem antes de ela chegar, calculando que o lado de Adrienne seria o mais lucrativo se ela e Ethan se separassem. Mas havia outra coisa, também: um sentido palpável, perpassando a conversa dos dois, de que Rick nunca gostou muito de Ethan; que ele não só gostava de ajudar Adrienne, como também se divertia um pouquinho ao transferir dinheiro pelas costas do marido dela. Todos os fundos disponíveis estavam agora em seu nome, espalhados por uma série de contas novinhas as quais ela teria acesso, prometeu Rick, dentro de 48 horas.

Será que dava para esperar tanto? Ou será que deveria esperar? E se o dinheiro a mais fizesse a diferença entre fugir e ser pega? De quanto uma pessoa precisava para desaparecer? Para se tornar outra pessoa e sair da droga da cidade, talvez até mesmo do país, uma longa viagem ao Sul e atravessando a fronteira para o México — tirando o fato de que nem ela nem o marido falavam espanhol. Era nessas coisas que ela precisava pensar, que já deveria estar pensando. Contudo, mesmo quando tentava se concentrar, planejar com antecedência, sua mente insistia em andar em círculos, revisitando tudo o que tinha dito e feito até agora, neste dia. A multidão na calçada a arrastava, e ela se deixou levar, segurando a bolsa bem junto de si, mas permitindo que os pensamentos vagassem. Percorreu as memórias, refletindo sobre seus erros, percebendo estar mais preocupada com o que não lembrava. Quantos erros ela tinha cometido sem saber que eram erros? De repente, ocorreu-lhe pensar em quantas câmeras de segurança a teriam apanhado hoje enquanto pulava de lugar em lugar. Sentada na sala de espera do escritório do Rick, atravessando o saguão do banco. Na viagem de volta ontem à noite, ela havia sido inteligente o bastante para evitar estradas com pedágio, para obedecer a todas as leis de trânsito nos intermináveis semáforos pela quase vazia Rodovia Post. Mas a cidade, com seu barulho e sua agitação, ludibriou-a. Como se ela já tivesse começado a desaparecer, apenas mais um rosto na multidão.

Agora seu rosto estava em meia dúzia de câmeras pela cidade, algo em que ela deveria ter pensado antes. Se a polícia viesse bater, se decidissem bisbilhotar, eles seriam capazes de rastrear seus movimentos? Será que pensariam em olhar com mais atenção? Seu estômago revirou só de imaginar, e ela engoliu em seco. Quanto tempo levariam para perceber que as digitais de Ethan, que estavam por toda a casa no lago, eram as mesmas que eles tinham levado dois anos atrás? Foi uma prisão idiota e espetaculosa que não deu em nada, mas arranhou: ele agora estava no sistema, suas impressões digitais permanentemente arquivadas. E, apesar de sua confiança naquela manhã, toda aquela bravata corajosa — *Estamos muito perto de terminar. Você só tem que me deixar cuidar de tudo* —, ela sabia que o "nós" nada faria. Ethan não falaria com ninguém; se os policiais aparecessem antes de fugirem, seria Adrienne quem os receberia na porta, ofereceria café e responderia às perguntas. O marido teria de se esgueirar; mesmo que mantivesse a boca fechada, só de olharem para seu rosto culpado perceberiam a verdade. E, quando perguntassem onde ela estava desde domingo à noite, ela precisaria mentir.

Não sei nada sobre o assassinato, agente. Sou apenas a bela esposa de um financista endinheirado em um dia normal da semana.

Normal: uma ida ao salão, uma corridinha ao banco, um encontro com o consultor financeiro e... caramba. Porque ela já estragou tudo, não é? Rick mesmo falou: sua visita foi "uma surpresa inesperada". Há anos Adrienne não o via, e ele mudou a agenda, talvez até tenha cancelado outros clientes, a fim de encaixar o encontro. Fora do comum. Absolutamente fora do comum.

Ela teria de ter mais cuidado. Manter a rotina. Fazer o tipo de coisa que faziam as mulheres quando nada tinham a esconder; e eles tinham o dia todo, todos os dias, para fazer o que quisessem. Ela deveria comprar um suco detox por 15 dólares. Fazer as unhas das mãos, dos pés ou todas as unhas. No fim das contas, deveria ir para a estúpida aula de *SoulCycle*, passar uma hora pedalando para lugar nenhum o mais rápido que conseguisse, postar uma foto de seu corpete decotado e reluzente e a *hashtag* *#SuorEmOuro*.

— Com licença — falou súbito, erguendo a bolsa a um ponto mais seguro no ombro, precipitando-se na multidão de pedestres. Ela teve uma ideia: não havia uma *SoulCycle* por perto, mas havia uma cafeteria na próxima esquina. Seguiu o caminho mais curto, entrando ligeira pela porta e parando atrás de um bando de garotas universitárias que pediam cafés com calda de abóbora picante. Pediu o mesmo. Leite desnatado, uma bomba de xarope, sem creme. O barista pegou um copo em uma mão, uma caneta *Sharpie* na outra.

— Seu nome?

— Adrienne — respondeu, como sempre enfatizando a última sílaba, já que as pessoas pareciam nunca acertar a grafia. — Com dois *N*s e um *E*.

Cinco minutos depois, ela pegou o café fumegante e encontrou um assento na bancada, descansando os pés sobre a bolsa de ginástica enquanto se posicionava. O celular em uma mão, o copo com seu nome na outra. Perdeu-se algo na tradução — no copo lia-se ADRINENN —, mas estava tudo bem. O importante era a foto: abriu a câmera frontal e examinou a tela enquanto trazia o copo aos lábios. Virou-se para que vissem o logotipo da cafeteria e arregalou os olhos por cima da borda. Inclinou a cabeça, e as ondas cor-de-rosa de seus cabelos caíram delicadamente na lateral do rosto. Selecionou um filtro que valorizava seu cabelo, legendando a imagem: AÇÚCAR PICANTE, SABOR VICIANTE. #MECHASLATTE #SABORHALLOWEEN #VICIOEMCAFE #CAFEDATARDE.

Mesmo sem chantili, o latte era muito enjoativo. Bebeu metade antes que ficasse morno, obrigando-se a sentar, esperar e observar pela janela de vidro as pessoas passarem. Algumas olharam em sua direção, seus olhos cruzando com os dela, mas ninguém se aproximou. Por um momento, mais uma vez, fechou-se nessa sensação voluptuosa de já ter desaparecido, de não ser ninguém.

No balcão, o celular vibrou. Pegou o aparelho, digitou a senha. A foto que tinha acabado de postar recebeu um punhado de curtidas, além de um novo comentário.

Escreveram: *vadia privilegiada.*

Ela riu involuntariamente, uma risadinha sonora e histérica. Cabeças se viraram, mas estava tudo bem. Adrienne estava acostumada a ser o centro das atenções.

Era, afinal, apenas um dia normal.

11

LIZZIE

Ela era mesmo uma vadia privilegiada, sabe. Adrienne Richards, nascida com o sobrenome de Swan, a herdeira de uma modesta fortuna feita por um bisavô que possuía uma empresa de móveis. A família tinha raízes em algum lugar ao sul, perto de Blue Ridge Mountains, e, mesmo antes de se casar e ficar rica, Adrienne era definitivamente uma *daquelas* garotas. Formada em escola particular, debutante sulista, querida da irmandade, membro de carteirinha da Associação Nacional de Rifles. O tipo de mulher que ainda falava em fazer faculdade para arranjar um bom-partido. Eu soube de tudo isso da mesma forma que todos os outros souberam. Não foi difícil descobrir; você provavelmente também já ouviu as histórias. Teve a revista espalhafatosa que divulgou o casamento de 1 milhão de dólares. Ou a vez que Adrienne insistiu em construir um spa completo com piscina de imersão no porão de sua casa centenária no Green — quando falou a um repórter local que os vizinhos que reclamaram do barulho eram apenas "*haters* invejosos". Teve as *startups* para mulheres ricas, que iam desde perfume orgânico até uma linha de bolsas de couro vegano, passando pelo design de interiores com base na astrologia, todas iniciativas alegremente abandonadas quando a atenção de Adrienne acabava e ela descobria, para seu horror, que administrar uma empresa exigia trabalho de verdade. Teve as birras lendárias. A odiosa conta no Instagram. E, então, finalmente, teve o marido corrupto que fez 1 bilhão de dólares arruinando a vida das pessoas; pessoas para quem Adrienne Richards parecia não reunir nem um pouquinho de compaixão, nem mesmo para salvar a própria pele quando a imprensa caiu em cima e seus amigos exigiram respostas.

E, por causa de tudo isso, você provavelmente achou que soubesse tudo o que havia para saber sobre Adrienne Richards. Talvez você, meio a contragosto, até tenha gostado dela por ser uma vilã tão perfeitamente concebida, o tipo de mulher que as pessoas simplesmente amam odiar. Você não seria o único. Mas você não sabia a verdade.

Adrienne não era apenas uma vadia privilegiada. Ela era má, cruel, podre, do jeito que são as pessoas quando nunca tiveram de se preocupar com nada nem ninguém. O noticiário era apenas a ponta do iceberg; eram as histórias que ela escondia que realmente contavam quem ela era. Como a vez que adotou um cão de abrigo como parte de uma campanha de rede social, mas o devolveu ao canil três dias depois porque ele fez xixi no tapete. Quando o abrigo perguntou por que ela não ficaria com o cão, ela mentiu, dizendo que ele tinha dado uma mordida nela e provavelmente deveria ser sacrificado. Teve a mãe diagnosticada com Alzheimer precoce e deixada para apodrecer em um lar de idosos no sul. Adrienne não a visitou nem uma única vez. Dando de ombros, explicou o motivo: "Por que me dar ao trabalho? Ela vai esquecer que eu estive lá." E teve o acidente enquanto dirigia embriagada ainda menor de idade, acusação que o advogado do papai conseguiu reduzir para um leve delito, removendo-a de sua ficha criminal, ainda que o cara no outro carro nunca mais voltasse a andar. Ele morreu de pneumonia cinco anos depois, na época em que Adrienne escolhia a disposição de mesas para seu casamento com Ethan.

Essas eram as qualidades de Adrienne que ninguém sabia — com exceção de mim, porque ela mesma me contou. Você acreditaria que, no início, fiquei lisonjeada? Eu me senti tão especial com a maneira como ela me procurou. No começo, ela apenas me pedia para ficar e tomar uma bebida quando eu ia arrumar a casa, mas logo me peguei dirigindo para lá dia sim, dia não, apenas para me sentar com ela e conversar. Ela realmente era sozinha, abandonada pelos amigos, sem família, apenas Ethan como assunto. E eu achava que tínhamos uma conexão, algo como uma irmandade, só que melhor: duas mulheres postas de lado, incompreendidas, ultrapassando as barreiras de classe e de cultura por compartilharem algo mais profundo, algo real. Contou-me seus segredos, e eu, como uma idiota, contei-lhe os meus. A gravidez. O acidente. Os comprimidos e tudo o que veio depois. Contei a ela como lutamos, e ela me disse que eu não estava sozinha. Ela também queria filhos, falou. Mas Ethan tinha feito uma vasectomia durante seu primeiro casamento e não podia ou não queria revertê-la. Era o tipo de desgosto que nem todo o dinheiro do mundo conseguia resolver, e nós partilhamos disso. Ela sabia como era estar casada há dez anos, ligada a um homem que a arrastava para baixo toda vez que tropeçava. Até o nosso casamento foi no mesmo dia, 8 de agosto de 2008. Claro, o marido se lembrava do deles.

Pensei que estivéssemos juntas. Mas eu estava me enganando. Ela não confiou em mim porque éramos amigas.

Confiou porque não éramos e nunca poderíamos ser.

Ela olhava para mim por cima de sua taça de vinho, os olhos azul--claros sonolentos ao sol de fim de verão, e dizia: "Eu simplesmente amo nossas conversas, Lizzie. Sinto que posso te contar qualquer coisa", e demorou bastante para eu começar a ouvir a parte que ela não dizia. Posso te contar qualquer coisa — *porque quem é você para me julgar?* Posso te contar tudo — *porque não preciso me importar com o que você pensa. Porque você é um lixo do interior, a garota do ferro-velho, e não importa se estou na merda ou no fundo do poço; ainda assim, eu serei melhor que você.* Confessar seus pecados para mim era confortável, libertador, precisamente porque eu não era nada. Ela também podia muito bem ter sussurrado seus segredos no ouvido de um dos gatos do ferro-velho que ainda espreitavam os montes à noite, buscando insetos. Vai, desabafa. Afinal, o que aquele gato sarnento pode fazer? Para quem vai contar? Quem acreditaria nele, mesmo que contasse?

No ano seguinte, quando voltaram, comecei a entender o que eu era para ela, mesmo que Adrienne não entendesse. Se você perguntasse, ela provavelmente diria que nós éramos amigas ou, melhor ainda, que ela era um tipo de mentora para mim. Uma irmã mais velha, mundana e generosa, guiando uma caipira local rumo à autorrealização. Ela nunca admitiria que me mantinha por perto porque gostava de ter alguém com quem se sentisse superior; que se sentia magnânima com a sensação de que estava me fazendo um favor.

Então eu entrei no jogo. Prometi ser honesta, e a verdade é que dei a Adrienne Richards exatamente o que ela queria. Falei que eu estava muito feliz por ela se sentir assim, porque eu sabia que podia lhe contar tudo também. Eu olhava para ela com olhos grandes e sonhadores, o ingênuo saco de lixo, ansiosa que minha bela padroeira concedesse sobre mim suas bênçãos e sua sabedoria. Fingi estar emocionada quando ela me entregou uma sacola de compras repleta de roupas de grife seminovas, milhares de dólares em coisas bonitas totalmente inúteis para mim. Como se eu tivesse onde usar roupas assim.

— Eu ia doar — arrulhou ela. — Não me servem mais desde que comecei a dieta paleolítica. Mas então eu estava me preparando para vir e pensei *"a Lizzie poderia usá-las!"*. Podem ficar um pouco apertadas em você. Mas você é tão habilidosa, sabe costurar, não é? Talvez possa alargá-las.

Aceitei. Agradeci. Não me preocupei em apontar que éramos exatamente do mesmo tamanho, que o biquíni vermelho e a camisa listrada macia que ela sempre usava no lago pertenceram primeiramente a mim. Emprestei naquela primeiríssima semana, quando vim entregar suas compras e trocar as camas, porque os pinheiros estavam perdendo folhas *pra* caramba e ela ficou preocupada em encher de alcatrão todas as porcarias extravagantes que tinha trazido na mala. Eu não a lembrei de como ela saiu desfilando, vestida com o meu maiô e cantarolando:

— Ooooh, serviu! A gente quase podia ser irmãs. Quero dizer, exceto por… você sabe.

No que emendei:

— Exceto por você ser a única que cresceu em um palácio de conto de fadas, e eu sou, tipo, a gêmea corcunda criada por lobos.

E ela deu risadinhas.

— Bem, foi você quem disse, não eu.

Permaneci muda. Fui para casa e pendurei as roupas caras e bonitas no fundo do armário que dividia com o Dwayne. Ainda traziam o cheiro dela, uma mistura almiscarada de xampu e perfume que flutuava pela casa. O cheiro era tão forte, tão estranho, que às vezes vinha assim que eu abria a porta da frente.

Às vezes, quando Dwayne ficava desmaiado lá embaixo ou lá fora, Deus sabe onde, tentando se dar bem, eu colocava um vestido de alças transparente que era uma das roupas usadas de Adrienne e me deitava no *futon* do andar de cima em nossa casinha apertada, fingindo que tinha acabado de chegar de alguma superfesta chique. Um baile de caridade, uma premiação, um jantar no qual se usavam seis garfos de prata diferentes, um para cada prato. O tipo de evento que os Richards costumavam frequentar antes de se tornarem párias. Se eu rolasse alguns anos atrás nas contas sociais de Adrienne, veria fotos dela usando o vestido, sorrindo em um salão de baile, de braços dados com Ethan. O vestido era feito de algo sedoso, em um tom de verde que me lembrava do musgo da floresta. Talvez até *fosse* seda; eu não saberia a diferença. Girava ao redor dos tornozelos quando eu andava e deslizava deliciosamente pelas coxas toda vez que eu levantava as pernas para me deitar no sofá. Como um convite, tirando o fato de que ninguém estava lá para aceitar. Às vezes eu pensava em descer de fininho, acordar o Dwayne, deixá-lo deslizar o vestido até a minha cintura enquanto baixava os quadris para encontrar os dele, mas nunca fiz isso. Àquela altura fazia anos que ele não me tocava, mas não foi isso que me impediu. Foi algo pior: a terrível sensação de que ele olharia para mim e cairia na risada. Eu nem o teria culpado. Quando eu passava por um espelho, a fantasia se desmanchava, e eu me via do jeito que eu era: uma mulher adulta com linhas precoces no rosto e hematomas nas canelas, brincando de se emperiquitar.

Foi aí, talvez, que eu comecei a ter ódio dela. Eu nem sabia ainda que ela me daria tantas razões para isso. Naquele segundo verão, ela veio armada com uma lista de pedidos especiais que nunca pararam de crescer. Dava para trocar os lençóis todos os dias, em vez de uma vez por semana? Será que eu poderia dirigir uma hora para comprar cordões de luz para o deque? Será que dava para entregarem alguns pacotes em nossa casa na cidade? Eu não me importava de trazê-los para ela, não é? É claro que eu sempre atendia aos pedidos dela. Como se eu ficasse contente por estar à sua disposição. Passei tanto tempo acenando a cabeça e sorrindo com os dentes cerrados que a minha mandíbula começou a doer.

Eu deveria ter ficado feliz quando, em vez de mim, ela começou a pedir ao Dwayne. De repente, todos os trabalhos a serem feitos exigiam as habilidades dele em vez das minhas. Um galho estava pendurado no telhado e precisava ser cortado. Vinham ruídos das paredes do quarto; ela pensou que um pássaro ou um morcego tivesse ficado preso ali dentro. O ralo da banheira estava entupido de novo, algo que só parecia acontecer quando Adrienne se hospedava na casa. Ela soltava fios de cabelos como um gato peludo; você sempre sabia onde ela esteve. Quem dera usasse uma touca de banho e parasse de forçar alguém a ir lá a cada três dias para tirar um nojento tufo de cabelo do encanamento.

Esta é a parte mais triste: havia um pedaço patético de mim que ainda queria ser aquela pessoa. Você acredita que, em vez de me sentir aliviada por não ser tão amolada e ficar feliz por deixar meu marido ser o único alugado, fiquei com ciúmes? Não porque ela estava recebendo a atenção do Dwayne, mas porque ele estava recebendo a dela. Eu ficava louca com isso. Quanto mais eu odiava Adrienne, mais eu queria tê-la só para mim. Para lembrá-la de que eu era a especial ali, aquela que a aceitou quando ninguém mais o fez. Afinal, era eu, não o Dwayne, quem a entendia, em quem ela confiava, quem conhecia seus segredos. Era eu quem fazia suas compras, antecipava suas necessidades, que se lembrava de colocar seu vinho Chardonnay favorito no gelo, para que ficasse na temperatura perfeita quando ela chegasse. Eu era a pessoa para quem ela entregava o celular quando queria uma foto, que nem precisava pedir a senha, porque eu sabia de cor, assim como eu sabia exatamente onde me posicionar e como inclinar a câmera para capturar todos os melhores ângulos dela.

E, o pior de tudo, fui eu que a lembrei de que, certa vez, ela comentou que adoraria ver o lago depois que a temporada passasse. Eu tive a brilhante ideia de convidá-los a voltar.

— O pico do outono é a minha época favorita do ano aqui — falei. — É lindo. Você ia amar. Por que não vem e fica mais uma semana? Eu espero para fechar a casa. Até te faço um desconto.

Ela riu disso. Mas então concordou; eles adorariam voltar, e eu me senti triunfante. Porque a casa era minha, e isso significava que era eu, e somente eu, que tinha o poder de dar a Adrienne Richards o que ela queria.

Então, como deu para perceber, eu só posso culpar a mim mesma. Isso é o que me mata... e, sim, foi o que me matou. Eu me achava tão espertalhona. Mas, quando encaixei Adrienne para mais uma semana, eram minhas próprias datas que eu marcava.

Elizabeth Emma Ouellette

** 4 de novembro de 1990*

† 8 de outubro de 2018

E todas as coisas terríveis daquela noite aconteceram por minha causa.

12

O LAGO

Deborah Cleaves tinha cabelos curtos loiro-mel e as maneiras calculadas que teria a esposa de um pastor que esteve ao lado do marido por 29 anos de sermões, eventos sociais e jantares ecumênicos — maneiras que persistiam mesmo com o falecimento dele dois anos atrás. Pediu a Bird que escolhesse entre café e uísque, servindo o primeiro em uma bandeja acompanhada de um açucareiro antigo e, fazendo par, uma jarrinha de creme.

— Sinto muito, não tenho o descafeinado — falou. — Eu geralmente guardo o tradicional para os convidados, porque eu mesma não costumo beber café.

— O tradicional está ótimo — falou Bird. — Ainda vou ficar acordado por um bom tempo.

— Vai ficar aqui, na cidade?

— Por enquanto, sim.

Ela anuiu com a cabeça.

— Claro. Peço perdão por recebê-lo tão tarde. Estava ao volante. Fui visitar a minha irmã esta manhã e não vi as mensagens. Se eu soubesse... — A voz começou a tremer, e ela hesitou, sacudindo a cabeça, e enxugou os olhos com um lenço de papel. — E não faz ideia de onde ele está? O Dwayne?

— Esperávamos que a senhora soubesse — respondeu Bird, e Deborah Cleaves sacudiu ainda mais a cabeça, torcendo o lenço entre as mãos.

— Não, não, não. Não fazia ideia, não faço ideia. Aquela mu... — Começou a falar e fechou a boca, tossindo para disfarçar a gafe, mas Bird entendeu. *Aquela mulher,* ou, talvez, *aquela mulherzinha dele.* De todo modo, ele imaginou que a preocupação lamuriosa de Deborah fosse reservada em grande parte ao filho, pouco restando à agora falecida nora. Imaginou, também, que ela teria muito cuidado para não cometer um deslize assim novamente.

— Perdão — disse Deborah, recobrando-se. — É que não tenho visto muito o meu filho ultimamente. Está sempre tão ocupado... Ele é dono do próprio negócio, sabe... e tinha muita coisa para fazer no lago este verão, pelo que entendi. É claro que eu queria que ele passasse mais vezes aqui, mas eles crescem, sabe, fica difícil... bem difícil... — Deteve-se mais uma vez, apertando os lábios, recompondo-se. — Mas algo deve ter acontecido. O Dwayne não é de desaparecer. Fizeram DNA? Coletaram digitais ou algo assim? Quem é que fez... isso... com a Elizabeth Ouellette, essa pessoa pode ter sequestrado o meu filho ou...

A ideia de Dwayne ter sido sequestrado era absurda, mas Bird assentiu com a cabeça e cortou gentilmente a conversa.

— O Dwayne tinha inimigos? Alguém que quisesse feri-lo?

O lenço começava a se desintegrar.

— Eu não sei, eu não sei.

— Ele poderia estar metido em encrenca? Dinheiro? Ou drogas?

Deborah Cleaves endureceu, as mãos cerradas em punho.

— Meu filho não usa drogas. — Lançou um olhar fulminante. A voz ficou esganiçada. — Você perguntou a Earl Ouellette se a filha dele usava drogas?

— Falamos com o Earl — respondeu Bird suavemente. Permitiu que o silêncio se estendesse por um instante, enquanto Deborah se inquietava. Não havia por que pensar que o assassinato estivesse relacionado a drogas, mas a veemência da reação da mulher o deteve. No mínimo, o vício podia adicionar muito estresse a um casamento. Se Lizzie fosse usuária, e se o marido estivesse infeliz com isso...

— Detetive? Lamento, quero ajudar. Só não sei como. Não sei onde está o meu filho — declarou Deborah, quebrando o silêncio.

— Você pode ajudar se nos comunicar imediatamente caso ele ligue para a senhora — falou Bird.

— Obviamente, mas...

Bird sorriu.

— Desejamos que ele seja encontrado tanto quanto a senhora deseja.

CONCLUÍDA A CONVERSA, Bird voltou pela cidade e virou à direita na estrada do condado, cruzando a linha de Copper Falls e adentrando em uma terra de ninguém, de lotes pouco desenvolvidos. Havia uma funilaria que parecia funcionar como um depósito de maquinários rurais quebrados; o supermercado com suas vidraças iluminadas, os poucos e últimos clientes empurrando os carrinhos até os veículos estacionados; um posto de gasolina com um mastro instalado no teto, a bandeira estadunidense não tremulando na noite sem vento, à luz fraca dos postes situados abaixo. Então, o nada. As luzes se esvaíam atrás dele à medida que se aproximava a escuridão e as grossas filas de pinheiro se erguiam de ambos os lados da estrada. Poucos minutos depois, o bar chamado Strangler's se assomou à frente, a última parada antes que a estrada do condado passasse de duas para quatro pistas e o limite de velocidade informado saltasse de 65km/h para 90km/h. Avistou-o de longe, situado a uns 30 metros da estrada. Iluminado por holofotes, o edifício trazia uma placa fluorescente suja que parecia flutuar a esmo na escuridão: BAR, uma palavra em letras vermelhas no fundo branco.

Bird soltou um suspiro. Havia sido um dia frustrante. Os amigos e familiares de Dwayne juraram de pé junto que não sabiam sobre o paradeiro dele. Um alerta sobre a caminhonete de Dwayne até agora nada tinha obtido, o que era decepcionante, mas não surpreendente. Simplesmente não havia homens suficientes para monitorar as centenas de quilômetros de estradas rurais nas cercanias de Copper Falls; Dwayne podia estar viajando em qualquer direção, passando longe das rodovias se tivesse um pingo de noção. Também não havia rastreador na caminhonete. Pelo visto, ele nem dirigindo estava. Podia facilmente ter abandonado o veículo na floresta junto a qualquer uma das cem estradas de terra, onde ninguém o descobriria até a próxima primavera. Mas não apenas desconheciam o paradeiro de Dwayne, como também não imaginavam por onde ele tinha estado. Os movimentos do casal nos dias anteriores ao assassinato eram perturbadores de tão vagos. As pessoas se lembravam de ver pela cidade tanto Lizzie quanto Dwayne na semana passada, e todas as semanas anteriores, mas tudo o que afirmavam era que parecia tudo normal. Lizzie no vaivém do lago, gerenciando um calendário rotativo de locatários. Dwayne, bem como seus equipamentos de poda, tinha passado todo o verão na floresta limpando arbustos e derrubando árvores em uma das trilhas de quadriciclo de um amigo. Se o casal andava brigando, ninguém viu ou estava disposto a dizer que sabia de algo.

Então, os registros de chamada: encontraram o celular de Lizzie, um modelo dobrável básico, na casa do lago, dentro da mesma bolsa em que guardava sua carteira e sua identidade. O celular de Dwayne, o mesmo modelo do da esposa, emitiu seu último sinal para a única torre próxima por volta das dez da noite de domingo, depois, mais nada. Descartado ou sem funcionar, mais provavelmente. Como a cobertura da área não era confiável, a maioria da população de Copper Falls ainda tinha telefone fixo. Dwayne e Lizzie tinham dois, um em casa e outro no lago; esses registros mostravam uma ligação deste último para o primeiro pouco antes das três da tarde de domingo. A ligação durou dois minutos, mas era impossível saber quem ligou, quem atendeu ou sobre o que se falou. Manutenção básica, decerto. O verão acabou, e as pessoas tendiam a fechar suas propriedades para o inverno até o fim de setembro, descongelando a geladeira, drenando os canos, e enchendo os banheiros de anticongelante para que não houvesse danos quando a temperatura despencasse. No entanto, mesmo que o último locatário dos registros de Lizzie Ouellette tivesse saído após o Dia do Trabalho, a casa ainda estava preparada para hóspedes, e havia uma anotação no calendário de Lizzie para aquele domingo, o dia em que ela foi morta. Lia-se *AR 7?* — assim mesmo, com o ponto de interrogação. Um dos veteranos da força local achou que era uma referência à clássica arma de fogo, especialmente porque Lizzie e Dwayne tinham posse de armas e eram caçadores competentes, senão ávidos; às vezes, durante a temporada, Lizzie tirava um dinheiro extra preparando a carne de animaizinhos caçados para as pessoas que não queriam fazer o trabalho sujo. Mas o AR-7 não era um rifle de caça, e não havia evidências de que um dos membros do casal se interessasse por colecionar armas.

E, então, pensou Bird, havia uma surpresa capciosa: um hóspede com antecedentes criminais. A resposta à pergunta de Deborah Cleaves era sim; eles coletaram impressões digitais. A casa estava cheia delas, digitais sobre digitais, o que era de se esperar para uma propriedade com tanto entra e sai de pessoas. Lizzie e Dwayne e uma série rotativa de hóspedes, além de provavelmente algumas marcas frescas da polícia local, que não sabia como preservar a cena do crime ou estava pouco se lixando para isso. Não tiveram tempo de passá-las pelo banco de dados criminal, mas, graças aos registros de aluguel recentemente divulgados, Bird agora sabia que pelo menos uma coincidiria imediatamente.

Ethan Richards.

Aquele Ethan Richards.

Era lógico que Richards e sua esposa eram o casal de que Jennifer Wellstood havia falado, os ricos da cidade que viram o anúncio na internet e alugaram a casa de Lizzie Ouellette por um mês inteiro nas duas vezes. Ele estava na lista dois anos seguidos, data de chegada em meados de julho, com um monte de sobretaxas por limpeza adicional e entregas semanais; pelo visto, Lizzie conseguiu espremer uma grana fazendo compras de supermercado para os hóspedes. Ninguém, obviamente, pensou que Ethan Richards tivesse algo a ver com o assassinato. Seus crimes eram do tipo extraído de uma calculadora, não de uma espingarda. Ainda assim, só de ver o nome do sujeito, o estômago de Bird revirou e as mãos automaticamente se fecharam em punho. Presenciou de perto o caos e o desespero que a ganância corporativa de Richards tinha causado. Seus próprios pais perderam as economias de vida quando o consultor financeiro acabou por se revelar um dos muitos que investiram nos malditos fundos de Richards. Uma catástrofe absoluta. O cara também tinha investido boa parte do próprio dinheiro e depois não conseguia nem se lembrar de onde obteve a dica. Tantas vidas arruinadas. Não se esquecia da voz da mãe quando ela ligou para contar o que tinha acontecido.

— Não dá para entender! O Gary é um bom homem! Ele disse que era um investimento "100% sem risco"! — continuou dizendo ela, vezes sem conta, até que as palavras se dissolveram e restou apenas um lamento.

Não se esquecia também dos ombros encolhidos do pai à mesa da ceia de Natal. Àquela altura, tudo tinha acabado. O promotor se recusou a indiciar, e Ethan Richards e o restante foram soltos. Um advogado podia ajudá--los a recuperar parte do que perderam, comentou Joseph Bird com o filho, mas os pais não tinham condições para bancar um. Quando Bird disse que arcaria com os custos, o pai recusou a oferta com um aceno de mão.

— Não, filho. Está tudo bem — falou, sorrindo. — Pelo andar da carruagem, haja tempo! Na pior das hipóteses, vou trabalhar até morrer.

Bird cerrou os dentes só de lembrar. O pai se aproximava de uma merecida aposentadoria quando seus ativos praticamente desapareceram. Naquele Natal, ele imaginou que o pai tinha ainda uns bons dez anos pela frente, talvez mais.

Onze meses depois, o pai teve um ataque cardíaco e caiu morto, e Amelia Bird precisou vender a casa apenas para custear o funeral do marido.

Foi uma estranha coincidência que aquele mesmo golpista do colarinho-branco tivesse ligação com um caso que Bird investigava, mas provavelmente não passava de coincidência. Uma pena; ele não se importaria de fazer uma viagenzinha até a cidade, bater de surpresa na porta da mansão bilionária de Ethan Richards, mostrar num relâmpago o distintivo e disparar umas poucas perguntas antagônicas e espinhosas sobre o relacionamento dele com Lizzie e Dwayne. Ninguém gostava de receber uma visita da polícia, por mais ricos que fossem, e ele teria aproveitado a oportunidade para importunar um pouco a vida de Richards.

Em vez disso, porém, a próxima parada de Bird seria o hospital do condado próximo, onde ele teria a desagradável responsabilidade de ver o médico legista realizar a autópsia de Lizzie Ouellette. Ele quebraria o esterno, puxaria os órgãos para fora do corpo e, pesando-os, declararia finalmente o óbvio e flagrante.

Causa da morte: homicídio.

Maneira da morte: um tiro na cabeça.

Hora: domingo à noite, ou seja, pelo menos doze horas se passaram até Myles Johnson descobrir o corpo. Agora, o período crítico de 48 horas após o crime já tinha passado da metade, talvez até mais, com pouquíssimo revelado.

Via-se uma dúzia de carros estacionados diante do Strangler's, caminhões e sedãs amassados, na maior parte estadunidenses e todos com placas do estado. Parou afastado do resto e atravessou o estacionamento. A porta soltou um guincho ao abrir, e o silêncio abrupto ao entrar fez Bird ter uma repentina recordação da oitava série, o primeiro dia de aula e a sensação paranoica de entrar em uma sala na qual todos tinham acabado de falar dele. Por um segundo, todos os olhos no bar pareciam se dirigir a Bird. Então o momento passou, e os olhares se desviaram, e o *zum-zum* da conversa voltou a tomar conta do recinto. Bird encontrou um assento à ponta do balcão e pediu uma Budweiser igual à do homem atrás dele, um sujeito aprumado com sobrancelhas grandes e espessas que arrancou a tampa da cerveja como se torcesse um pescoço.

— Você é aquele policial — falou o barman.

— Isso mesmo.

— Está aqui para comer ou para conversar?

— Os dois. Vou pedir o que for mais rápido — disse Bird.

— Hambúrguer?

— Está ótimo.

— Acompanham fritas.

— Excelente.

Bird bebeu a cerveja e observou casualmente os demais ocupantes do bar. Havia um casal mais jovem em um canto, cabeças juntinhas, os olhos se desviando para ele de vez em quando. Fora eles, a clientela era toda composta de homens em uniforme de trabalho, as mãos segurando garrafas de Bud ou Molson, outras tantas vazias na mesa diante deles. Nenhum policial, embora Bird tenha reconhecido um homem com uma mancha escura e fuliginosa na testa; era um membro voluntário do corpo de bombeiros que se ofereceu para levar Earl Ouellette ao necrotério a fim de identificar o corpo da filha. Onde será que o Earl estava agora? Com sorte, ao lado de amigos.

O barman entrou na cozinha e voltou com um prato e um frasco de ketchup, deslizando os dois na frente de Bird com um aceno de cabeça.

— Você estava trabalhando ontem à noite? — perguntou Bird.

— Ontem e todas as outras noites — respondeu o barman. — E, como eu disse mais cedo ao homem do xerife, não vi nada incomum, a menos que você ache estranho ver o Earl dormindo no estacionamento depois de algumas cervejas.

— Pelo que ouvi, isso não seria tão incomum — comentou Bird, e o barman soltou um risinho abafado.

— O homem é apegado à rotina. O Earl está bem. Mas ninguém aqui teve nada a ver com esse lance da filha.

— E o genro? Ouvi dizer que ele é um dos seus clientes assíduos.

O barman gesticulou para a clientela.

— Essas pessoas são assíduas. Se abrimos, aqui elas estarão. Dwayne, a gente recebia uma vez por semana, talvez, mas ele bebia em casa. *Tá* vendo aquele camarada ali?

Bird olhou para o canto e descobriu que o casal lá sentado olhava para ele. Soergueu o queixo, um aceno de confirmação, e observou quando, aos sussurros, voltaram a curvar a cabeça.

— Você pode falar com ele sobre o Dwayne — sugeriu o barman. A aspereza tomou conta de sua voz. — Me faz um favor e prende o sujeito enquanto está aqui.

— Pelo quê? — perguntou Bird.

A mulher à mesa foi para trás, levantou-se, pegou a bolsa e saiu. O barman lançou um olhar carrancudo para a mulher de costas.

— Deixa *pra* lá.

Um momento depois, o cara da mesa do canto se levantou e se dirigiu a Bird. Magro, 30 anos, nariz proeminente e cabelos escuros desgrenhados.

— Você é tira, né?

— Polícia do estado — corrigiu Bird. — Ian Bird.

O homem puxou as calças largas sobre os quadris esquálidos e deslizou para o banquinho à esquerda de Bird.

— Eu sou Jake — disse ele, os dentes luzindo. — Cutter é o meu sobrenome, que é como a maioria me chama.

— Prazer em conhecê-lo, Sr. Cutter.

— Só "Cutter", geralmente. Sem o "senhor" — falou Cutter. Girou a cabeça para olhar atrás de si. Um grupo de homens à mesa mais próxima da porta parecia olhar para ele.

— Está bem — concordou Bird. — Cutter. Soube que conhecia Dwayne Cleaves. É verdade?

— Você está à procura dele, não *tá*?

Bird encarapitou a cabeça.

— Isso mesmo. Você o viu?

— Não — respondeu Cutter rapidamente. — Quero dizer, não desde… Você sabe. Não desde que todos vocês passaram a procurá-lo. Mas o vejo com muita frequência. Geralmente aqui.

— São amigos?

Outro olhar nervoso para trás.

— Mais ou menos. Mais conhecidos. — Cutter pausou, e Bird esperou. Passados alguns segundos inquietos, ele acrescentou: — Eu sou de Dexter, um pouco a leste.

— Então você não cresceu com o Dwayne?!

— Não — respondeu. — Conheci talvez quatro anos atrás? Cinco? Difícil dizer.

Bird lutou contra o desejo de soltar um suspiro.

— Certo. Então você via o Dwayne regularmente. Quando o viu pela última vez?

— Ah. Não tenho certeza. — Cutter mordeu o lábio, parecendo confuso, e Bird sentiu outra onda de aborrecimento. Por mais frustrante que fosse espremer informações das pessoas de Copper Falls, a boca fechada tinha seu lado positivo, em que ele pelo menos não precisava lidar com esse tipo de enrolação de gente que queria tratar o assassinato como um espetáculo esportivo. Ainda assim, Cutter o abordou por vontade própria. Talvez soubesse de algo, mas estava nervoso em compartilhar. Bird decidiu tentar outro rumo.

— E quanto à Lizzie? Você se dava bem com ela?

O lábio inferior de Cutter deslizou entre os dentes, a expressão confusa se abrindo em um sorriso.

— Não — falou. — Não se traz a esposa *pra* este tipo de lugar.

Bird piscou e, gesticulando para a porta, indicou que a companhia de Cutter tinha acabado de sair.

— Vocês não estavam…

— Marie? — Cutter gargalhou grosseiramente. — Não. Credo, não. Estou na pista *pra* negócio.

— Entendo. — Bird mastigou uma batata frita, repassando as informações na cabeça. Trechos de conversas anteriores. Deborah Cleaves, num ímpeto: *o meu filho não usa drogas*. Earl Ouellette descrevendo como Lizzie sempre se recolhia como uma ostra. Mas foi Jennifer Wellstood quem se assomou mais, particularmente a maneira como seus olhos dardejaram para o lado quando Bird perguntou se o casal vivia conflitos no casamento.

Inclinou-se com ar conspiratório.

— E o Dwayne? Ele estava na pista *pra* negócio? Se é que me entende.

Era um risco, mas valia a pena: a expressão no rosto de Cutter foi uma resposta por si só. O sorriso ganhou ares de malícia.

— É um jeito de dizer — falou.

Bird fez a maior cena, olhando ao redor do bar.

— Alguém em particular?

Cutter gargalhou novamente.

— Qual é, cara? O Dwayne não era maricas, meu. Estava mais para o nosso herói. Vou te dizer uma coisa, a mina dele era bem acima da média local.

A semente de uma ideia criava raízes na cabeça de Bird.

— Então ela não era daqui.

— Não — respondeu Cutter, dando de ombros. — Acho que não faz mal falar sobre isso, já que a esposa não vai descobrir. — Deu risadinhas. — Oooh. Piada de mau gosto. Perdão. Mas enfim. Eu não me lembro do nome da mulher. Uma vadia rica. Ficou no lago com o marido durante, tipo, todo o mês de agosto. Mas o marido sumia um bocado e deixava a esposa gostosa sozinha em casa. — Parou. A malícia voltou ao sorriso. — Um bocado.

Bird quase foi às gargalhadas. Havia apenas uma pessoa a quem Cutter estaria se referindo. Bird tentou manter a expressão neutra.

— A Sra. Richards? — Cutter piscou, e Bird pressionou: — Você está tentando me dizer que Dwayne Cleaves estava dormindo com a esposa de Ethan Richards?

Cutter apertou os lábios e abaixou o queixo — *afirmativo* —, e Bird bufou. Um caso extraconjugal seria uma pista relevante, mas esta cheirava à conversa mole.

— Qual é, meu. Você sabe quem é o marido dela? E ela é estonteante, ou era. É difícil acreditar que uma mulher assim perca tempo com alguém como o seu amigo.

O sarcasmo surtiu o efeito esperado; Cutter se eriçou.

— Talvez o Dwayne oferecesse a ela o que o marido não dava conta — falou.

Bird sorriu.

— Isso foi o que ele te contou.

— Não, cara — disse Cutter, alto o suficiente para que várias cabeças girassem na direção dos dois. Ele se encolheu e baixou o tom de voz. — Eu vi a porcaria das *fotos*. Ele tinha um daqueles telefones vagabundos com a tela minúscula, mas deu pra ver. Deu para ver muito bem a boca daquela mulher. — Sorriu irônico, afundando os dentes no lábio de baixo. — Aquela mina era piradona.

— Ei — falou uma voz ríspida, e Bird e Cutter ergueram os olhos; Cutter esboçando o sorriso culpado de uma criança pega de conversinha durante o castigo. O barman o fuzilava, um punho cerrado sobre o balcão. Voltou a atenção para Bird. — Terminou com esse babaca?

Bird olhou para o relógio.

— Sim, preciso ir. Traga a minha conta, e Cutter — empurrou um bloco de papel pelo balcão —, escreva seu nome e seu número de telefone. Aqui também está o meu cartão, se lembrar de mais alguma coisa.

O barman retornou com a conta. Grunhindo, empurrou o papel na direção de Bird e depois se virou.

— Você aí. Ou pede uma bebida ou sai fora daqui — ordenou a Cutter, que esboçou novamente o sorriso culpado, fez um aceno para Bird e saiu ligeiro pela porta. Todos os olhos no estabelecimento seguiram o homem, e a porta se fechou atrás dele, guinchando.

Bird virou-se e deu com o barman ainda lá, fuzilando com os olhos.

— Quer me dizer o porquê disso? — perguntou Bird.

— É um mau elemento no meu local de trabalho — comentou o outro homem, entrando na cozinha.

Bird virou o que restava da bebida, jogou uma grana e outro cartão de visitas sobre o balcão e se retirou.

O CELULAR COMEÇOU a vibrar assim que ele se sentou no banco do motorista. Pescou-o do bolso com uma das mãos, usando a outra para girar a chave na ignição.

— Sim?

— É o Ed. — A voz era familiar, mas Bird não conseguiu reconhecê-la até que a voz acrescentou: — Atrás do balcão. Você está no meu estacionamento.

— Ah — falou Bird. — Olá. Não esqueci a gorjeta, *né*?

Ouviu-se uma risada ríspida.

— Não é por isso que estou ligando. O cara com quem você estava falando...

— Aquele que você queria que eu prendesse?

Ed grunhiu.

— Que seja. Ele é encrenqueiro e fala sempre umas asneiras. Fala alto *pra* caramba. Alguns acabaram ouvindo. Sabe, sobre o Dwayne e aquela mulher da cidade.

— Estou ouvindo — falou Bird.

— Olha, não sei no que o Dwayne estava metido, se é que se meteu em algo. Não é da minha conta, nem quero saber. Mas eu vi aquela gente da cidade. Não aqui no bar, só de passagem. Eles tinham uma SUV preta bem bacana. Coisa cara. Difícil passar batido. — Houve uma pausa. — Um dos meus clientes assíduos, não quero dar o nome, afirma ter visto o carro passando outra noite.

— Que noite?

Ouviu-se um som abafado do outro lado quando Ed pressionou a mão no aparelho; Bird distinguiu a cadência de uma pergunta. Um momento depois, Ed retornou:

— Ontem à noite, segundo ele. Por volta da meia-noite.

— Obrigado, Ed.

Bird desligou o telefone e sorriu.

13

A CIDADE

— Gostaria de liquidar as minhas contas.

As palavras saíram estranhamente sonoras no silêncio do carro de Adrienne. Limpou a garganta, tentou novamente, a voz num registro um pouco mais grave. O contralto confiante de uma âncora de telejornal ou de um CEO apresentando o relatório anual. Não podia soar como uma garotinha assustada. Será que ela seria capaz de dizer quando chegasse a hora? Sem que a voz falhasse?

— Gostaria de liquidar as minhas contas — falou em tom suave. — Gostaria de liquidar as minhas contas.

O tráfego se arrastava, o carro na mesma lentidão. Chegaria já depois do escurecer. Reservou um tempo depois da cafeteria, andando sem rumo pelas ruas, entrando e saindo das lojas. Não comprou nada, apenas zanzou, refestelando-se à visão de coisas belas alinhadas em prateleiras ou penduradas em cabides. Ficou um pouco perdida, no fim das contas, de maneira que esqueceu onde tinha estacionado o Lexus, andando dois quarteirões na direção errada antes de perceber o erro. Achou o carro bem a tempo de ficar presa no engarrafamento interminável da hora do *rush*, mas não era de todo ruim. Aqui estava bom: o ronronar quase silencioso do motor, a suavidade dos assentos de couro, a visão reconfortante da bolsa de ginástica pousada no banco do passageiro, faróis e luzes se acendendo à medida que o céu escurecia. Segura em um casulo. E sozinha. Finalmente, sozinha. Depois de todas aquelas horas de atuação autoconsciente, de se entregar inteira ao monólogo *Ninguém Morreu e Está Tudo Bem*, aqui pelo menos era um lugar onde ela podia gritar, chorar ou cair dura, sem se preocupar se alguém estava vendo. Sem a obrigação de gerenciar a própria imagem. Sem fazer mil malabarismos por causa dele, sabendo que ela era a única coisa que impedia o marido de desmoronar.

Mordeu o lábio. O trânsito avançou, moroso como sempre. Mas o carro de Adrienne não era mais um oásis. Por pouquíssimo tempo, ela não pensou no marido.

Agora, tudo o que pensava era que o tinha deixado sozinho por tempo demais.

UM TELEFONE COMEÇOU a tocar de dentro da casa enquanto ela se atrapalhava com as chaves. Não tinha motivo para a porta estar trancada, e, quando a chave de Adrienne finalmente destrancou a trava, ela de repente imaginou — ou era esperança? — que encontraria tudo vazio, o marido longe dali.

Em vez disso, ela abriu a porta e viu o marido imóvel, ao final do corredor. O telefone tocava sobre uma mesa recostada na parede, e ele estava ali, de pé, diante dele, boquiaberto, ouvindo-o berrar. Ela observou em câmera lenta o marido estender a mão, dar um passo.

— Endoidou? — gritou ela, e ele girou ao som da voz, tropeçando para trás enquanto ela entrava na casa às pressas. — Que diabos você está fazendo?

— Ele fica tocando — respondeu ele. Parecia aturdido. — Tocou antes. Pensei que talvez... talvez fosse você.

— Por que raios... — vociferou, agarrando o aparelho sem terminar a frase. Ergueu um dedo até os lábios enquanto trazia o telefone ao ouvido. Esbaforida, seu "alô" saiu um pouco suspirante. Limpou a garganta. — Alô? — repetiu. E então: — Tem alguém aí? — Quando o estômago revirou e ela entendeu que não haveria resposta. Um clique, e a chamada acabou.

Então estava acontecendo.

Ela foi tola imaginando que tinham mais tempo.

Devolveu o telefone à mesa e se virou para o marido, ainda de pé ao lado dela com a mesma expressão vaga e confusa no rosto — como sempre, esperando que ela dissesse o que fazer. Resistiu ao desejo de sacudi-lo.

— Estão vindo — alarmou. — A polícia.

Ele olhou em choque.

— O quê? Como é que...

— Você precisa dar o fora daqui. Agora.

— Oh — disse ele, e embora fosse apenas uma sílaba, algo na maneira como ela saiu da boca dele fez com que Adrienne se eriçasse de terror. Olhou para ele novamente, para o rosto dele, para o jeito como estava ali parado, e sentiu profundo asco.

— Oh, céus. Você está *chapado*!

Ele se encolheu, desviando o olhar.

— Não grita comigo — lamuriou-se, e agora ela o agarrava e o sacudia com força, as unhas cravadas nos ombros dele.

— Achei que tinha largado essa porcaria. Falei *pra* você largar. O que deu na sua cabeça?! Não tinha hora pior...

Afastou-se dela, os olhos em fúria.

— Eu estava pirando aqui! — gritou. — O que eu ia fazer? Você se manda por horas, e eu estava começando a...

— É claro que me ausentei por horas! — berrou ela. — Faz ideia do que passei hoje? O que eu passei por você? Tudo o que você precisava fazer era ficar quieto para eu... — Deteve-se, balançando a cabeça. — E onde diabos você... Esquece. Não há tempo. Junta as tralhas e dá o fora. Agora.

Ele lançou um olhar fulminante para ela, e ela para ele, e uma terrível constatação lhe ocorreu num clarão: *já tivemos esta discussão antes.*

Céus, era verdade. Tantas vezes. Como é que tinham chegado tão longe para acabar assim? Ontem à noite, ela fez uma escolha horrível que mudaria suas vidas para sempre — e nada mudou em absoluto.

A voz do marido tinha o ímpeto de uma criança petulante.

— Tudo bem — disse ele. Passou por ela com um empurrão e desapareceu no quarto. Ela berrou de longe.

— Pega suas roupas de ontem à noite.

— Ainda tem sangue nelas. — Ele parecia assustado, mas ela não ia se preocupar com isso agora.

— É por isso que não quero ver as roupas em casa quando os policiais chegarem. Ainda tem uma mala na Mercedes. Se precisar, veste o que tiver lá dentro. Pega o carro, sai da cidade, encontra um lugar para passar a noite. Esquece o Ritz. Um lugar vagabundo. Paga em dinheiro. Apenas em dinheiro. Entendeu? E dá o fora com essa porcaria. Também não quero ela dentro do carro.

Ouviu-se uma descarga, a água correndo. Ele reapareceu, a testa ainda franzida, e murmurou:

— Sim, entendi. O que você vai fazer?

— O que combinamos. Não sou eu que eles estão procurando. Eu trato disso, e daí... e daí nos mandamos.

— Para onde?

— Para o sul. Para onde mais? — respondeu ela, sem pestanejar, e rezando para ele não ouvir a mentira em sua voz.

Porque a verdade era que ela não fazia ideia. Não só para qual direção fugir; nem sequer sabia se haveria um futuro a dois para além daquela porta. Ela prometeu que cuidaria de tudo. E falou sério. Naquele momento, depois que a arma disparou, ela teve certeza de que havia uma saída. Todavia, voltando para casa, para a mesma baboseira tão cansativa depois de dez longos anos, para um homem cuja maior habilidade era criar fardos que ela teria de carregar... qualquer mulher se perguntaria se mais do mesmo era realmente o que ela queria. E ainda havia também a questão sobre o que *ele* merecia. O casamento nunca foi um conto de fadas. Ela carregou tanto peso por tanto tempo. O que ela fazia aqui? O que ela fez?

Mas não havia como voltar atrás. Suas escolhas eram finitas: desistir de tudo, entregar-se para a polícia, e a ele também, e então tudo realmente seria em vão.

Ou ela podia continuar.

Não acabou para você, Adrienne, pensou ela — e, ao contrário da promessa de seguir para o sul com o marido, essa afirmação era a mais pura verdade. Era o começo de uma história diferente, uma história que ela contara a si mesma o dia todo sem nem se dar conta. A história sobre uma mulher que acordou se perguntando a respeito do próprio futuro. Que pesou a situação. Que começou a fazer planos.

Lizzie e Dwayne estão mortos, mas nós estamos vivos.

Eu não quero ser o tipo de mulher a quem a vida cega.

Gostaria de liquidar as minhas contas.

Ela observou o ritual de partida do marido: batendo nos bolsos para sentir a carteira, virando-se para uma última olhada pela casa para ver se não estava esquecendo nada. Os olhos vítreos e brilhantes. Cada movimento era familiar, mas, neste momento, ela sentiu como se estivesse vendo tudo pela primeira vez. Observando o marido da maneira como o faria um cão vadio trotando em sua direção na rua, tentando discernir os motivos para decidir se mordia.

Pela primeira vez, ocorreu-lhe que talvez não o conhecesse tão bem como imaginava.

— Ei.

Virou-se para olhar para ela.

— Tem algo que você não me contou? Sobre o que aconteceu. Entre você e ele. — Ela fez uma pausa. — Ou você e... ela.

Ouviu-se o tilintar das chaves quando Ethan as passou de uma mão para a outra.

— Isso é ridículo! — respondeu ele.

Um momento depois, ele já não estava lá.

14 O LAGO

A mulher que atendeu o telefone na casa de Ethan Richards pareceu esbaforida, como se tivesse corrido para pegar o aparelho.

Ou foi pega bem no meio de uma sacanagem com seu namorado que era casado e procurado pela polícia por assassinato, pensou Bird, uma ideia que soou absurda antes mesmo de ser considerada. No entanto, se o carro de Richards esteve em Copper Falls ontem à noite, e a esposa de Richards agora estava na casa em Boston, logo...

Logo não faço ideia. Mesmo com um casinho no rolo todo, não havia explicação óbvia. Como o famoso caso de Bonnie e Clyde, com uma reviravolta à la "Uptown Girl"? Ou será que Ethan Richards também estava envolvido, fazendo deste o trio mais improvável do mundo?

Bird ouviu a mulher limpar a garganta.

— Alô? — repetiu ela. — Tem alguém aí?

Daí ele desligou. A única maneira de descobrir a verdade era seguir a pista. Engatou o carro e saiu do estacionamento do Strangler's, voltando pelo caminho pelo qual tinha vindo.

Passou a funilaria, o posto de gasolina, o mercado e a rua principal, onde as casas com janelas vivamente iluminadas eram faróis entre as propriedades cinzentas e cobertas de relva alta onde ninguém vivia. Continuou pela cidade até chegar ao cruzamento central, no qual um único semáforo pendia na rua escura. Aqui a estrada do condado tomava à esquerda, seguindo para o ermo do norte. Bird virou à direita e dirigiu-se para o sul, saindo da cidade. Nessa direção, em Augusta, a 120 quilômetros dali, estavam o médico legista estadual e o corpo à espera da autópsia. Mas essa não seria a parada de Bird. Ele digitou o número de Brady no quartel-general da tropa, as luzes de Copper Falls desaparecendo atrás dele.

O supervisor atendeu ao primeiro toque, grunhindo:

— Brady.

— É o Bird, só *pra* dar um alô.

— E aí, Bird — falou Brady. Era algo bacana do chefe: por mais ferrado que fosse o caso, ou se quase nada tivesse a reportar, ele sempre parecia feliz em ter notícias suas. — Terminou aí com a gente local? Estão só te esperando para a autópsia.

— Na verdade, essa é a razão de eu estar ligando — falou Bird. — Tenho uma pista. Tudo indica que nosso suspeito, o Cleaves, tinha uma amante. Uma das inquilinas da casa do lago.

— Você tem um nome?

— Você vai cair para trás. Sabe o Ethan Richards? Aquele consultor financeiro que...

— Sei quem é ele — interrompeu Brady.

— Bem, é a esposa dele — continuou Bird e teve como recompensa um assovio baixo de Brady.

— Interessante — disse ele.

— Põe interessante nisso — falou Bird. — E pelo visto ela estava em Copper Falls ontem à noite.

— Ela estava?

— Bem, o veículo dela. O veículo deles, melhor dizendo. Está no nome do marido. Mercedes GLE. Não se vê muitos rodando por aí, o povo se lembra.

Brady soltou um suspiro.

— Bom, onde há a fumaça... E onde está o veículo agora?

— Não sei da Mercedes, mas a amante está na casa em Boston. — Bird olhou para o painel. — Preciso parar para abastecer, mas chego lá em menos de quatro horas.

— Humm — Brady começou e se calou. Bird esperou. Ele estava acostumado com essas pausas; indicavam que Brady estava pensando. Do outro lado da linha, Brady limpou a garganta e perguntou: — Você acha que ela era cúmplice?

— Talvez — respondeu Bird. Depois acrescentou rapidamente: — Não sei. De verdade. Estou confuso. Se ela não estava metida nisso, é uma coincidência estranha *pra* caramba. Talvez ela apenas dirigisse o carro?

— E refém? Ele diz a ela para buscá-lo, talvez não mencione que matou a esposa...

— Acho que não — disse Bird lentamente. — Ela está em casa agora, atendeu o telefone, e com certeza não tinha uma arma apontada para ela. Mas também não sei se ela fugiria com ele. Fornicar com o cara é uma coisa, mas se entregar a ele? Ou ajudá-lo a matar a esposa? Isso é outro nível.

— As pessoas fazem loucuras por amor — filosofou Brady.

— Ou por dinheiro — emendou Bird e se viu assentindo com a cabeça ao som das próprias palavras. — Sim. Se o Cleaves está tentando fugir, ele vai precisar de dinheiro, e ele não conhece muita gente que consiga levantar essa grana *pra* ele. Se ele estiver com ela agora ou indo para lá...

— Beleza, vou ligar para a polícia de Boston — avisou Brady, retomando o fio da meada. — Falo para passarem de carro. Se o Cleaves estiver lá, a gente pega o sujeito. Não estando, plantam vigia até você chegar.

— E a autópsia?

Brady nem o deixou terminar.

— Não se preocupe com isso. Siga seu faro. O tira local, como ele chama? Ryan? Ele pode enviar alguém, ou nós vamos. Também vou ligar *pra* ele.

— Obrigado, Brady — agradeceu Bird.

— Isso é tudo?

Bird pensou por um momento.

— Tem mais uma coisa. Quando falar com o Ryan, me faz um favor: pergunte a ele sobre um cara chamado Jake Cutter.

— É a sua fonte sobre a amante?

— Sim — respondeu Bird. — Um tipinho agitado. Queria saber quem é ele, sabe, localmente falando. E queria saber se o Ed, lá do Strangler's, tem motivo para querer ver o sujeito preso.

Brady deu uma risadinha.

— Manterei contato.

Bird desligou, jogou o celular de lado e pisou fundo no acelerador. Os faróis brilharam sobre dois pontos acobreados à beira da estrada, os olhos de um cervo a vê-lo passar. Bird ligou as luzes estroboscópicas do teto da viatura, embora não houvesse tráfego. Ele e o Bambi só teriam a lucrar se a vida selvagem não fosse pega de surpresa.

A SAÍDA PARA AUGUSTA se assomou à frente uma hora depois, letras brancas sóbrias e refletoras no verde-escuro da placa interestadual. Bird passou por ela a quase 130km/h, dedicando um pensamento ao cadáver de Lizzie e ao impaciente médico legista, que teria de esperar um pouco mais para manusear o bisturi. A poucos quilômetros à frente, via-se uma praça de serviço, onde ele parou na área de abastecimento e encaixou o bico da bomba para encher o tanque da viatura enquanto checava o celular. Antes de aparecer à porta dela, era preciso conhecer a mulher a quem estava a caminho. Adrienne era provavelmente mais conhecida por ser a esposa de um dos homens mais desprezados dos Estados Unidos, mas ela era interessante por si só. Conheceu Ethan Richards enquanto fazia um estágio em Wall Street, casou-se com ele logo depois da faculdade, um caso turbulento — e uma surpresa desagradável para a primeira esposa de Richards, que foi jogada para escanteio. Foram movimentos bastante estratégicos para uma garota que mal tinha completado 20 anos; era ainda mais difícil de acreditar que Adrienne não soubesse o que o marido fazia. Bird rolou a página da Wikipédia — aparentemente, ela tinha participado de uma temporada do *reality Real Housewives* antes do escândalo contábil vir à tona — e depois foi até a conta dela no Instagram. Havia uma nova foto no topo, postada no início daquele dia: Adrienne de olhos arregalados e cabelos rosados, posando ao lado de um *latte* de abóbora picante. Bird viu as *hashtags* e fez uma careta.

— Mechas *latte* — murmurou ele. — Dai-me paciência.

Foi gratificante de uma forma meio mesquinha ver que a grande maioria dos comentários na foto concordavam com ele: Adrienne Richards era uma imbecil. O cabelo ridículo, o café, as *hashtags* idiotas; se ela tentava fazer as pessoas sentirem ódio dela, estava mandando muito bem. Rolou a tela, passou fotos de unhas polidas, sapatos caros, Adrienne de vestido de noite em um evento de arrecadação de fundos promovido por um político fraudulento agora prestes a ser preso. O rosto de Adrienne também estava por toda parte, bem de perto, os grandes olhos azuis emoldurados por cílios impossivelmente grossos, provavelmente falsos. Tudo era familiar e genericamente feminino, mas no fim chegou a uma visão que reconheceu sem sombra de dúvida: o lago visto do deque da cabana de Lizzie Ouellette, em primeiro plano as unhas cor-de-rosa e polidas dos pés de Adrienne. #TBT DE XANADU, lia-se na legenda. Demorou um minuto para Bird, mas depois caiu a ficha: não havia cobertura de serviço celular em Copperbrook Lake; Adrienne Richards só conseguiu documentar suas férias após o fato. Como uma pessoa normal. *O que provavelmente a deixou maluca,* pensou ele, caindo em risos.

Mas foi a próxima foto que trouxe a compreensão. Era uma foto de Adrienne de costas para a câmera, os cabelos caindo sobre os ombros, a silhueta contra um pôr do Sol cor de pêssego. A luz fraca, o foco suave; a menos que soubesse procurar, você nem veria uma das mãos apoiada em um longo corrimão de madeira, o mesmo que circundava o deque de uma casa em que ele havia estado naquela manhã. Mas a imagem em si ele viu antes — reunida por Lizzie Ouellette em um álbum de fotos intitulado *Sonhos*.

À medida que passava as fotos, ele encontrou outras parecidas. A mão estendida de Adrienne com as unhas pintadas de vermelho-cereja. Os pés de Adrienne em um par de botas de couro caras. O martíni de Adrienne, um cristal suado em um balcão de madeira escura. Nisto consistia uma fantasia ambiciosa no mundo de Lizzie Ouellette: uma foto de outra mulher no deque da casa que era sua propriedade.

E durante todo esse tempo em que Lizzie idolatrava Adrienne, salvando melancolicamente fotos de suas unhas como se representassem uma vida que ela nunca teria, Adrienne se esgueirava por trás das costas dela para chupar o pau do marido de Lizzie.

Ele estava errado. Os sonhos de Lizzie não eram banais. Eram trágicos. Eram a coisa mais triste que Bird já tinha visto na vida.

Seus pensamentos foram interrompidos pela vibração do celular na mão. Tocou na tela para atendê-lo e o levou ao ouvido.

— É o Bird — falou.

Brady não se importava com formalidades.

— A polícia de Boston afirma que a senhora está em casa, evidentemente sozinha, bebendo uma taça de vinho e não demonstrando nenhum sinal de apreensão — informou.

Uma taça de vinho, pensou Bird amargamente. Depois do que acabou de ver, a ideia de Adrienne Richards sentada alegremente com uma bebida, enquanto Lizzie Ouellette estava prestes a ser dissecada, era praticamente obscena.

— Sabem de tudo isso sem nem bater à porta? — perguntou ele.

— Aparentemente há uma imensa janela de vidro que dá para a rua, no segundo andar, com uma boa vista interna. Ela está lá, sentada, bem à janela. — Brady fez uma pausa. — Sabe, já tive um gato que gostava de fazer isso.

— Ótimo — falou Bird.

— Um dos caras deles vai ficar de olho na casa até você aparecer. Se o Cleaves chegar lá primeiro, eles estão preparados. Falei que estão armados e são perigosos, mas só se deu falta da espingarda, correto? Não há outras armas?

— Não que a gente saiba.

— Tudo bem. Enfim. Uma arma tão grande será fácil de detectar, se ele for burro o suficiente para andar com ela. E a outra coisa, o tal do Cutter? Você tinha razão, ele é uma entidade conhecida. Traficante de heroína.

— Vixe — disse Bird.

— Não se faça de surpreso — comentou Brady. Ele tinha razão: havia um surto de heroína na cidadezinha da Nova Inglaterra, abrindo caminho através de comunidades desde Cape Cod a Bar Harbor e além. Uma manobra frenética dos cartéis, que inundaram a região com produtos baratos na tentativa de recuperar suas perdas decorrentes do lento avanço estadual da *cannabis* legalizada. Bird se perguntou se era por isso que as pessoas com quem tinha conversado hoje não estavam tão abaladas assim com a morte trágica de Lizzie Ouellette aos 28 anos. Violência à parte, morrer jovem em Copper Falls simplesmente não era tão incomum.

— Não estou surpreso. Só não me ocorreu — falou Bird e então pensou instantaneamente: *mas isso não é verdade*. Houve a negação furiosa de Deborah Cleaves, *"meu filho não usa drogas"*, e então a pergunta que se seguiu; na hora não tinha parecido nada mais do que uma réplica irritada, mas agora...

— Na verdade, desconsidere. A mãe do Cleaves sugeriu que a Lizzie Ouellette estivesse usando — acrescentou Bird. — Achei que ela estava sendo sarcástica, mas talvez não.

— Bem, saberemos em breve — comentou Brady alegremente. — Se houver algo no sangue, o legista vai saber. Nos falamos de novo depois que você interrogar a dondoca.

— *Tá* legal.

Bird desligou o telefone, mas logo o aparelho vibrou novamente na sua mão. Olhou para a tela e viu um código de área móvel. Não era o quartel-general da tropa. Tocou na tela e habilitou o alto-falante.

— Bird.

Do outro lado da linha, um barítono grave respondeu:

— Detetive Bird? É Jonathan Hurley.

Um alerta soou ao nome do sujeito. Um ex-professor?

A voz de Hurley voltou, respondendo à pergunta por ele:

— Sou veterinário. Lizzie Ouellette era minha funcionária de meio período.

É isso, pensou Bird. Earl comentou com ele que Lizzie trabalhava como assistente veterinária na clínica de Hurley, um trabalho em que ela era boa, de acordo com o pai. *Levava jeito,* foi como ele mencionou. Earl não entendia por que ela tinha se demitido. Bird saiu do carro, segurando o celular no ouvido enquanto devolvia o bico da bomba e recolocava a tampa de combustível na viatura. Ele estava ansioso para pegar a estrada e até considerou dizer a Hurley que ligaria de volta em outro momento, mas a polícia de Boston já vigiava a casa. Podia dedicar uns minutos à pesquisa.

— Peço desculpas — falou Hurley. — Eu estava indo para a Skowhegan com um cavalo doente e não soube o que aconteceu até...

— Tudo bem — disse Bird. — Então, a Lizzie Ouellette trabalhou para você por quanto tempo?

Bird podia ouvir a respiração do veterinário: rápida, desconfortável, como se andasse de um lado para o outro.

— Dois anos. Faz um tempo já. Acho que se passaram dois ou três anos desde que a dispensamos.

Bird pestanejou. Então Earl tinha entendido mal.

— Você a demitiu?

— Veja — falou Hurley, o tom de voz se tornando ofensivo —, realmente foi uma agonia para mim. Não quero causar problemas à família dela. Sempre gostei da Lizzie.

— Vamos voltar um minuto. Você a contratou como assistente? Pensei que precisasse de diploma para isso.

— Preciso verificar meus arquivos, mas acho que ela frequentou algumas aulas na faculdade comunitária — respondeu Hurley. — Para uma posição de assistente, o que eu precisava, já estava de bom tamanho. Passava só umas horas por semana no hospital veterinário. Meu principal negócio são animais de grande porte... sabe, cavalos, vacas.

— Onde fica o hospital veterinário?

— Em Dexter — respondeu Hurley, e logo veio à mente de Bird o rosto de Cutter. *Um pouco a leste.* Será que ele estava mentindo? Afinal, ele conhecia a Lizzie?

— Você conhece um cara chamado Cutter? Jake Cutter?

— Não — respondeu Hurley. Pareceu confuso, a palavra saindo como uma pergunta.

— Não importa — disse Bird. — Então a Lizzie era sua assistente.

— Exato. Sim. Como estava dizendo, eu gostava dela. Era inteligente, aprendia rápido e era boa com os animais. Uns chegam pensando: *ah, eu amo bicho, dou conta do trabalho,* mas quando veem um cachorro atropelado por uma motoneve... — Soltou um suspiro. — Não é fácil. Não pode desabar. Precisa ter sangue frio. A Lizzie era boa. Ela não paralisava ao ver sangue.

— Certo — disse Bird. — Então agora retoma... mais uma vez, por que você a demitiu?

Frustrado, Hurley exalou ao telefone.

— Ela não me deu escolha, cara. Senti muito ao perdê-la. Foi por isso que, quando eu soube do acontecido, pensei logo em ligar.

— Claro, estou ouvindo. Me explique.

— Foi uma situação chata. Basicamente, alguns medicamentos desapareceram. — O tom do veterinário foi perplexo, e Bird notou o fraseado: *desapareceram,* como se os comprimidos tivessem sumido por conta própria.

— Desapareceram ou foram roubados? — perguntou com cuidado.

— Não tive certeza — respondeu Hurley. — Trabalhando por aqui, sabe, você vê muito disso. Você conhece as pessoas; dá para dizer quem está com problemas. Lizzie nunca pareceu o tipo. Mas só os funcionários sabiam onde ficavam, e quem pegou tinha a chave. Eu sabia que não tinha sido eu, obviamente, logo...

— Foi por eliminação — concluiu Bird. — Exato. Qual era a medicação?

O tom de Hurley mudou; sentia-se mais à vontade em falar de trabalho fora do horário de expediente do que em chamar uma mulher morta de ladra.

— Tramadol. É um opiáceo, analgésico. Damos aos cães, principalmente, mas funciona nas pessoas.

— Tramadol. Entendi. E o que aconteceu?

— Foi tudo muito estranho — disse ele, o tom muito lamentativo. — Quando a confrontei, ela se calou. Nem negou... simplesmente não dizia nada. De jeito nenhum. Tentei mesmo, detetive. Falei que a gente podia esquecer tudo se ela devolvesse os medicamentos. Falei sério também. A última coisa que eu queria era dispensá-la. — Pausou, suspirando pela boca. — Ela não discutiu. Só tirou o avental, entregou ele para mim e então saiu pela porta.

— Ela não falou nada? — perguntou Bird.

— Falou, sim — respondeu Hurley. — Nunca vou esquecer. Ela me olhou bem no fundo dos olhos e disse: "Eu amava isto aqui. Já devia saber que não ia durar."

LIZZIE

Agora já estamos quase no fim. O *big bang* e tudo que veio depois. Sangue na parede e embebido no tapete; um corpo debaixo de um cobertor; policiais recolhendo dentes quebrados e pedaços de osso com pinças e despejando tudo em um balde com a marcação OUELLETTE, ELIZABETH. O que será que vão fazer com as partes? Será que vão despejar em uma pia qualquer ou vão enterrar com todo o resto? O que será que vão escrever na minha lápide, se eu tiver uma? É sempre outra pessoa que decide como você será lembrado. É o nome com o qual chamavam você que vai no epitáfio.

Filha. Esposa. Amante. Mentirosa. Lixo.

O único nome que tenho certeza que não vão usar é "mãe", porque ninguém nunca me chamou assim. Ele nunca teve a oportunidade.

O meu bebê.

O meu menininho. Foi a coisa mais estranha vê-lo. Eles me entregaram depois, embrulhado em um cobertor, e você nunca saberia que ele ainda não estava completamente desenvolvido. Os olhos fechados, a boca aberta, as mãozinhas levemente cerradas no ar como se quisesse lutar. Não havia nada de errado com ele, fora o fato de que não respirava.

Nunca falamos sobre o bebê, Dwayne e eu. Éramos crianças tão idiotas, complicadíssimas, tateando uma vida para a qual nenhum de nós estava pronto. Até o nome foi uma escolha que não sabíamos fazer. Falei ao Dwayne que queria esperar para ver como ele era quando viesse à luz. Um James ou um Hunter, ou um Brayden. Eu tinha certeza de que saberia de cara, assim que batesse os olhos nele. Esperava ansiosa para conhecê-lo quando ainda estava vivo dentro de mim. Mas daí ele nasceu e se foi, e eu ainda estava zonza da anestesia quando perguntaram ao Dwayne o que escrever na certidão de óbito. Eu não sei por que ele disse isso — um súbito senso de responsabilidade paterna, ou talvez só estivesse confuso —, mas o nome que Dwayne deixou escapar não foi nenhum dos que tínhamos cogitado. Foi o dele. Dwayne Cleaves: é o que se lê no túmulo do bebê, na menor pedra do cemitério ao lado da igreja, no topo da colina. Como se ele só pertencesse a um de nós. Como se fosse a perda do Dwayne, e não a nossa. Não a minha.

Também nunca falamos sobre isso.

Não havia nada a dizer. E, com o passar dos anos, nada mais restava dele para ser lembrado. Nem mesmo o próprio nome. Com um Dwayne Cleaves vagando vivo pela cidade, as pessoas se esqueceram do outro, aquele que jamais conheci, aquele que algumas pessoas ainda tentavam fingir que nunca tinha existido.

Agora, contudo, alguém podia se lembrar do meu bebê. Agora que é conveniente. Alguma velha emproada daquela igreja na colina podia até tentar, vomitando uma banalidade estúpida enquanto jogam terra na cova, sobre como nós dois finalmente nos reunimos no céu.

Se ela fizer isso, espero que as palavras grudem na garganta da vadia. Espero que se engasgue com elas até ficar cinza, assim como ele estava quando o colocaram em meus braços.

É uma maldita mentira, de todo modo. O bebê era inocente. Ele nunca fez uma única coisa errada, porque nunca fez coisa nenhuma, ponto-final. Para onde quer tenha ido, e espero que para um lugar bacana, não há espaço para gente como eu.

ERA PARA SER MEU último ano em Copper Falls. Foi um bom ano, com o passar do tempo. Meu pai ganhou um contrato para o processamento da sucata proveniente de um projeto de demolição estadual fora da cidade, além de um bico preparando carne de cervo para os caçadores locais, trabalho que ele passou para mim, de maneira que de repente tínhamos muito mais dinheiro do que jamais tivemos na vida. Não comemos ensopado de frango naquele ano, exceto talvez uma ou duas vezes, mas porque quisemos; eu podia muito bem dizer que meio que desenvolvi um gosto por isso. A casa do lago também estava todinha consertada, embora o meu pai mantivesse a palavra de alugá-la apenas para os habitantes locais; segundo ele, não importava que, àquela altura, Teddy Reardon estivesse a sete palmos debaixo da terra. Promessa era promessa.

E então havia eu: 17 anos, finalmente no lado mais bonito daquela divisa estranha e desengonçada que separa as meninas das jovens mulheres. Eu já tinha esboçado um plano para depois da formatura: primeiro a faculdade comunitária, então eu poderia ser assistente veterinária. Essa foi a parte que compartilhei com as poucas pessoas que perguntaram, mas havia mais. Minha ambição secreta, a parte que eu não contei a ninguém porque eu não queria ninguém rindo quando eu falasse. Obtido o certificado, eu iria embora para sempre, para uma cidade onde eu trabalhasse meio período e bancasse minha própria faculdade de veterinária. Levaria tempo, mas eu não me importava com isso. Depois de dezessete anos em Copper Falls, apenas a ideia de estar em outro lugar era emocionante. Não que as coisas estivessem ruins; por um tempo, na verdade, foram toleráveis. As crianças que mexeram comigo não o faziam mais, por nenhum outro motivo senão porque ficou chato para todo mundo. Todos nos conhecíamos há muito tempo. Não sentiam mais prazer em me prender para intimidar; ficaram sem farpas para jogar, e eu fiquei sem necessidade de dar o troco. Tudo o que restava era um desprezo morno e obsoleto; dificilmente valia a pena chutar cachorro morto. A gente se deixou em paz. Quando eu passava por eles na rua ou nos corredores da escola, seus olhos me erravam, como se eu fosse uma janela com tábuas, uma maçaneta qualquer, uma mancha na calçada. Apenas parte do cenário.

Por isso foi tão incrível quando Dwayne me notou, me escolheu. Crescer ao lado de alguém é engraçado, o jeito como mudam e o jeito como são sempre os mesmos. Ele era, e também não era, o mesmo garoto que tinha matado o Trapim todos aqueles anos atrás, que tinha se apresentado com vergonha no ferro-velho para me dizer que sentia muito. Ele tinha crescido, os ombros alargaram, os cabelos castanhos grossos e uma mandíbula forte que começava a dominar a cara redonda de menino. Entre os dentes havia pequenas lacunas que apareciam quando ele sorria, o que ele fazia muito; ele não tinha razão para não sorrir. Era arrogante como são os adolescentes belos, certo de que as pessoas o amariam ou perdoariam, dependendo do que ele fizesse. Mal nos falamos desde aquele dia no ferro-velho, mas às vezes eu o pegava olhando para mim e finalmente me ocorreu que compartilhávamos um segredo. Algo especial. Algo que ele não tinha com mais ninguém. Eu tinha certeza de que ele nunca havia contado a ninguém sobre o que fez com o Trapim, e eu nem tive para quem contar, mesmo se quisesse. Eu ficava imaginando quantas outras garotas já tinham visto esse lado dele. Os olhos abatidos, o arrependimento sem disfarces no rosto. A maneira como ele estremeceu ao som da voz do pai. Até onde posso dizer, ele ocultou o fato inclusive dos amigos mais próximos. Talvez fosse por isso que me desejasse. Entre todas as garotas de Copper Falls, era eu quem conhecia e guardava o seu pior segredo.

A única que sabia como era Dwayne Cleaves quando amedrontado.

Era o fim do primeiro ano, as noites quentes finalmente justificando uma camiseta, o clima já alegre na expectativa do verão. Dwayne era o arremessador titular do time colegial de beisebol e bom a ponto de já ser notado. A notícia se espalhou mais rápido depois que alguém pegou emprestada a pistola de medição do xerife Ryan e cronometrou sua bola rápida a 140km/hora. Veio junho, e então os *playoffs* da liga, o povo das cidades vizinhas aparecendo apenas para vê-lo jogar. No último jogo, um homem veio sozinho, sentando-se na beirada lateral, e no fim da primeira entrada já circulava o boato de que ele viera do estado de Washington para recrutar o Dwayne para o Seattle Mariners. Pura balela, claro. Na realidade, ele era da Universidade Estadual de Orono, e o melhor que tinha a oferecer era uma bolsa de estudos atlética — que não dava nem para o cheiro, mas a possibilidade de um caçador de talentos do beisebol da liga principal estar entre nós espalhou mágica no ar. Todos sentiram a mágica, incluindo Dwayne. E, céus, ele deu um show. Eu também estava lá; a cidade inteira estava, acho eu, de modo que, se um estranho despencasse em Copper Falls, encontraria as ruas vazias, todas as portas trancadas, e pensaria se tratar de uma cidade-fantasma. Assistimos das arquibancadas enquanto ele disparava os arremessos. De *strike* em *strike*, de *strikeout* em *strikeout*, até que não dava nem sequer para ouvir o apito do árbitro, porque só de a bola bater na luva do apanhador já levava a multidão ao delírio. Batiam os pés, gritavam e enlouqueciam completamente, e o Dwayne parado, ali, no montinho, o sorriso aberto, atirando bolas rápidas por sobre a placa enquanto os batedores só acertavam o ar. Por volta da quinta entrada, dava para ouvir as pessoas sussurrando como um feitiço: *no-hitter*.[1]

E, então, no ápice da sétima entrada, o Dwayne jogou um *splitter* que não fez efeito, e um grandalhão canhoto rebateu, tirando lasca da bola, que viajou alto até o campo direito. Amoleceram-se os joelhos, os gritos morreram na garganta, e foi quando aconteceu: os ombros de Dwayne caíram para frente e ele virou a cabeça, os olhos cruzando com os meus. Enquanto todos os outros observavam a trajetória da bola, olhávamos um para o outro. E, embora ainda fizesse sol e o ar estivem ameno, um frio me desceu pela espinha.

E daí Carson Fletcher, o defensor direito que não tinha visto nem a cor da bola desde o aquecimento, foi cobrar no *backfield*, saltou no ar e caiu do outro lado da cerca do *outfield* com o quase *home run* do grandalhão canhoto perfeitamente aninhado na luva. E se alguém, naquele momento, estivesse na rua principal de Copper Falls observando o sol desaparecer no

◇◇◇◇◇◇◇◇◇◇

[1] Quando nenhum rebatedor consegue avançar até a primeira base graças ao desempenho perfeito de quem arremessa [N. da T.].

horizonte e se perguntando para onde diabos todo mundo tinha ido, o som de gritos vindo do campo teria sido sua resposta.

Dwayne fez um *no-hitter* naquela noite e não olhou para mim novamente. Quando terminou o jogo e ele saiu do montinho, era tão surreal que pensei que tudo não tivesse passado de um sonho: a maneira como ele dirigiu os olhos para mim, o choque que pareceu nos eletrizar. Enquanto todos os outros invadiam o campo para comemorar, voltei à minha bicicleta e comecei a jornada para casa. Oito quilômetros de poeira.

Ele me alcançou no mesmo trecho da estrada, resmungando enquanto eu subia a ladeira, a minha camisa grudada nas costas. O mesmo lugar onde, cinco anos atrás, larguei a mochila junto à estrada e corri dos meninos que me perseguiam. Desta vez, não corri. Virei-me ao som de pneus vindo atrás de mim. Parei quando a caminhonete dele encostou lentamente e estacionou. Permiti que pegasse a minha mão e olhei para a parte de trás de seu pescoço, o cabelo grosso emaranhado de suor acima da gola do uniforme, enquanto ele me levava para a floresta. A última coisa que vi quando fechei os olhos para beijá-lo foi a mesma velha cabana de caça, o telhado cedido, as paredes empenadas e viscosas, finalmente a podridão.

NÓS NOS ENCONTRAMOS na floresta até o tempo esfriar, e então era em um saco de dormir, na parte de trás da caminhonete — e depois no banco da frente, chegado o inverno. Janelas embaçadas, nossos corpos lisos de suor, saliva e sexo, o aquecedor no máximo e o rádio baixinho. Sempre em lugares desertos. Ninguém nunca nos viu juntos; ninguém sabia. Era outra coisa que dividíamos: um segredo só nosso. Pelo menos foi o que eu disse a mim mesma. Mesmo na noite mais fria do ano, ele me deixava no fim da estrada em vez de me levar à porta de casa. Eu, tão inebriada de emoção, de ser desejada, demorei para perceber que Dwayne não me enxergava da mesma maneira; que meu emocionante romance secreto era o constrangimento que ele não podia deixar *ninguém saber*; que para ele eu era algo vergonhoso que devia ser mantido em segredo. A garota do ferro-velho. Um segredinho obsceno.

Até eu não ser mais. Até eu tornar o nosso segredinho grande demais para esconder. Não menti, exatamente. Comentei com ele que estava tomando a pílula, e eu tomava mesmo, dirigindo até a clínica no condado vizinho e escondendo em casa os pacotes no fundo da minha gaveta de meias. Tomei conforme o prescrito.

E então eu parei. Não sei por quê. É tão fácil simplesmente não fazer algo e não dizer a ninguém que você deixou de fazer. Não que eu não soubesse o que podia acontecer. Tive educação sexual como todo mundo; eu sabia perfeitamente como funcionava. Eu sabia. É que, quando você quer algo, o que você sabe se torna irrelevante. E eu queria. Não o bebê, mas o reconhecimento. Depois de todas aquelas noites caminhando para casa no escuro, ainda esfolada entre as pernas, o nariz vermelho e correndo no ar congelante, eu só queria que ele saísse à luz comigo e assumisse: *sim, estou com ela*. Eu sabia que ele gostava de mim. Eu queria que ele gostasse de mim onde as pessoas pudessem ver.

Achei que era porque eu o amava. Mas não era só isso. Foi a ideia dele. Em certo ponto, comecei a brincar de fingir novamente. Comecei a inventar histórias sobre aqueles passeios de volta ao trailer, todos eles com o final de conto de fadas mais idiota e estúpido que você já viu. Porque, se eu fosse a garota do Dwayne, eles precisavam me ver. Precisariam admitir que eu não era lixo, que eles estavam errados, que erraram em me julgar. Eu era o segredo vergonhoso de Dwayne, mas eis o meu: quando se é rejeitada por toda a vida, o que você mais quer no mundo não é fugir. É entrar no clube, para que todos recebam você de braços abertos, um assento especial já à sua espera. E eu sonhei com um "felizes para sempre"? A gente construindo uma vidinha juntos, uma casinha com cortinas de renda, uma esposa com um bebezinho, beijando o marido que saía para trabalhar? Imaginei que daríamos as caras em um churrasco na parte mais nublada de agosto, onde colegas de escola sorridentes me abraçariam e dariam tapinhas nas costas do Dwayne dizendo *parabéns, amigão* ao mesmo tempo em que paparicavam o bebê?

Claro que imaginei.

Porque eu sou uma grande idiota.

O QUE REALMENTE ACONTECEU foi isto: eu contei ao Dwayne que estava grávida, vi drenado todo o sangue do rosto dele, e percebi que eu tinha cometido um erro terrível. Aquela fantasia — a tarde nublada de verão e um bebê em um sueterzinho com ilhós — tornou-se gelo e se estilhaçou num estalo, virando um milhão de peças brilhantes. E, quando cheguei em casa, a notícia já tinha se antecipado a mim, e o meu pai esperava com um olhar no rosto que eu nunca vou esquecer.

Naquela noite, dissemos muitas coisas um ao outro. Parte não suporto nem pensar. Fui muitas coisas para o meu pai ao longo dos anos: uma ajuda, uma surpresa, uma responsabilidade. Esta foi a primeira vez que fui uma decepção. A dor em sua voz era algo que eu daria tudo para desfazer — exceto pelo fato de que desfazer teria sido ainda pior. Quando eu disse a palavra *aborto*, ele estendeu as mãos e segurou as laterais do meu rosto.

— Minha Lizzie — falou —, desde o dia que você nasceu, *num* tem nada que eu *num* faria *procê*. Ouviu? Eu mataria por *ocê*. Eu daria minha própria vida. Mas isso... — Ele diminuiu o tom de voz, pressionando os lábios um no outro, recompondo-se. — *Num* dá *pra* tolerar. É uma vida inocente. A escolha é só tua, menina. *Num vô* te *impedi* de nada. Mesmo que pudesse, eu *num* faria, porque o corpo é teu, e o bebê *tá* aí dentro, então *ocê* tem o direito. Mas *tá* errado, Lizzie. Só sei isso.

Às vezes penso se eu teria abortado. Mesmo com as palavras do meu pai pesando muito sobre mim, eu podia ter feito essa escolha. Mas não escolhi isso, porque, voltando à casa do Dwayne, a mesma notícia estava sendo contada, e o pastor fazia o que fazem os pastores. E, no fim, quase tive a sensação de que era para ser. Como se trilhássemos um caminho a nós estabelecido anos atrás, por algum mestre de marionetes com gosto por dramalhão e um senso de humor macabro. Era o início da primavera, não o verão, e não éramos mais crianças, mas o resto era muito parecido: o sedã do pastor estacionou, desta vez com Dwayne ao volante. Ele saiu, empurrou a terra com a ponta do pé e disse as palavras que o pai lhe mandou dizer:

— Eu quero fazer o certo por você.

Olhei para ele, os braços cruzados no peito. Levaria ainda um tempo para despontar a barriga.

— Você quer? — perguntei.

O garoto, o meu garoto, ergueu os olhos e encontrou o meu olhar fixo.

— Sim — respondeu. E então falou tão baixinho que precisei me esforçar para ouvi-lo: — Eu quero me casar com você.

TALVEZ ELE FALASSE SÉRIO. Eu não sei. Talvez Dwayne tivesse seus próprios sonhos secretos com churrascos e bebês ou talvez ele simplesmente não quisesse seguir o caminho traçado para ele. Em Copper Falls, ele era o herói da nossa cidade natal, o garoto de ouro que fez um *no-hitter* e estava fadado a um futuro glorioso. Na Universidade Estadual, ele teria sido um peixinho em um lago grande, nem mesmo um arremessador titular, apesar da bolsa atlética. Talvez ele estivesse com medo de como seria deixar de ser especial. Todavia, no que dizia respeito à cidade, Dwayne foi descarrilhado, e eu era a cadela sem-vergonha e maniqueísta que tinha detonado o futuro dele apenas com uma contração dos meus malignos ovários.

“Ele tinha toda a vida pela frente”, diriam. De fato, disseram. No nosso casamento. Imagine ouvir *isso* no caminho até o altar, as pessoas falando sobre um cara que se casava com você como se tivesse tido um câncer em pleno auge da vida. Eu estava de quatro meses, ainda mal dava mostras no meu vestido amarelo, o que só piorou quando eu o perdi. Eu sei que ainda há pessoas na cidade que pensam que eu inventei tudo, que nunca estive grávida.

Mas eu estava. Levei a gestação até novembro. Estava chuvoso e frio, mais frio do que o normal, e a minha barrigona a ponto de me desequilibrar. Saí pela nossa porta naquela manhã e vi minha respiração, mas não o gelo. Caí feio, e depois me disseram que este foi o começo, o momento em que a placenta se descolou, o momento em que o meu bebê começou a morrer. Mas eu não sabia. Não sabia de nada. Levantei sentindo dores, mas sem sinal de sangue, e achei que estava tudo bem. Foi só uma semana depois que a enfermeira da clínica foi auscultar um batimento cardíaco e encontrou apenas silêncio. Drogaram-me na sequência. Fiquei grata por não estar acordada nessa parte e culpada por me sentir grata.

E aí está. A minha triste história. Teve mais depois disso, é claro, mas foi apenas mais do mesmo. Mais dez anos em Copper Falls. Dez anos que acabaram sendo o resto da minha vida. E se você está se perguntando por que eu fiquei, então não sabe como é ter 18 anos, uma hipoteca, um marido e seios doloridos que não param de vazar leite para um bebê que não existe. Não se constrói uma vida para manter uma família e acabar preso em uma gaiola para dois. Não é o que você imaginava, mas é o que você sabe. É seguro. Pode muito bem morar ali. A verdade é que Dwayne e eu nunca conversamos sobre nos separarmos, assim como nunca falamos sobre o bebê depois que ele morreu. Éramos como duas pessoas que se afogavam no meio do oceano, agarradas no mesmo pedaço de madeira para sobreviver. Claro, você sempre pode se segurar com menos ímpeto, deixar-se afundar. Mas, se ele não estiver se soltando, você será a primeira?

E talvez eu não quisesse me soltar. Talvez eu ainda o amasse. Naquela época, até imaginei que Dwayne tivesse desejado a primeira gravidez a ponto de tentar novamente. Todos pensaram que eu o tinha prendido, mas havia muitas coisas da nossa vida, de mim, das quais Dwayne gostava — que qualquer homem podia ter gostado. Crescer da maneira que cresci me ensinou a aproveitar ao máximo o que não era suficiente. Eu sabia fazer o dinheiro render. Como caçar e preparar carne de cervo. Como fazer uma casa cheia de peças baratas de segunda mão adquirir aparência melhor do que era. Eu sabia como cuidar de um homem que não sabia cuidar de si mesmo. Quando Dwayne sofreu o acidente, fui eu quem convenceu os médicos a não amputar o pé inteiro. Quando chegou o pagamento do seguro de acidente de trabalho, fui eu quem negociou um acordo favorável pelo negócio de Doug Bwart. Quando a oxicodona acabou e meu marido se contorcia na cama, suando e gritando, com toquinhos onde eram os dedos, encontrei uma maneira de deter a dor, mesmo que representasse perder a melhor coisa que eu tinha e mesmo sabendo muito bem que eu só estava postergando o sofrimento. Prometi amar, honrar, confortar e manter. E, como disse o meu pai, promessa é promessa.

Foi assim que aconteceu. Foi assim que dez anos se passaram. E não foi tão patético quanto você provavelmente está imaginando. Mesmo depois de tudo, encontrei maneiras de ser feliz. Por fim, cursei a faculdade comunitária; algumas aulas, mas sem tirar o certificado que eu esperava. Tinha um trabalho de meio período na clínica veterinária, enquanto durou. Tinha a casa do lago, com seu potencial a ser explorado. E, ao contrário do meu pai, eu não era leal a Teddy Reardon ou às tradições insulares e idiotas de Copper Falls, às pessoas que ainda me chamavam de "lixo" e "prostituta" pelas minhas costas e, às vezes, até quando passavam por mim na rua. Ser a sem-vergonha do ferro-velho significava que eu não tinha nada a perder quebrando as regras — e até o Dwayne parou de reclamar de alugar para pessoas de fora quando viu quanto dinheiro entrava.

Eu tinha uma vida. Quero que você compreenda isso. Pode não ser muito para considerar, mas era minha. Se tivesse tido escolha, eu teria continuado a vivê-la.

16

A CIDADE

Adrienne não era muito de cozinhar, e a despensa estava praticamente vazia, exceto pelas especiarias, massas secas e algumas latas de sopa. Mas o *rack* de vinhos estava abastecidíssimo. Puxou uma garrafa ao acaso, mal olhando para o rótulo, e vasculhou duas gavetas em busca de um abridor antes de perceber que a garrafa era do tipo com tampa, não com rolha. De certa forma, parecia apenas mais um sinal de como decaíram. No auge da fama e do sucesso de Ethan, Adrienne foi fotografada por *paparazzi* em Ibiza, vestindo um biquíni vermelho e tomando gim gelado no convés de um iate pertencente a um ator que tinha ganhado um Oscar. Estava muitíssimo longe deste momento, a vadia privilegiada sozinha, em sua casa na cidade, bebendo Shiraz com garrafa de tampa e esperando uma visita da polícia, enquanto seu homem se encolhia de medo em um motel barato fora da cidade. Seus *haters* estariam em polvorosa se pudessem vê-la agora, e ela quase queria que o fizessem. Como seria perversamente divertido explodir sua marca cuidadosamente cultivada com um único vídeo: sem ângulo favorável de câmera nem filtro favorecedor, apenas dez segundos horrorosos dando goles de vinho direto da garrafa e depois, ao final, arrotando para a câmera. Talvez, por precaução, ela se filmasse sentada no banheiro. *Gostam de mim agora, gentalha?*

Mas então todos saberiam que algo estava errado.

Em vez disso, ela pegou uma taça.

O vinho era mais roxo do que vermelho, e ela respirou fundo enquanto trazia a taça aos lábios. Sentiu um aroma breve e vívido de frutas escuras, frutas silvestres cheias de arbusto, tão maduras e quentes ao sol do fim do verão que, ao primeiro toque, tingiam os dedos de suco. Então o vinho estava em sua língua, em seu estômago. O sabor não era familiar, não eram amoras de jeito nenhum, mas a maneira como se dissolveu a tensão nas têmporas ao primeiro gole a transportou para casa. Completou a taça e caminhou até a grande janela, acomodando-se ao lado dela com a taça encostada na testa. Ela precisaria comer alguma coisa e resistir ao desejo de virar aquela garrafa inteira enquanto encenava. Não seria bom estar bêbada quando a polícia chegasse. Entretanto, no meio do caminho, sem ser desleixada, mas longe de estar sóbria também — *pode não ser de todo ruim,* pensou e tomou outro gole. Vadia rica, sozinha em uma noite de terça-feira em sua casa de zilhões de dólares assinada por um designer famoso, ficando um pouco alta, talvez assistindo a alguma porcaria de *reality show*: quanto mais ela se inclinava para o irritante estereótipo, menos era provável que alguém olhasse para além da superfície e percebesse embaixo a verdade perturbadora. Sim, ela beberia.

Primeiro, porém, ela precisava pensar. Olhou para a fachada sombria da casa do outro lado. Uma hera crescia em abundância em um canto e pela fachada do edifício, as videiras como dedos sombrios segurando o tijolo, as folhas pretas e brilhantes sob a luz do poste. As janelas eram retângulos mal iluminados, as cortinas a impedir que pessoas como Adrienne vissem do lado de dentro — ou talvez para permitir que os vizinhos olhassem para fora sem serem vistos. Percebeu com um arrepio quão exposta estaria agora, iluminada atrás da taça como um animal em um terrário. Será que alguém estava na casa do outro lado da rua, olhando para ela? Aquilo foi um puxão, uma ínfima fresta de luz se abrindo entre as cortinas enquanto uma pessoa espreitava oculta por detrás? O marido jurou de pé junto que tinha ficado fora de vista enquanto ela esteve na rua hoje, e acreditou nele — mais do que ela, ele não queria ser pego —, mas precisaria lembrá-lo de ser cauteloso, especialmente à noite. Se ele passou muito perto da janela no momento errado, se impensadamente deixou uma luz acesa, não havia como dizer quem poderia estar à espreita lá fora, pronto para notar. Mesmo alguém passando na rua logo abaixo seria capaz de ver. Certamente, eles a veriam, aqui em seu poleiro ao lado da janela. Como será que ela era vista do lado de fora? Apenas uma forma, a silhueta de uma mulher com uma taça na mão? Será que alguém passando abaixo discerniria o movimento de seus olhos, a boca se contorcendo?

Ergueu a taça, tomou outro gole e quase se engasgou quando um carro virou a esquina e começou a dirigir lentamente pela rua. Um carro da polícia de Boston, azul e branco, inconfundível mesmo sem seus estroboscópios. Permaneceu quieta quando o carro passou pela frente da casa e suspirou aliviada quando ele continuou pela rua — mas daí não continuou mais. Agarrou a haste da taça de vinho com força, a respiração ofegante, o coração acelerado, enquanto o carro virava e voltava metade do caminho, desta vez encostando em frente à casa do lado. Refreou o desejo de se levantar, de mudar para outra janela para dar vistas melhores. Pensou que teria mais tempo, mas certamente este era o momento: a porta do carro se abriria, o policial surgiria, e, em breve, haveria uma batida na porta. Sem tempo para pensar, planejar; agora era hora de mentir.

O carro estava estacionado sob uma árvore, envolto em sombra. Dava para distinguir a forma escura de um homem — ou talvez de uma mulher alta — ao volante, mas nada mais. Esperou por movimento, o som da porta do carro, um distintivo a reluzir quando o policial assomasse. Passaram-se trinta segundos. Um minuto. Então, uma cintilação: de dentro do carro veio um brilho suave quando o homem puxou um celular do bolso.

Ela cerrou os dentes. Queria que isto acabasse. Ele ia só ficar ali, sentado, observando. Esperando? Pelo quê?

Um mandado, talvez, veio a resposta da própria mente, e um arrepio correu por sua pele. Era um pensamento paranoico, o produto de uma consciência culpada — mas e se não fosse? E se já fossem suspeitos o suficiente para uma busca na casa. E se já tivessem provas suficientes para aprovar o mandado...

— Dane-se — sussurrou ela em voz alta. Já tinha feito uma varredura rápida e superficial pelo local, arrumando a cama, examinando superfícies, satisfeita por não haver vestígios óbvios da presença recente do marido. Mas, se a casa estivesse apinhada de policiais, quem sabe o que poderiam encontrar? Ela teria de presumir o pior e fazer uso do tempo que lhe restava.

Obrigou-se a tomar mais uns goles de vinho — lentamente, com longas pausas para percorrer fotos de estranhos no Instagram. Se o homem na viatura policial estivesse observando, veria uma dona de casa entediada presa ao celular; daria até para ver o movimento rápido do polegar enquanto rolava, batia o dedo, e rolava. Coraçõezinhos a florescer sob a pressão do polegar, mas as imagens eram um borrão; o vinho, insípido na língua. O foco voltado para dentro, aguçado pela urgência e pela compreensão de que tudo agora dependia dela. O potente coquetel emocional de medo, alegria e determinação vinha se tornando um sentimento familiar. Ela já sabia que faria o que tivesse de fazer. Tomaria medidas para proteger o que era dela. Seu marido. Seu futuro. Sua vida. Sempre foi engenhosa, mas as últimas 24 horas tiraram proveito de algo mais profundo, mais obscuro, mais feroz. Havia outra mulher dentro dela, uma com nervos de aço e dentes afiados, que se revelou no momento crucial e assumiu o controle. Astuta e cruel, cuidadosa e metódica, e pronta para fazer qualquer coisa — o que fosse preciso — para sobreviver. Essa mulher havia sido sua guia ontem à noite, sussurrando em seu ouvido enquanto puxava o gatilho.

Enquanto ela empunhava a faca.

Enquanto jogava o pedaço mutilado de carne e cartilagem no triturador de lixo e cuidadosamente apertava o botão com o cotovelo, ligando e desligando.

Depois, foi a voz fria e astuta da sua consciência que a aconselhou a pisar com cautela, evitando o sangue, quando foi correndo vomitar no banheiro.

Seu polegar parou de percorrer a tela do celular. A memória da noite anterior, os pés descalços passando pelas gotas grossas de sangue que traçavam seu caminho do quarto até a cozinha, havia desaparecido; em seu lugar havia uma memória mais recente e a sensação de que, enterrado nela, jazia um detalhe importante. A luz do fim da manhã brilhando pelas janelas, seu marido aparecendo no corredor com o cabelo recém-raspado, pedaços de papel higiênico grudados no rosto barbeado. Caiu em si em um instante, as palavras lhe voltando de uma só vez.

— Eu me cortei. — Foi o que ele disse. — Vai sair sangue o dia todo.

Pedaços de papel higiênico ensanguentados no lixo do banheiro, os pelos de uma barba recém-cortada na pia: era isso que ela havia esquecido, o que precisaria da sua atenção imediata. Começaria no banheiro, então. Lavar o que pudesse e enterrar no lixo da cozinha o que não conseguisse, sob as borras de café desta manhã — e outra imagem passou em sua mente, de duas canecas de café recentemente usadas, lado a lado na pia. A dela poderia ficar, mas a dele precisaria ser lavada, seca e guardada. Trocaria os lençóis em que dormiram ontem à noite, só por garantia. Polir as superfícies que ele pode ter tocado. Ela limparia todos os traços visíveis dele, do trabalho do dia, dos horrores da noite passada. As únicas marcas restantes seriam aquelas em sua memória.

E em outros lugares, a voz dentro de si sorriu com ares de afetação, e, por um momento, seus dedos inconscientemente tremularam em direção ao peito. Ela fechou um punho, apertando tanto que sentiu a força das próprias unhas na palma da mão. Quase tinha se esquecido dessa parte. Tentou esquecê-la e ficou surpresa ao perceber que quase tinha sido bem-sucedida. A ferida sangrou, mas apenas um pouco. Já nem doía mais. Em breve, ela iria curar. Haveria uma crosta, e depois uma cicatriz, e, então, enfim, nem isso. Como se jamais tivesse acontecido.

Se o corpo pudesse esquecer, talvez ela também fosse capaz.

Um olhar para o relógio revelou que a dor não era a única coisa que seu corpo havia esquecido de sentir. Eram quase oito da noite, e tudo o que ela comeu desde aquela manhã foi o *latte* de abóbora picante excessivamente açucarado; agora deveria estar com fome. Tocou na tela do celular novamente, abrindo o aplicativo Grubhub e depois seu histórico de pedidos. A última entrega havia sido há uma semana; um restaurante japonês chamado Yin's; o aplicativo já perguntava se ela queria repetir o pedido, e ela tocou no botão PEÇA DE NOVO sem se preocupar em checar o que era. Algumas decisões, pelo menos, eram fáceis. E ela deveria comer, mesmo que apenas por uma questão de aderir a algo que se aproximasse de uma rotina. Seria uma coisa a menos sobre a qual precisaria mentir. *Hoje?*, já se imaginava dizendo, os olhos arregalados e a cabeça inclinada para o lado, o ar inquisitivo. Quando criança, Adrienne falava com um leve sotaque sulista que ainda lhe vinha às vezes, quando ela realmente queria sugerir a inocência de "quem, eu?". *Fiz um corte, tive uma reunião com nosso consultor financeiro, tomei um café, pedi comida por aplicativo e assisti à TV. Apenas um dia normal. Ora, não, o Ethan não está aqui. Sim, estou sozinha — claro, a noite toda. O entregador me viu... Perguntem a ele. Isso é tudo, policial?*

Ergueu a taça até os lábios e bebeu o resto do vinho em um gole. Lá fora, a rua estava tranquila. No prédio do outro lado da rua, iluminou-se no terceiro andar uma janela encoberta. Os vizinhos de Adrienne se recolhiam para dormir. O carro da polícia permaneceu onde estava, as luzes apagadas, seu ocupante à espera. Talvez fosse apenas uma coincidência e ele não estivesse lá por causa dela. Ou talvez estivesse esperando um mandado... ou um amigo. Ocorreu-lhe pela primeira vez que Copper Falls poderia enviar os próprios policiais para investigar o assassinato, um pensamento que a encheu de repentino terror. Será que ela conseguiria olhar para o rosto dos homens que conheciam Lizzie Ouellette e Dwayne Cleaves, que cresceram com eles, e mentir para que acreditassem nela?

Foi a voz de sua sobrevivente interior que respondeu de volta: *sim, consegue. Você consegue porque precisa. Você mentirá até você mesma acreditar, se for preciso, porque fez esta escolha. Agora você viverá com isso.*

E não havia tempo para discutir. Ela precisaria trabalhar rapidamente, e não apenas isso: ainda havia o outro assunto, a coisa que ela estava querendo fazer, e quem sabe quando teria outra chance como esta, sem ter de se preocupar com a aparição do marido. Ela queria estar sozinha quando descobrisse o que havia no cofre de Ethan, o cofre embutido na parede atrás da mesa do escritório dele em casa. A combinação era a data do casamento, é claro. Então ambos se lembrariam, embora Adrienne não devesse abri-lo se Ethan não estivesse por perto. No entanto, depois de tudo, bisbilhotar era o menor dos pecados. Ela mereceu o direito de olhar, não é? De saber tudo? Céus, ela fez de tudo para merecer.

Havia tanto sangue.

Seus pés descalços bateram de leve no chão polido quando ela se levantou e saiu da sala, colocando a taça de vinho no balcão ao lado da garrafa enquanto passava, enfiando o celular no bolso. Não havia janelas no escritório de Ethan; para alguém que olhasse de fora, a mulher na janela teria simplesmente desaparecido, deixando as luzes acesas na cozinha, claramente sozinha em uma casa vazia.

Na verdade, o policial na viatura estava observando, mas apenas um pouco. Ele piscou os olhos brevemente em direção à janela e voltou a atenção para o rádio. Era o quarto jogo da Liga Americana de Beisebol, o Sox já tinha feito dois jogos a um sobre os Yankees, e Bucky Dent estava prestes a lançar o primeiro arremesso cerimonial. A multidão bradava em Nova York; o policial de Boston olhou para o relógio. Se os meninos levassem o jogo desta noite, a cidade viraria uma zona, e ele provavelmente acabaria no frio até às 3h da manhã, escrevendo citações por conduta desordeira... o que, afinal, seria menos entediante do que ficar sentado ali, na rua mais bacana da cidade, não vendo nada acontecer, fazendo uma vigilância de cortesia para algum policial de fora do estado.

Na casa, o celular de Adrienne vibrava: o restaurante estava cheio e precisava de mais tempo, mas entregaria o pedido em 40 minutos. Em qualquer outra noite, Adrienne ficaria irritadíssima com a espera, mas este parecia um sinal do universo, um lembrete gentil de que ela não deveria perder tempo. Respirou fundo. *Até que é bom*, pensou. Ela sabia, melhor agora do que nunca, que uma mulher determinada podia fazer um montão de coisa em quarenta minutos. Atravessou a casa a passos silenciosos, uma porta escura se abrindo à sua frente. Entrou no escritório, acendeu a luz e se ajoelhou diante do cofre. O teclado brilhava em verde, solicitando o código para destravá-lo. Ela não hesitou.

A porta se abriu, e suas sobrancelhas se arquearam para o céu. Assim como os cantos da boca.

— Ora — falou baixinho, permitindo que o sotaque de debutante penetrasse sua voz. — Uh-lá-lá!

A CIDADE

22H30

Bird marcou seu progresso rumo ao sul pela transmissão de rádio do Red Sox, o rugido da multidão no Yankee Stadium desaparecendo em estática quando ele passou entre os condados, depois pelos estados. Mesmo que o GPS não o avisasse que estava se aproximando, ele saberia pela voz de Joe Castiglione vindo forte da rádio WEEI de Boston enquanto chegava perto dos limites da cidade. Era o ápice da sétima entrada, o Red Sox mantendo uma vantagem de três corridas, quando ele parou na tranquila rua de Beacon Hill, onde moravam Ethan e Adrienne Richards. Via-se uma viatura da polícia de Boston estacionada embaixo de uma árvore no lado par da rua, e Bird murmurou um palavrão; se os Richards estivessem em casa e fossem até um pouco atentos, teriam notado que vinham sendo vigiados. Parou a própria viatura várias vagas à frente da azul e branco, saiu do carro e, com o distintivo na mão, foi dar um toque na janela do passageiro do carro policial. Chegou bem a tempo de ouvir o bastão acertar em cheio: a 320km, Xander Bogaerts eliminado por bola rasteira,

"encalhando" o corredor que poderia ter aberto a liderança do Boston para quatro confortáveis corridas.

— Boa noite, oficial — cumprimentou Bird.

O homem no carro estendeu a mão direita.

— Murray.

— Ian Bird. Obrigado pela vigília.

Murray olhou para o relógio.

— Disponha. Não demorou tanto.

— Algo se passando lá dentro? — perguntou Bird.

— Tudo quieto. A senhora ainda está acordada. Eu a vi de um lado para o outro junto à janela algumas vezes.

— Mais alguém?

— Tipo um barbudo do Maine com mais de 1,80 mancando com uma espingarda? — falou Murray, abrindo um sorriso. — Não, nenhum sinal do seu suspeito. Umas pessoas passeando com os cachorros. A senhora no 17 recebeu visita, o entregador de comida. Isso umas horas atrás. Japa, pelo que parecia.

— O entregador ou a comida? — perguntou Bird, e Murray sorriu novamente.

— Os dois. Jantar para um, pelo tamanho da sacola. Essa gente rica come feito passarinho — comentou ele, o sotaque colorindo as palavras. *Passa'inho*. Bird conteve uma risada.

— Entendi, obrigado. Algo mais?

— Dei a volta no quarteirão quando cheguei, verifiquei os fundos da casa. Tudo parece normal. Sabe como funcionam esses bairros? Há um beco atrás da fila de casas com acesso pelos fundos. Atrás da casa 17 tem um pátio pequeno que usam para estacionar os carros. Ouvi dizer que você procurava uma Mercedes, *né*?

Bird fez que sim com a cabeça.

— GLE.

Murray gargalhou.

— Carro besta — disse ele, e Bird sorriu novamente com o sotaque. — Algumas pessoas usam garagem com manobrista na rua, mas há um Lexus na parte de trás e uma vaga vazia ao lado. Provavelmente é aí onde estaria a sua Mercedes. Nenhum sinal de alguém tentando invadir ou coisa assim. E nenhum sinal do marido. — Murray fez cara feia, e Bird se perguntou se o outro homem tinha as próprias razões para não gostar de Ethan Richards.

— Ótimo — falou Bird. — Obrigado, Murray.

Murray acenou com a cabeça.

— Então é isso. — Colocou o azul e o branco em marcha, depois parou, mordendo o lábio. — Você disse "ótimo". Então não está aqui por causa do marido da senhora?

Bird sorriu irônico.

— Estou aqui por causa do amante da senhora — respondeu ele, e Murray soltou uma gargalhada de satisfação.

— Essa gente rica — falou. — Tudo bem, tem certeza de que não precisa que eu fique por perto?

— Tenho certeza.

Murray acenou com a cabeça e gesticulou para o rádio.

— Então eu vou sentar meu traseiro na frente de uma TV a tempo de ver o Judge chorar feito uma garotinha quando o Sox vencer — comentou ele, rindo. Bird sorriu, deu uma saudação galhofeira ao policial de Boston e viu Murray partir, desaparecendo ao virar a esquina. O vento sussurrava nas árvores; algumas folhas secas deslizavam pela calçada e pela rua, perseguindo umas às outras ao longo de casas elegantes com heras subindo pelos cantos, degraus de pedra levando às portas da frente, crisântemos plantados em floreiras de janela que escondiam a discreta fiação de sistemas sofisticados de segurança. Bird começou a atravessar a rua ao mesmo tempo que olhava para as janelas iluminadas do número 17 e prendeu o fôlego. Adrienne Richards estava lá, uma silhueta escura contra o vidro, olhando para ele enquanto ele olhava para cima.

Bird ainda considerava se deveria ou não acenar quando ela se afastou. Por um momento, ele sucumbiu à sensação de que ela o observava e estava à espera; ele já quase esperava que ela aparecesse na porta antes mesmo que ele pudesse bater. Mas não houve mais nenhum movimento atrás das janelas enquanto ele atravessava a rua, nenhum estalo de tranca antecipando sua aparição. Ele subiu os degraus de pedra até o número 11 e pressionou um dedo na campainha.

Ao atravessar a fronteira do Maine para New Hampshire, na esteira de sua conversa com Jonathan Hurley e da compreensão sobre as origens das fotos do pequeno álbum dos "sonhos" de Lizzie Ouellette, Bird adquiriu profunda e intensa antipatia por Adrienne Richards. Ao chegar diante da porta, decidiu que ela era pelo menos tão ruim, senão pior, que sua conivência com o marido fraudulento e que ela merecia ouvir poucas e boas pelo envolvimento com Dwayne Cleaves — por isso foi de estranhar que, abrindo a porta, ele se viu pedindo desculpas.

— Adrienne Richards? — falou e a observou confirmar com a cabeça, os olhos arregalados, enquanto espiava pela fenda da porta. — Lamento incomodá-la tão tarde. Sou o detetive Bird da polícia do estado do Maine.

A porta se abriu um pouco mais quando ele mostrou a identificação, e Bird olhou para Adrienne enquanto ela olhava para o distintivo. Era bonita pessoalmente, mas não do jeito que ele esperava. Não havia sinal da vadia rica e posuda que fazia beicinho e implorava por atenção que ele tinha visto em fotos e lido sobre nas notícias; sem filtros e na vida real, Adrienne Richards tinha um olhar assombrado e vulnerável, com uma boca macia e olhos azul-claros marcantes que se arregalaram ao se cruzar com os dele.

— A polícia do estado, você disse? — Ela mordeu o lábio. — Por quê?

— Preciso fazer algumas perguntas. Podemos conversar aí dentro?

Ela hesitou, depois abriu a porta por completo. Ele entrou enquanto ela abria espaço, atrás dela a essência de algo leve e cítrico. Os eventos daquela manhã, a colcha encharcada de sangue sendo retirada do corpo de Lizzie Ouellette para o zumbido raivoso de uma centena de moscas sedentas, pareciam subitamente muito longe.

— Esperava companhia esta noite? — perguntou ele.

Adrienne fechou a porta com firmeza e lançou-lhe um olhar estranho.

— O que lhe faz dizer isso?

— Eu a vi na janela. Parecia estar vendo se alguém chegava.

— Eu só estava... sentada. É uma bela vista — acrescentou. Erguia-se atrás dela um pequeno lance de escadas, e ela se virou, acenando para que ele seguisse. — Conversamos lá em cima.

Bird a observou de costas enquanto subia, assimilando seus trajes (pés descalços, calças de moletom que pareciam de seda, um suéter cinza artisticamente desgastado que provavelmente tinha custado mil dólares e veio com as mangas desfiadas), os cabelos (presos com um nó na cabeça, aquela engraçada cor cobre rosada que Jennifer Wellstood chamou de "loiro *rosé*"), sua postura (tensa, mas normal para uma mulher sozinha em casa que recebia uma visita inesperada da polícia). Havia uma fotografia na parede onde o patamar virava uma esquina, Adrienne e Ethan posando em um terraço no topo de uma colina sob um céu rosa-claro. Via-se na colina atrás deles um mar de edifícios descorados pelo sol, o mar de verdade logo adiante, estendendo-se azul e infinito até o horizonte. Ela estava loira, bronzeada e sorridente; Ethan plantava um beijo no topo da cabeça da esposa.

— Bela fotografia. Estão na Grécia?

Ela virou-se, inclinou-se e espremeu os olhos.

— Siiim — respondeu lentamente. — As ilhas gregas. A nossa lua de mel foi lá.

— Lugar lindo.

— Meu marido não está aqui — falou abruptamente. Afastou-se, subindo os três últimos degraus até o segundo andar, e depois se virou a fim de olhar para Bird ainda no patamar. Cruzou os braços, mudando o apoio de perna. — Eu ainda não sei do que se trata.

— Então você está sozinha aqui?

— Foi o que eu acabei de dizer — respondeu. — Meu marido não está. Então, seja lá o que for…

— Na verdade — interrompeu ele —, é com você que eu gostaria de falar. E acho melhor falar primeiro com a senhora. — Subiu as escadas também, olhando em volta novamente. As escadas se abriam para uma sala de estar, o espaço marcado por um sofá seccional de assentos profundos, uma cadeira de pelúcia e uma grande televisão de parede ligada no mudo. Para lá da sala de estar, via-se a cozinha. Dava para ver a grande janela onde estivera Adrienne pouco antes e uma garrafa de vinho meio vazia, pousada na bancada ao lado de uma taça de vinho tinto pela metade.

— É sua? — Ele apontou para o vinho.

— Sim — respondeu ela, e ele achou que tinha detectado uma nota de exasperação por baixo da polidez. — Como eu disse, sou só eu aqui. Pode olhar em volta se não acreditar em mim.

Em vez disso, Bird se sentou no sofá.

— Você quer seu vinho? — Ela recusou, meneando a cabeça, e ele deu de ombros. — Tudo bem. Por favor, sente-se.

Adrienne deu de ombros também e caminhou até o outro lado da sala, pegando do braço do sofá um controle remoto enquanto passava; a TV escureceu. Sentou-se na cadeira e puxou os joelhos junto ao peito, como a se proteger, depois pareceu pensar melhor e deixou tombar uma perna, cruzando-a sobre a outra. Bird esperou, deixando penetrar o desconforto. Quando ela parou de se mexer, ele se inclinou para frente.

— Sra. Richards, onde esteve ontem à noite?

Ela pestanejou.

— Eu? Eu estava aqui.

— Sozinha?

— Sim. Oficial, o que isso...

— Quando foi a última vez que você falou com Dwayne Cleaves? — disparou de volta. Se não estivesse observando atentamente, ele teria perdido a maneira como as mãos tremularam no colo ao som do nome, o lampejo de algo (raiva? Medo?) que a fez franzir a testa antes de recuperar a compostura. Arregalaram-se os olhos azul-claros.

— Dwayne de... Copper Falls? O... quem? O faz-tudo? Eu não...

Ela se preparava para mentir; Bird atacou antes que ela pudesse ir mais longe.

— Sra. Richards, sei que você e o Dwayne Cleaves vinham tendo um caso.

Desta vez, não foi preciso observar cuidadosamente uma reação: Adrienne Richards ficou boquiaberta, e toda a cor se esvaiu de seu rosto. As mãos viraram garras, os dedos se enterrando nos joelhos.

— Você sabe... sobre o Dwayne... e — ela respirou fundo, engoliu em seco — e mim. Sobre nós. — Bird fez que sim. Ela balançou a cabeça lentamente, olhando para o chão. Passou-se um longo silêncio. Quando falou novamente, ela manteve o olhar fixo em um ponto do tapete logo adiante dos pés de Bird. — Quem te contou? — perguntou baixinho.

— Um sujeito chamado Jake Cutter. Você o conhece? — Adrienne balançou novamente a cabeça, negando, *não*, a expressão insondável. Bird franziu os lábios. — Sabia que o Dwayne tirou fotos suas? Em um, hã, momento comprometedor?

— Minha nossa. — Enterrou a cabeça nas mãos. Impassível, Bird observou a angústia da mulher, pensando: *ela achou que ninguém sabia.* Adrienne respirou fundo e finalmente ergueu o olhar, para cruzá-lo com o dele. — Você viu as fotos?

— Não — respondeu Bird. — Jake Cutter viu. Talvez não tenha sido o único. Tenho a sensação de que o Dwayne não estava exatamente sendo discreto. Estava mais se gabando.

Ela apertou os lábios, depois se levantou abruptamente e passou por ele, indo para a cozinha. Bird girou a cabeça, a mão voando no automático para o quadril.

— Senhora, o que vai... Ah — falou quando ela chegou ao balcão, pegou a taça de vinho e virou o conteúdo numa golada só. Esperou enquanto ela se servia outra, a sala em silêncio, exceto pelo tilintar da garrafa na borda da taça e pela respiração de Adrienne, superficial e trêmula como se tentasse segurar o choro. Retornou com a taça na mão, mas a pousou em vez de bebê-la.

— Não sei o que dizer — falou.

— Seu marido sabe?

Ela balançou a cabeça, furiosa.

— Não, não.

— Quando foi a última vez que você viu o Dwayne?

— Eu... eu não sei. Há seis semanas?

— Em Copper Falls? — Ela fez que sim com a cabeça. — Não aqui, nesta casa? Nunca o trouxe aqui?

A mulher realmente teve a coragem de parecer indignada.

— Claro que não — rebateu ela.

— E o seu marido? Ele tinha um relacionamento com o Dwayne? Estavam em contato?

A voz de Adrienne ficou estridente.

— Não! Digo, não sei com quem o Ethan fala, mas eu não sei... como eu saberia...

— E quanto à esposa do Dwayne? Falou com ela recentemente?

— Lizzie? — Agora arregalava os olhos, torcendo as mãos no colo. — O que isso tem a ver? Ó, céus, ela sabe? Não entendo o que está acontecendo. Por que está me perguntando tudo isso? Por que você está aqui?!

Bird permitiu que a pergunta se demorasse no ar. Ele não conseguia se livrar da sensação de que ela escondia algo, mas era apenas uma sensação, tão efêmera quanto a essência do perfume que pairava no ar. Exceto pelo momento em que ela tentou mentir sobre o romance, não havia nada que ele pudesse apontar, nenhuma resposta obviamente mentirosa — e talvez ele apenas confundisse constrangimento com evasivas, porque ela certamente não fingia estar aflita e chocada pela infidelidade desmascarada. A reação quando ele falou sobre as fotografias tinha sido real. Mesmo agora, a impressão era de que ela poderia explodir em lágrimas a qualquer momento.

Como se para provar a observação, Adrienne fungou alto e enxugou o nariz na manga do caro suéter. Bird fez uma careta. Se ela achava isso ruim, ele daria algo que realmente a faria chorar.

— Sra. Richards, a Lizzie Ouellette está morta.

Ela arfou.

— O quê? Quando? Como?

— Ainda estamos investigando, mas ela foi encontrada na casa do lago esta manhã. Foi baleada. — Fez uma pausa para o impacto. — E o Dwayne Cleaves está desaparecido.

— Desaparecido — repetiu, apertando a mão no peito. — Ó, céus. Então é por isso... mas não é possível que achem que eu... Digo, eu mal conhecia a Lizzie. Só aluguei a casa dela.

— E dormiu com o marido dela — acrescentou Bird com ar calmo, e ela se encolheu como se tivesse levado um tabefe. — O Dwayne nunca falou sobre desejar o fim do casamento? Ou talvez você tenha dito algo para ele? Algo que tenha lhe dado ideias de que teria uma chance com você se a esposa fosse varrida do mapa?

Adrienne lançou um olhar furioso para ele, uma expressão de puro desgosto.

— Você não pode acreditar nisso.

Bird deu de ombros e completou:

— Na minha linha de trabalho, podemos acreditar em qualquer coisa. Não me interprete mal. Tenho certeza de que nunca quis que ele matasse a esposa. Mas talvez você tenha dito algo espontâneo. — Ele piscou os cílios, e a voz ficou leve e ofegante, uma imitação cruel e precisa do estilo de fala de Adrienne: — Ó, Dwayne, poderíamos passar muito mais tempo juntos se a sua esposa não estivesse sempre no caminho.

No decorrer da curta conversa, Bird viu Adrienne Richards ferida, assustada, encurralada — mas sempre no controle. Agora ela explodia.

— Como se eu fosse dizer isso — rebateu ela. — Eu *nunca* diria. Está de brincadeira comigo? O que alguém como eu iria querer com alguém daquele tipo? Com alguém como ele? Acha que eu quero a porcaria do Dwayne Cleaves na minha vida? Nesta vida? Minha vida *real*? Acha que iria querer ele aqui, nesta casa? Coçando as bolas e derramando cerveja no meu sofá de 5 mil dólares? Mijando na pia da cozinha porque acordou bêbado e não encontrou o banheiro? Nunca seríamos um casal. Quase não somos da mesma espécie. E, se ele não entendeu isso, se pensou que havia algum futuro aqui, então é ainda mais estúpido do que eu pensava. Quer saber por que eu transei com ele? Porque eu estava entediada, e ele estava lá, foi por isso.

A última frase foi praticamente um grito, e Bird piscou, surpreso — assim como Adrienne, que parecia ter engolido uma abelha. *Essa era a verdade,* pensou ele. Era mesmo. Esta mulher nunca arriscaria o próprio futuro para ajudar Dwayne Cleaves.

A única pergunta que faltava era se Dwayne sabia disso.

— Está certo — disse ele finalmente. — Quando foi seu último contato com o Dwayne?

Ela soltou um suspiro.

— Alugamos a casa neste verão. A mesma do ano passado, só que desta vez ficamos um pouco mais. Voltamos no fim de agosto. Não lembro a data exata, mas não vi nem conversei com o Dwayne depois disso — falou.

— E a Lizzie? Ouvi dizer que ela passou muito tempo na casa enquanto vocês estiveram lá. Algumas pessoas até pareciam pensar que vocês duas eram bem chegadas. — Ele fez uma pausa e acrescentou: — Obviamente pensariam diferente se soubessem a verdadeira história.

Adrienne olhou para ele friamente, não mordendo a isca, e Bird deu de ombros. Mesmo que não pudesse provocar outra explosão nela, a tentativa era boa demais para resistir.

— Particularmente, não me importo com o que a gente de Copper Falls pensa sobre mim — declarou, seca. — Lizzie e eu nos demos bem. Nos aproximamos. Lamento profundamente saber que ela está morta. Mas "próximas" não é o mesmo que "amigas". Ela passou mais tempo na casa porque eu a paguei para isso. E eu não mantive contato com ela o ano todo. A última vez que soube dela... — Parou, pensando. — Foi talvez um mês atrás. Ela me enviou uma mensagem, dizendo que poderíamos alugar a casa por mais uma semana antes de fechá-la para o inverno. Não sei por quê. Talvez eu tenha dito algo sobre querer ver o lago no outono, mas eu realmente não tinha a intenção. Eu só estava puxando conversa. Respondi que retornaria, e falei sério, honestamente, mas então ficou tudo tão corrido...

Bird se endireitou um pouco mais quando lhe veio à mente a anotação no calendário de Lizzie. *AR-7*. Não era uma arma, mas, sim, uma hóspede: Adrienne Richards, sete dias.

— Você teria chegado ontem à noite — comentou ele.

— Sim, mas, como eu disse, nunca confirmei.

— E o seu marido?

— O que tem ele? Ele está fora.

— Ele poderia ter ido a Copper Falls ontem à noite?

— Não — respondeu imediatamente, depois franziu a testa. — Quero dizer, não sei. Senhor. O que está insinuando? O que o Ethan tem a ver com isso?

Bird olhou sério.

— Sra. Richards, a senhora possui uma Mercedes preta? Um SUV grande?

— Sim.

— Onde ela está?

— Meu marido a levou.

— Certo. E para onde ele foi?

Adrienne começou a balançar a cabeça, piscando rapidamente.

— Eu… não me lembro. Ou ele não me disse, talvez. Nem sempre ele me diz. Falou que era uma viagem de negócios, apenas um ou dois dias, e que ligaria quando pudesse.

Bird escrutinou o rosto da mulher. Ela estava mentindo?

— Ele ligou?

— Não — respondeu baixinho.

— E quando ele saiu?

Adrienne mordeu o lábio. A voz já era quase um sussurro.

— Ontem.

— Você não tentou ligar para ele?

— Ethan é um homem importante — declarou, e a voz assumiu um tom de súplica. — Ele não gosta que eu o incomode quando está trabalhando.

Bird conteve o desejo de revirar os olhos.

— Tudo bem — falou, suavizando o tom de voz. — Gostaria que você ligasse para ele, por favor. Faria isso por mim?

Adrienne fez que sim com a cabeça e pegou o celular, tocando na tela. Olhou ansiosa para ele enquanto levava o aparelho até o ouvido e depois franziu a testa novamente.

— Caiu direto na caixa postal — disse ela, tocando no ícone do alto-falante; uma voz eletrônica tomou conta da sala, em meio à frase: *…o número que você ligou está fora da área de cobertura. Deixe sua mensagem após o sinal.*

— Quer que eu deixe uma mensagem? — perguntou, e, ao mesmo tempo, o celular de Bird começou a vibrar. Ele retirou o aparelho do bolso e olhou para a tela. Xerife Ryan ligando de Copper Falls. Provavelmente algo relativo à autópsia; Bird poderia retornar quando terminasse.

— Desligue, por favor — pediu à Adrienne. Ela desligou, mas parecia desnorteada.

— Você está me assustando — disse. E, mais uma vez, com mais urgência: — Você está me *assustando*. Pensei que quisesse falar comigo. Por que está perguntando sobre o Ethan?

Enquanto Bird pesava o quanto dizer a ela, o celular vibrou novamente na mão. Olhou para a tela, franzindo a testa: Ryan não só deixou uma mensagem de voz, como também mandou uma mensagem de texto logo em seguida. Ele tocou na mensagem e congelou.

ACHARAM O CARRO DO CLEAVES. AS PARTES DO CORPO. LIGUE URGENTE.

— Desculpe, senhora — falou Bird. — Por ora precisamos terminar por aqui. — Levantou-se, retirando um cartão de visita. — Se o seu marido ligar, peça que me retorne.

Adrienne pegou o cartão com um olhar horrorizado. Bird se perguntou o motivo, então se lembrou: *ela achou que ninguém soubesse.* A expressão aflita não era de preocupação com o marido. A preocupação era que ele descobrisse que ela tinha pulado a cerca.

— Serei discreto — assegurou ele, mesmo sabendo que, assim que as palavras passassem seus lábios, quebraria a promessa se tivesse a chance, nem que só para ver a expressão no rosto de Ethan Richards quando soubesse que a esposa estava dando para um caipira malandro com apenas metade de um pé.

Mas Adrienne não precisava saber disso.

Saiu pelo mesmo caminho pelo qual havia entrado, passando pela fotografia dos então recém-casados Adrienne e Ethan em tempos mais felizes. Dava para sentir os olhos de Adrienne sobre ele enquanto descia as escadas. Ao chegar à porta, ela o chamou.

— Detetive Bird — chamou. — Estou em perigo?

Parou junto à porta, olhando para ela.

— Espero que não, senhora — respondeu.

Ao virar as costas para Adrienne Richards e adentrar a noite, ele se surpreendeu ao perceber que quase tinha falado sério.

18 A CIDADE

Permaneceu à porta para vê-lo partir, abraçando-se para impedir que o corpo tremesse. Era uma bela noite, inesperadamente amena, o ar suave tocando sua pele. De todo modo, ela estremeceu. Não parava de pensar no jeito como Ian Bird olhou para ela quando disse "sei que você e o Dwayne Cleaves vinham tendo um caso", o jeito como a boca se torceu nos cantos enquanto descrevia a fotografia de Adrienne no que ele chamou de "um momento comprometedor". O ódio presunçoso nos olhos dele. Nem mesmo tentou esconder o prazer de humilhá-la.

Imagine como ele teria olhado para mim se soubesse a verdade.

Estremeceu novamente, enterrando os dedos nos braços. Por dentro, a voz calculista da sobrevivente sugeria que ela ficasse agradecida, que o preconceito do detetive contra Adrienne atuara a seu favor, particularmente nos momentos em que ela perdeu o controle, falou demais, permitiu que as emoções levassem a melhor sobre ela. *Seja grata,* disse a voz, *por ele achar que já sabe quem você é. Ele acha que entende.* E, porque achou que entendia, Ian Bird presumiu que a cena vista no andar de cima era mostras de constrangimento, a ricaça mimada chorando por ter sido pega com a boca na botija. Mas não eram lágrimas que ela segurava; era um grito de raiva. Graças aos céus ela tinha conseguido reprimi-lo. Se tivesse se soltado, e começado a gritar, nunca teria sido capaz de parar.

Era verdade: deveria estar agradecida por ter terminado assim, com o policial se afastando dela, atrapalhando-se ao retirar o celular do bolso, tocando na tela. Ele não olhou para trás, e ela pensou que isso também era um bom sinal. Quando Bird chegou, ele estava focado em Adrienne; agora parecia que tinha esquecido tudo sobre ela. Observou a viatura se afastar do meio-fio e seguir pela rua, desaparecendo ao virar a esquina, e então observou o movimento brando das árvores à luz da lâmpada enquanto caía o silêncio. Prendeu a respiração. Um momento depois, o silêncio foi quebrado pelos sons da vida urbana: o zumbido elétrico dos postes de rua, o grito distante de uma sirene. Mas a rua permaneceu vazia, e a respiração que ela prendia saiu em um satisfeito *ufa*. Presumiu que ele estivesse tentando enganá-la, escondendo-se ao virar a esquina ou umas ruas para baixo, mas não achava provável. Por ora, pelo menos, parecia que Ian Bird tinha decidido deixá-la em paz. E quando ele a procurasse novamente... bem, as coisas teriam mudado.

Ajudou o fato, pensou ela, de que não tinha mentido sobre tudo. O marido está fora: verdade. Ele levou a Mercedes: verdade. Adrienne comentou uma vez que queria ver Copperbrook no outono, e Lizzie, enxergando uma oportunidade, ofereceu-lhe a semana no pico da estação de folhagem outonal: isso também era verdade.

Mas Adrienne não esqueceu. Céus, ela queria ter esquecido. Podia tão facilmente ser a verdade: que Adrienne ignorou a oferta de Lizzie e depois simplesmente esqueceu o assunto. Era exatamente o tipo de coisa que ela *faria*. Mas não: ela pediu a Lizzie que reservasse a semana para eles, e ela e Ethan chegaram a Copper Falls na noite anterior, bem no horário. Bem na hora de tudo dar total e irremediavelmente errado. E que alívio foi quando Bird finalmente disse as palavras — *Lizzie Ouellette está morta* — e ela podia parar de fingir não saber, fingir que não esteve lá. Precisou de muito freio para não sair pulando feito uma lunática enquanto gritava a verdade em alto e bom som: *morta, ela está morta, e ele também está morto.*

Não sei onde está o Ethan.

Outra mentira.

Trancou a porta. Subiu as escadas, ignorando a fotografia que chamou a atenção de Bird, virando à esquerda no topo do patamar, movendo-se premeditadamente. Dirigiu-se ao quarto, foi até a cama, arrumada com lençóis limpos apenas uma hora antes, quando ela ainda imaginava que houvesse algum tipo de "felizes para sempre" ao final disso tudo. Gentilmente, ela levantou um travesseiro da cama.

Então pressionou o rosto nele e berrou.

Durante todo o dia, praticou as falas, contando a si mesma uma história, repetindo as palavras até que soassem verdadeiras. Esta era ela: uma mulher que acordou pensando em possibilidades; que percebeu que precisava assumir o controle. Uma mulher que passou o dia fazendo planos para garantir o próprio futuro. *Eu não quero ser o tipo de mulher a quem a vida cega.*

E, depois de tudo, ela quase foi uma delas.

Quase.

Mas agora podia ver com a clareza mais inacreditável. Sabia como as coisas precisavam ser — porque estava sem opções, uma compreensão que seria aterrorizante se não fosse libertadora. Trancaram-se todas as portas, fecharam-se todas as saídas, exceto uma. Apenas uma. Uma chance de sobreviver a isto, se ela fosse forte o suficiente para fazer o que era preciso.

EMBORA ELA NÃO TIVESSE como saber, seus instintos estavam corretos. Quando o relógio bateu 2h da manhã, Bird estava a uns 300km de distância; ele não estava lá para ver a grande Mercedes preta rolar pelo beco dos fundos da casa dos Richards, entrando tranquilamente no pátio ao lado do Lexus menor. Ele não estava lá para ver sair dela o homem alto com cabelo raspado e barba por fazer, que olhou cauteloso para as janelas escuras das casas geminadas de cada lado do número 17, atrapalhando-se com um molho de chaves até encontrar a que destrancava a porta dos fundos. Ela pediu a ele que mantivesse distância até de manhã, mas é claro que ele não tinha dado ouvidos.

Ele nunca ouvia.

Ela escutou o rangido da porta e os passos pesados nas escadas, hesitantes e irregulares, o roçar dos dedos na parede enquanto ele estendia a mão para se firmar. Ouviu-se um estrondo quando um pé atingiu o patamar, e então ela o viu, uma sombra, passando pela foto da lua de mel e emergindo na sala de estar. Suava e respirava com dificuldade; dava para sentir o cheiro, azedo e fétido, um aviso precoce da vindoura crise de abstinência. Logo estaria encharcado, os cabelos úmidos, as axilas ensopadas, trêmulo e gemendo de dor. Ela esperou pacientemente enquanto ele se dirigia para o quarto, sem perceber a forma dela se derretendo das sombras e o seguindo. Ele bateu na parede enquanto passava pela porta do quarto, olhando na direção da cama.

— Cacete — murmurou. Então um sussurro alto: — Olá? Você está aqui?

— Oi — respondeu atrás dele, e o homem gritou, girando para ficar de frente para ela.

— Cruzes! O que te deu? Achei que estava dormindo. Levei um baita susto.

— A ideia era que você esperasse até de manhã — comentou ela. — Eu não te disse isso?

Ele se moveu desconfortável.

— Eu não sabia para onde ir. Fiquei com medo de me perder, e então… E eu não me sinto bem. Não queria passar a noite toda vomitando em algum motel barato. — Espremeu os olhos na escuridão. — Mal consigo te ver. O que houve? Com a polícia? Será que souberam, digo, sabem…

— O detetive apareceu. Conversamos. Não falei nada.

Recostou-se na parede, um alívio súbito.

— Vamos lá — disse ela, acenando. — Quero te mostrar uma coisa.

Com um gemido, ele seguiu. Saíram do quarto, foram pelo corredor. Entraram no escritório. Ela roçou os dedos no abajur, e um brilho suave preencheu a sala. Recostou-se no batente, levando uma mão ao rosto, para massagear as têmporas.

— Eu estou péssimo.

— Não vai demorar. — Ela se ajoelhou atrás da mesa, saiu de cena. Os dedos tocaram o teclado.

Ele pigarreou.

— Então, o detetive. Foi como achou que seria? Ele estava à procura do Ethan?

— Não — respondeu ela sem se virar. — Ele estava procurando você.

Dwayne Cleaves, suando, enjoado e ainda usando o moletom apertado de Ethan Richards, que ele havia colocado naquela manhã, tombou a mão da testa e olhou boquiaberto para ela.

— Viu, ele achou que você viria aqui. — Ela respirou fundo, depois se virou, o olhar furioso. — Por que você simplesmente não sossega o facho, hein? Precisava ir dizer aos idiotas dos seus amigos, incluindo aquele maldito traficante, que estava trepando com a vadia rica que alugou a casa do lago? Foi o que o policial me disse. — Ela manteve os olhos nele enquanto ele olhava fixamente para ela. Na mão esquerda, a trava do cofre se abriu com um clique quase imperceptível. A voz ficou arrastada e cantante: — *Dwayne e Adrienne, empoleirados numa árvore, fodendo.* O policial falou que você se gabava de estar comendo a Adrienne. Falou que até mostrou fotos às pessoas. É verdade isso? Você tirou *fotos*?

— Ouça — disse ele, a voz apavorada. Precipitou-se. — Olha, só me deixa expli…

Então ela se virou para encará-lo, e ele parou de falar. Congelou no lugar. Os olhos, vidrados e enormes na sala mal iluminada, fixaram-se no que ela segurava nas mãos. Escura, elegante e totalmente carregada.

Ora, que vergonha!

— Espere — falou.

Ela engatilhou a arma.

— Lizzie — implorou.

Ela fez que não com a cabeça.

— Não mais — disse ela e puxou o gatilho.

PARTE 2

19

LIZZIE

Eu disse que a morte tem o dom da honestidade.

E falei a verdade.

Só não lhe contei tudo. Uma verdade incompleta ainda é a verdade, e, assim, deixei de fora alguns detalhes. Não apenas sobre aquele dia terrível no lago, mas sobre o que aconteceu antes. Nunca lhe contei sobre como um tronco mal preso rolou de um caminhão e passou sobre o meu marido, esmagando seus ossos até se tornarem uma pasta, e, enquanto eu dirigia para o hospital — o mesmo hospital onde, dois anos antes, eu embalei nos braços o cadáver do meu filho natimorto —, senti uma breve e feroz onda de satisfação com a ideia de que, agora, Dwayne saberia como era perder parte de si mesmo.

Nunca lhe falei sobre a primeira vez que o encontrei desmaiado em nossa cama com o tubo de borracha ainda enrolado no braço, ou sobre a onda de repulsa e desprezo viscerais que me atravessou enquanto me inclinava para ver se ele respirava ou não. Nunca lhe falei como pus um dedo sob as narinas dele e, quando senti o calor úmido de sua respiração superficial, me perguntei brevemente se seria difícil pressionar a mão sobre a boca dele, apertar o nariz e segurá-lo enquanto o sufocava.

Nunca lhe contei como, naquele momento, eu o odiava. Ódio por cada coisa quebrada em que ele pisou, por cada promessa desfeita, por nossa vida estúpida estilhaçada, da qual ele podia escapar na ponta de uma agulha enquanto eu era deixada aqui, vivendo. Ódio ainda maior do que jamais senti por algo, uma aversão tão feroz que pareciam mil pernas rastejando vivas pela minha barriga, e eu nunca lhe disse como me dobrei para perto de seu ouvido e sussurrei: "Espero que você morra", tão baixinho que mal deu para ouvir as minhas próprias palavras, tão baixinho que não havia como ele me ouvir, e eu quase gritei quando suas pálpebras vibraram e ele murmurou de volta: "Espero que a gente morra."

E então ele se virou de lado, vomitou no travesseiro e desmaiou, e eu fiquei lá, boquiaberta, sentindo que tinha acabado de perder o único debate intelectual que já tivemos.

Nunca lhe contei como ficar com ele parecia uma competição, um desafiando o outro a piscar primeiro. Como se tornou quase uma questão de orgulho, a maneira como nos machucávamos e continuávamos dependentes um do outro. Era como beber veneno, ano após ano, até que você não se lembrasse de como era beber qualquer outra coisa e até começasse a gostar do sabor.

Nunca perguntei, mas pensei que ele tivesse outras mulheres, ou houvesse tido, ao longo dos anos. Tudo mudou após o aborto espontâneo, o sexo acima de tudo. No começo, ele só me tocava se estivesse bêbado, voltando do Strangler's com bafo de cerveja, sujeira sob as unhas, chegando atrás de mim onde eu estava junto à pia com um pano de prato na mão. Apertando um joelho entre minhas pernas para abri-las, curvando-me para trás. Eu sabia que era um sexo cheio de ódio; o triste é que, mais tarde, eu realmente senti falta disso, quando ele já não mais me tocava de jeito nenhum, por mais bêbado que estivesse. Aquela eletricidade que eu sentia quando eu erguia os olhos para vê-lo vindo em minha direção com desejo raivoso nos olhos não existia mais. A princípio, achei que fosse por causa do acidente, depois que o médico nos avisou que poderia haver problemas

— ele chamou de "efeitos colaterais na função sexual decorrentes da lesão traumática", um punhado de palavras extravagantes para descrever um caso básico de pau mole. Mas, então, alguns meses depois, em um churrasco no quintal de alguém, fui usar o banheiro e flagrei Dwayne com Jennifer Wellstood. Ele sentado no vaso com as calças arriadas nos tornozelos, e ela masturbando aquela coisa com as duas mãos, e, pelo que vi antes de ela começar a gritar e eu bater à porta, o pau estava bem duro.

Mas eu não sabia que ele me traía com ela. Não até Ian Bird aparecer para esfregar na minha cara, pensando que humilhava Adrienne, quando o que realmente fez foi me fazer olhar para o que eu me esforçava tanto para não enxergar. Talvez eu soubesse. Talvez eu não quisesse saber. Olhando para trás, os sinais estavam por toda parte. O rastro de seu perfume, tão forte que não era possível que viesse de suas roupas de segunda mão enterradas no meu armário. Aqueles cabelos compridos — ruivos como os meus e com um centímetro de raiz acastanhada na base — entupindo o ralo da casa do lago, colando-se por todos os móveis onde ela deitava a cabeça idiota.

Emaranhavam-se no tecido de maneira que nem mesmo o aspirador tirava, e eu precisava arrancá-los um por um, usando os dedos como pinça. Quando os encontrei na roupa de Dwayne, na caminhonete e até mesmo presos ao cós elástico da cueca dele, convenci-me de que tinham viajado comigo. Em mim. Afinal, era eu quem passava tanto tempo com ela. E a alternativa era insondável.

Meu marido fodendo Adrienne; Adrienne fodendo meu marido.

Ainda parece impossível. Absurdo. Parece uma piada de mau gosto.

Mas eu devia saber. Eu podia ter percebido. Sempre dava para dizer onde ela esteve.

SEI O QUE PARECE: que planejamos, Dwayne e eu, matar o casal rico e fugir com o dinheiro. Parece que me aproximei de Adrienne fingindo ser sua amiga, aprendendo suas manias e seu sotaque e a senha do seu *smartphone*, apenas para roubar sua identidade depois de atirar no seu rosto. Até pensei em como ficar mais parecida com ela, imitando a maneira como estilizava os cabelos e delineava os lábios para fazê-los maiores. Mas, céus, não é porque eu queria vê-la morta. É porque eu queria a *vida* dela. E eu não lhe contei que sempre fui boa em fingir? Foi tão fácil me imaginar saindo da minha triste existência e entrando na dela. Dava para ver tão claramente como era possível. Você já viu um daqueles filmes em que a garota desmazelada tira os óculos e arranca as sobrancelhas e, puf, em um passe de mágica, a maria-ninguém se transformava em uma mulher de parar o trânsito? Éramos nós, Adrienne e eu. Ela era o depois; eu, o antes.

Dwayne riu da minha cara na primeira vez que falei isso, em um momento de descuido naquele primeiro verão, depois que entreguei as primeiras compras. As palavras mal saíram da minha boca.

— Não acha que a gente se parece um pouco? — E ele riu tanto que começou a engasgar, enquanto eu olhava para o chão e sentia o rosto ruborizar.

— Só se for nos seus sonhos — falou. — Talvez depois de 1 milhão de dólares em cirurgia plástica.

Mas não precisava de 1 milhão. Nem perto disso. Eu sabia o montante exato para apagar a única diferença significativa entre mim e Adrienne Richards: 500 dólares. Era quanto custava a injeção que preencheu as cavidades sob os meus olhos, as linhas na minha testa, e a parte mais engraçada é que foi ela quem me sugeriu fazer isso. Ainda posso ouvir sua voz, o máximo da doçura quando ela insultava sob o disfarce de elogio: *menina, há anos venho aplicando botox preventivo. Queria ser como você e simplesmente não ligar para a aparência. Essas bolsas debaixo dos olhos me deixariam louca. Eles conseguem dar um jeito nisso, sabe.*

Fiz o procedimento logo depois do Natal, enquanto Dwayne fazia sua única tentativa meia-boca de se desintoxicar. Ele encontrou uma clínica de curta internação em Bangor, um *detox* de cinco dias; falou às pessoas que ia fazer uma viagem de caça, para que sua mãe não descobrisse a verdade. Fiz a minha parte, seguindo-o no meu carro até a clínica, permanecendo ali até garantir que ele entraria. Contudo, em vez de dar meia-volta e ir para casa, continuei dirigindo pela costa até encontrar uma cidadezinha elegante sobre a qual eu tinha lido em algum site de viagens, aonde turistas ricaças iam com suas amigas para passar "fins de semana só das meninas" — passeando por galerias, degustando vinhos e fazendo preenchimento facial antes de repousarem do procedimento em uma pousada à beira-mar. Passei a noite lá, no único lugar que permanecia aberto fora de temporada, caminhando pelas lindas ruazinhas onde a maioria das lojas e galerias estavam fechadas para o inverno, fingindo ser outra pessoa. E, na manhã seguinte, antes de sair, usei parte do dinheiro que ganhei com o aluguel de Adrienne Richards para ficar um pouco mais parecida com ela. A aparência que eu poderia ter se tivesse nascido a algumas centenas de quilômetros de distância, se eu fosse filha de outra pessoa. A aparência que eu poderia ter se não tivesse me casado com um viciado — o qual, a propósito, já tinha saído da reabilitação menos de 24 horas depois e estava, naquele exato momento, atravessando uma cidade estranha, procurando a sua própria agulha. Se eu soubesse que Dwayne já tinha recaído, eu teria dito ao médico com a seringa para deixar aquilo pra lá. Mas não o fiz e estou feliz. Da noite para o dia, as injeções apagaram do meu rosto uma década de preocupações, dores e más decisões. Botox na irritada linha de expressão entre as minhas sobrancelhas, preenchimento nas bolsas abaixo. O cara era dentista, por incrível que pareça. Eu não me importava; ele era mais barato do que os spas médicos extravagantes instalados em um pequeno shopping nos arredores da cidade. Ele até branqueou meus dentes depois, de graça.

Ninguém nunca percebeu, é claro. Quando você vê os mesmos rostos todos os dias, ano após ano, chega a um ponto em que tudo é tão familiar que você para de perceber a aparência deles. Como um casal de longa data que está junto há tanto tempo que nunca percebe como o tempo tem suas maneiras de ir deixando, lentamente, suas marcas no rosto da outra pessoa. Certamente, ninguém me olhava com tanta atenção a ponto de notar algo diferente — exceto Jennifer, e só porque ela viu os hematomas um dia depois, quando apareceu na minha porta com a assadeira que esqueci de ter emprestado a ela. Nunca tocamos no assunto ou mesmo conversamos sobre o pequeno incidente no churrasco, e ela estava sempre nervosa perto de mim, como se achasse que eu pudesse começar a gritar ou bater nela ou as duas coisas. Nunca me dei ao trabalho de lhe explicar que eu nem sequer tinha energia para ficar com raiva. Flagrar meu marido sendo masturbado no banheiro pela cabeleireira local parecia quase poético, apenas mais um pequeno lembrete do destino, de Deus, ou seja lá de quem, que as coisas sempre podiam piorar. E eu vou te dizer: aposto que agora ela se sente mal. Provavelmente achou que o Dwayne me batia. Não é hilário? Eu quase queria que ele tivesse me batido. Não porque eu merecesse, mas porque talvez, se ele o fizesse, eu teria feito as malas e partido.

A verdade é que eu nunca quis matá-la. Você provavelmente não acredita em mim, e eu provavelmente também não acreditaria em mim. Mas o tipo de cobiça que eu nutria não tinha nada a ver com ela. Tinha a ver comigo, com a fantasia louca de me desenredar do meu casamento de merda, da merda toda, de uma vida de falsos começos, chances perdidas e potencial desperdiçado, nunca passando de uma lição de vida. Não queria matar a Adrienne. O que eu teria feito sem ela? Como eu viveria uma vida melhor se ela não estivesse lá para me mostrar como o "melhor" era? Ela me inspirou. Toda vez que eu olhava para ela, tornava-se um pouco mais possível imaginar que, afinal, não era tarde demais, que eu ainda podia me tornar outra pessoa. Eu me imaginei saindo da cidade em um carrão preto com um motorista na frente, tomando champanhe no banco de trás — ou talvez eu mesma dirigindo um conversível cor de creme com a capota abaixada. Eu me imaginei incendiando o ferro-velho enquanto saía, um coquetel Molotov jogado pela janela enquanto eu acelerava, soprando um beijo em direção às chamas que se espalhavam à medida que elas cresciam e brilhavam no meu retrovisor. Destruindo o último elo do meu pai com esta porcaria de cidade, na esperança de que ele fosse embora também. Paguei o dentista da agulha para ter um vislumbre de outra vida, para ter a aparência que eu teria se tivesse feito escolhas diferentes. Se eu tivesse me casado com um bom-partido, com o dinheiro que cria um amortecedor entre você e o mundo, tão macio e espesso que nada pode tocar você com força suficiente para deixar marca. Adrienne era cinco anos mais velha que eu, mas era eu quem ostentava os olhos cansados e dois sulcos infelizes que já começavam a se formar entre as sobrancelhas.

EU SUSSURRAVA *oi, pessoal* e me imaginava em todos os lugares em que ela esteve. Um casarão de pedra na cidade, com bancadas de mármore branco e uma piscina subterrânea; uma ampla varanda em algum lugar abaixo da linha Mason-Dixon, bebericando chá doce à sombra de um grande carvalho enfeitado com rendas de musgo espanhol. Eu me imaginava estendendo a mão para admirar a linda manicure, a pele macia das minhas mãos. Eu me imaginava dormindo na cama dela, comendo a comida dela, acariciando o gato dela.

Me imaginava vivendo a vida dela.

É por isso que, nos meus sonhos, Adrienne nunca morreu. Ela não podia morrer. Eu precisava que ela me mostrasse como viver, como ser. Precisava que ela avançasse um pouquinho à minha frente, deixando pequenas pegadas em que eu mesma pisaria. Ela era a arquiteta da minha fantasia — e a fantasia nunca incluiu matá-la. Quero que você saiba disso. Quero que acredite em mim. Eu não sabia que o faria, não sabia que podia.

Eu não sabia, até que a arma estava nas minhas mãos.

Eu não sabia até puxar o gatilho.

E eu nunca teria feito isso se houvesse outra maneira.

OBVIAMENTE, agora sei que a bela vida que Adrienne parecia viver, aqueles pequenos passos que eu fantasiava seguir, não passava de uma cortina de fumaça. Precisava literalmente passar um dia andando em seus sapatos — sapatos que, ironicamente, são um número menor que o meu — para entender a vampira que ela era. Um súcubo. Um buraco negro que sugava atenção, energia e amor, cuspindo de volta uma propaganda com filtros e *hashtags* de uma vida de que ela nem gostava. Imagine ter tudo, ter tanto, e fazer tão pouco com isso. Imagine ter tudo e ainda tomar, tomar, tomar. Mesmo quando a coisa que você queria pertencia a outra pessoa. Imagine ter tanta certeza de que o que você queria era tudo o que importava, que as regras não se aplicavam a você. Imagine se safar disso durante a vida inteira. Naquele dia no lago, ela ameaçou tomar tudo de mim.

Imagine a surpresa que ela teve quando a caipira aqui explodiu a maldita cabeça dela.

Quer honestidade? Aqui vai: agora que está feito, e não há como voltar, eu não lamento nem um pouco.

Eu lhe falei que Lizzie Ouellette estava morta, e ela está. Acabei com ela. Ela se foi, em todos os sentidos que importam. E não é a única. Quatro vidas terminaram naquele dia no lago, de um jeito ou de outro.

Houve uma sobrevivente, porém. Uma mulher com dois nomes, ou com nome nenhum, a depender de como você analisa. Ainda estou conhecendo-a. Então esta é a história dela. A minha história. Uma história real.

E ela não acabou. Não está nem perto de acabar.

20

LIZZIE

O LAGO

Tudo o que eu sabia, a princípio, era que meu marido estava gritando. Dava para ouvi-lo desde o momento em que peguei o telefone. Não eram gritos de raiva, mas soluços, gemidos, um fluxo de consciência balbuciante — *Lizzievocêtáaídrogavocêprecisaviragoraporfavordrogadroga* — que fez arrepiarem todos os pelos do meu corpo, mesmo que eu só entendesse meu nome e outra expressão. Foi o "por favor". Não era uma expressão que Dwayne usava, especialmente não comigo, e especialmente não assim. A última vez que a ouvi, ele gritava ao fundo, o pé esmagado, enquanto um de seus colegas de trabalho berrava ao telefone que eu precisava encontrá-los no hospital.

Eu me lembro do "por favor". Me assustou *pra* cacete.

Talvez seja por isso que eu tenha pegado a arma.

Às vezes, parecia que meu propósito na vida era construir castelinhos, plantar jardinzinhos, apenas para Dwayne chegar lá e derrubar tudo. Não de propósito ou por maldade; era simplesmente como ele era, um animal desajeitado, egoísta e idiota que não compreendia que toda ação gera consequências; que nunca considerou como um pequeno ato de crueldade ou bondade pudesse reverberar depois, maior, mais alto, até quebrar tudo. Mas quem sou eu para julgar? Também nunca entendi. Não até que fosse tarde demais. Dwayne não jogava beisebol pelo estado porque ficou em Copper Falls e se casou comigo. Ele perdeu metade do pé naquele trabalho na madeireira, o trabalho que ele aceitou porque tinha uma esposa grávida e contas para pagar e nenhum diploma universitário. Tornou-se um viciado em comprimidos por causa do acidente. Voltou-se para as drogas quando os comprimidos acabaram.

E Adrienne — aquela vadia rica e privilegiada que estava tão desesperada que usaria de tudo, até heroína, para escapar do terrível tédio de ser ela mesma —, ela sabia que Dwayne era um cara que descolaria droga para ela, porque eu lhe contei tudo sobre isso. Sentei-me lá, com ela, bebendo Chardonnay, e dei com a língua nos dentes. Tudo o que aconteceu, a saga interminável de sonhos adiados, corpos arruinados, comprimidos, agulhas e dor, foi como um teatrinho mecânico fazendo clique, clique. E, se puxasse a cortina, lá estava eu. Sempre. Em todas as vezes. Todo o caminho até o primeiro momento em que tudo começou a dar errado.

Só no fim fez sentido que eu estivesse lá; que fosse eu, e não Dwayne, segurando a arma. Mexendo os pauzinhos. Fazendo a escolha, como em tantas vezes, de limpar a bagunça que o meu homem tinha feito. Eu já tinha mentido por ele, roubado por ele. Talvez fosse inevitável que, no fim das contas, eu matasse por ele também.

Não me lembro de pegar a espingarda da parede antes de sair. Não me lembro de carregá-la. No entanto, quando cheguei à casa do lago, olhei rapidamente, e lá estava. Sentada no banco do passageiro. De carona. Dwayne me esperava do lado de fora, andando de um lado para o outro, os olhos desorientados. Senti um surto de raiva, depois medo: o grande SUV preto dos Richards estacionado na garagem. Nossos hóspedes tinham chegado. E, se Dwayne não estava doente ou ferido, tudo indicava que o telefonema frenético era sobre algo — outra pessoa.

A arma estava nas minhas mãos quando saí do carro. Não lembro o que eu disse a ele; lembro que ele apontou para a casa e falou: "Ela está no quarto", e eu entrei correndo pela porta aberta, sem saber o que me esperava lá dentro. Sabendo apenas que devia ser ruim, bem ruim, para meu marido admitir que precisava de mim.

Adrienne estava enrolada na beirada da cama com os dois pés ainda no chão, tão sonolenta que eu soube imediatamente que ela estava chapada. *Overdose*, pensei. Será que ela achou as drogas do Dwayne? Será que foi ele quem deu as drogas para ela? Por que outra razão ele estaria tão apavorado — e como podia ser tão estúpido? Coloquei a arma de lado e gritei por ele, exigindo saber o quanto ela tinha usado, quanto ele tinha dado a ela, se ele tinha chamado uma ambulância. Se chegassem a tempo, podiam lhe dar Narcan. Ajoelhei-me, agarrei-a pelo ombro e a sacudi com força. Ela olhou para mim com os lábios frouxos, as pupilas pretas enormes. Havia uma mancha de sangue seco na dobra do cotovelo, vermelho-escura e perfeitamente redonda, e um tubo de borracha jogado no chão aos seus pés. Os olhos vítreos.

— Ei! — gritei na cara dela. — Fique comigo! Fique acordada!

Ela se retraiu ao ouvir. Os olhões azuis se abriram quando ela olhou por cima do meu ombro, focando Dwayne.

— Eu — falou, respirando fundo antes de soltar o resto da frase como um suspiro longo e lento — estou *ferraaaaaaaada.*

Os olhos se viraram na direção do deque lá fora. Eu me levantei e me virei para o Dwayne, que estava curvado na cintura com as mãos segurando os joelhos, ofegante.

— Dwayne? — perguntei. — Eu não entendo, ela está... você... o que diabos está havendo?

Adrienne respirou fundo, exalou novamente com um sussurro suave.

— Ele está lá fora — disse ela; o hálito azedo. Eu me perguntei se ela ia vomitar, ou se já tinha vomitado.

— O Dwayne está aqui — falei, e ela e Dwayne balançaram a cabeça em negação. Ele se levantou e gesticulou para que eu o seguisse.

— Não eu — falou. — Ele. O marido.

Adrienne pressionou as mãos na cama — já arrumada com os lençóis de alta contagem de fios que eu tinha encomendado especialmente para ela, depois que ela reclamou que os lençóis da casa do lago eram muito ásperos — e se sentou com um grunhido. Os lábios se afastaram dos dentes enquanto ela virava a cabeça para olhar pela janela, fazendo uma careta com o esforço.

— Ethan — falou. Ela piscou, tão lentamente que levou vários segundos para concluir o movimento: cílios pesados a descer, depois abrindo apenas meio milímetro. Franziu os lábios, e o tom ficou esperançoso. — Talvez ele não esteja mais morto.

ETHAN RICHARDS estava a meio caminho das longas escadas que começavam no deque, descendo íngremes pela costa arborizada até o lago. Caiu de cabeça, e, embora não houvesse sangue, a total quietude do corpo na natureza e o movimento da água e das árvores rangendo suavemente na brisa não deixavam margem para dúvidas. Via-se uma das pernas dobrada de forma anormal debaixo dele, e havia uma mancha escura na frente das calças onde soltou a bexiga. A pior parte era a cabeça: pendia da beirada de um degrau em um ângulo hediondo, pendurada, como se os ossos do pescoço tivessem se espatifado tão completamente que apenas a pele ainda a mantivesse presa. Os olhos estavam abertos, perdidos, de frente para o lago. A última coisa que ele teria visto, se ainda estivesse vivo quando aterrissou, era o rubor ardente das árvores mudando a folhagem na margem oposta e as ondulações cintilantes da luz solar na água fria e escura.

Mesmo com um cadáver desajeitadamente esparramado em primeiro plano, era lindo. Deslumbrante. Era verdade o que falei a Adrienne: esta era a minha época favorita do ano.

Tive uma sensação arrepiante de que esta era a última vez que eu iria apreciá-la.

— Como isso aconteceu? — perguntei baixinho. Eu ainda rezava para que tivesse sido um acidente, embora meus instintos me alertassem que era algo muito pior. Adrienne estava destruída — ela precisaria de várias horas e um cochilo antes que eu pudesse esperar qualquer resposta dela —, mas Dwayne não estava chapado, e a expressão em seu rosto era de puro terror: uma versão adulta da expressão de anos atrás, no dia em que ele matou o Trapim. Ele continuava virando os olhos na direção do quarto, e me ocorreu que ele devia ter ajudado Adrienne a injetar as drogas antes de preparar a própria. *Primeiro as damas.*

— Eu fiz merda — falou. Os olhos avermelhados. Ele continuava bagunçando os cabelos, agarrando os lados do crânio como se tentasse impedi-lo de rachar. Avancei, para espiar mais de perto o corpo de Ethan. Mesmo de cima, a seis metros de distância, era possível ver uma descoloração na curva da mandíbula, o início mais nítido de uma contusão. Havia uma mancha parecida no rosto de Dwayne. — Ele me bateu primeiro — declarou Dwayne. Girei para encará-lo.

— Daí você o empurrou escada abaixo?

— Não, eu... — começou ele, então balançou a cabeça furiosamente, negando. — Não tive a intenção. Eu estava me defendendo. Só queria que ele recuasse. Não achei que ele fosse morrer.

— Mas por quê? Por que, afinal, vocês estavam brigando?

Os olhos de Dwayne se esgueiraram de lado, e a voz melosa de Adrienne respondeu no lugar.

— Ethan não gosta quando experimento coisas novas — murmurou. Ela conseguiu sair da cama e estava encostada no batente da porta deslizante que dava para o deque, um joelho dobrado atrás do outro. — Não era para ele saber. Era para ele estar no bote. Ele gosta do bote. — Ela ergueu a mão em câmera lenta, levantou um dedo para apontar para Dwayne, a mais lânguida das acusações. — Você disse que ele estava no bote.

— Ele estava — respondeu Dwayne e olhou impotente para mim. — Eu estava cortando madeira quando eles chegaram. Deixei os dois entrarem como você pediu, e ele disse para trazer as malas porque queria sair logo de caiaque enquanto ainda fazia sol. Eu o vi preparando o bote, mas acho... que ele mudou de ideia, talvez. Ele entrou bem na hora que... mas ela queria usar. Foi ideia dela!

As pálpebras de Adrienne estavam caídas novamente.

— Preciso me deitar — disse ela. — Não me sinto bem. Não é a mesma sensação desta vez. Meus braços estão muito pesados.

Arregalei os olhos para Dwayne.

— Desta vez? — repeti entredentes. — Quantas vezes ela usou?

— Sei lá. Algumas. — Agora ele choramingava.

— Desde quando?

— Deste verão — respondeu. — Ela *pediu.*

— Ela pede muitas coisas — sibilei.

Adrienne fez um barulho estrondoso, algo entre um vômito e um arroto. Virei-me bem a tempo de ver as bochechas incharem, depois se esvaziarem enquanto ela engolia o próprio vômito. Fez uma careta e deu alguns passos hesitantes, as duas mãos apoiadas no corrimão para olhar o corpo escadas abaixo. As árvores rangeram. O lago reluziu. Ethan Richards jazia morto.

— Você o matou — acusou ela, com a mesma voz arrastada e sonolenta. E, então, quase como uma reflexão tardia: — Uau.

Foi o "uau". Enfiei meu próprio punho na boca para sufocar a risada histérica. Meu pai tinha construído aquelas escadas com as próprias mãos. Agora Ethan Richards estava esparramado nelas com o pescoço quebrado, e a esposa estava chapada demais para não fazer outra coisa senão vomitar dentro da própria boca e dizer "uau".

Adrienne voltou trôpega para dentro.

— Precisamos chamar a polícia — alertei.

Dwayne ficou pálido.

— Mas...

— É preciso. Agora. Já é ruim que você não tenha ligado logo para eles e, quando ela se recuperar, vai entender. Se ela mesma não ligar...

— Ela já estava apagada quando aconteceu — interrompeu ele. — Você viu o estado dela. Ela vai ficar se alternando assim por mais uma hora, pelo menos. E, de todo modo, desconectei o telefone depois de ligar para você. Por precaução.

Incrédula, olhei para ele. Parecia quase orgulhoso de si mesmo, mas o pior era a expressão no rosto: assombrada, assustada e, sim, culpada, mas também esperançosa. Meu marido me ligou e depois desconectou o telefone, sabendo que eu viria correndo, certo de que eu consertaria o que não seria desfeito. Eu quis bater nele. Eu quis gritar. Por que ele tinha de trazer o vício dele até aqui — até Adrienne, até o lago, até a casa que eu realmente achei que seria o caminho para uma vida melhor? A casa que meu pai havia me dado, só para mim, para que, não importasse o que mais acontecesse, eu tivesse pelo menos uma coisa, um lugar que fosse meu.

Não seria mais minha. Não depois que tudo isso acabasse. Dwayne tinha se assegurado disso. Li as letras miúdas dos contratos de aluguel, aqueles que descreviam os casos em que se podia ou não ser processado se alguém se ferisse em sua propriedade. Acidentes estavam cobertos. Seu marido drogado empurrando um bilionário pelas escadas, não. Ele decerto iria preso, provavelmente por um longo tempo, mas eu receberia minha própria sentença de prisão perpétua. Todo o meu trabalho, a vida e o futuro que eu finalmente começava a construir aqui em um lugar onde tudo isso era tão difícil de se conquistar, estava prestes a pegar fogo.

Desmoronei em uma das espreguiçadeiras e coloquei as mãos na cabeça. Dwayne se agachou ao meu lado.

— Só temos que alinhar a nossa história — sugeriu. — Para acreditarem que foi um acidente.

— Um acidente? — rebati. — Você o empurrou das escadas, e ele quebrou o pescoço. Como foi um acidente?!

Dwayne agarrou minha mão e olhou com urgência para o meu rosto.

— Mas não foi assim! Eu não o empurrei das escadas. Bati nele, e ele meio que cambaleou para trás, e então caiu das escadas. Não significa que foi um acidente? Legalmente falando?

— Não — respondi. — Céus. Legalmente, você matou alguém. E quanto às drogas? Vamos dizer à polícia que também foram um acidente? Você estava correndo pela casa com uma seringa cheia de entorpecente, tropeçou e caiu bem em cima da Adrienne e, *ops*, a agulha entrou?

— Isso não tem graça, Lizzie.

— Eu não estou rindo, Dwayne. O que acha que aconteceria quando eu chegasse aqui?

— Eu não sei! Achei que você pensaria em algo. Você é tão espertalhona, *né*? Sempre age assim, como se fosse muito mais esperta do que eu! — Agora ele gritava, gotículas de saliva voando de seus lábios e pousando na barba. Levantou-se, começou a andar, e a voz ganhou rouquidão. — Não sou uma má pessoa. Não sou ruim! Só cometi um erro! Não podem me prender por causa de um erro!

— Oh, DJ — falei, e minha voz falhou. Já se passaram anos desde que eu o tinha chamado pelo apelido. — Claro que podem. E você sabe o que é ótimo? Você me ligou, e agora estou envolvida. E agora é isso, como se eu fosse parte disto. Então, provavelmente, nós dois vamos presos. Você também me ferrou.

Dwayne mordeu a bochecha, suspirou e se sentou na espreguiçadeira ao meu lado.

— Acho que é assim, hein? — falou de forma prática. Ele olhou para mim, um sorriso de diversão brincando nos cantos da boca. — Eu te ferro. Você me ferra. E assim por diante. É o resumo da nossa vida inteira, não é? É isso que fazemos. — Soltou um suspiro.

— Está bem. Quer ligar para a polícia?

Olhei para o lago. O Sol se punha, lançando longas e profundas sombras na água. Em algum lugar na margem oposta, um pato-mergulhão começou seu grasnado maluco, rindo histericamente, sozinho. Sentados, ouvindo, e então ambos pulamos quando outro pássaro mais próximo, de repente, grasnou em resposta. Grasnando do outro lado da água para o seu companheiro. Grasnavam alto, juntos, enquanto a brisa se acentuava, enquanto as árvores rangiam e gemiam acima. Do quarto atrás de nós veio o leve barulho de Adrienne, roncando. Eu me perguntei brevemente se daria para botar toda a culpa nela. Diríamos que aparecemos para recebê-los em casa e os encontramos assim: ela, chapada e dormindo, ele, morto de pedra. A polícia pode acreditar nisso, pensei... por cinco segundos, até que Adrienne acordasse e revelasse tudo.

Suspirei.

— Cala a boca e me deixa pensar — esbravejei.

Ele se calou.

DUAS HORAS DEPOIS, perto do pôr do sol, quando Adrienne acordou, eu estava à porta, observando. Pelejou para achar uma posição sentada, mas não estava grogue nem confusa quando olhou para mim. Eu me mexi inquieta. Seus olhos se estreitaram, e ela pigarreou.

— Achei que a polícia estaria aqui a esta altura — comentou. — Meu marido está morto, não é? Eu sei que está. Dwayne o matou. Eu vi. Por que a polícia não está aqui?

Entrei no quarto.

— Estávamos esperando você acordar. Temos que conversar.

— Conversar sobre o quê? — cuspiu de volta, esfregando os olhos. — Minha nossa, que horas são? E onde está o Ethan? Ainda está... deitado lá fora. Vocês o deixaram lá?!

— É sobre isso que queremos conversar com você — falei, olhando, por cima do meu ombro, para o corredor atrás de mim. Esta foi a sugestão de Dwayne: eu acenei, e ele entrou, dando alguns passos em direção a Adrienne, até que estacou desajeitado a meio caminho entre nós. Ele olhou de mim para ela e para mim de novo.

— Ouça — disse ele. — Agora estamos todos juntos nesta.

Adrienne pestanejou para ele.

— Perdão?

Também dei um passo em direção a ela e emendei:

— O que Dwayne quer dizer é que precisamos combinar o que vamos contar à polícia. Dada a situação. Sei que você pediu que ele te arranjasse heroína…

— Ah, foi isso o que você disse a ela? — falou, olhando para Dwayne com um sorriso sarcástico. O tom de voz mudou, aquele sotaque sulista permeando as palavras.

Levantei as mãos.

— O que estou dizendo é que isso complica tudo. Para todos nós. Se você não estivesse injetando, nada disso teria acontecido.

Adrienne inclinou a cabeça, cruzou os braços e apertou os lábios. Passaram-se longos segundos até ela responder. Dwayne passava as mãos pelo cabelo novamente.

— Então — ela falou finalmente. — Chantagem. É isso que acham que vamos fazer? Finjo que o Ethan se jogou das escadas, e vocês não contam que eu estava experimentando substâncias ilícitas. Entendi bem?

— Ninguém falou sobre chantagem — retruquei apressadamente, mesmo quando uma voz interior cínica acrescentava o subtexto: *não em voz alta, pelo menos.* — Só estou dizendo que há… circunstâncias atenuantes. Muita coisa aconteceu aqui.

O sarcasmo nos lábios novamente.

— Atenuantes. Não sabe da missa a metade.

— Então me ajude a entender — falei. — Quando cheguei aqui, você estava…

— Eu estava chapada da droga que seu marido me enfiou — completou ela, olhando para Dwayne, que ficou boquiaberto.

— Porque você pediu — retrucou. — Mal o Ethan saiu, você me perguntou se eu tinha!

— Perguntei? — indagou Adrienne. — Não sei ao certo se é essa a lembrança que tenho.

— Adrienne, por favor — falei, o desespero entremeando minha voz. — Precisamos pensar com clareza. Não se trata apenas do Dwayne. Se a polícia achar que você está envolvida, estará encrencada tanto quanto nós.

Na realidade, eu não fazia ideia se isso era verdade. Mas agora o corpo de Ethan estava lá fazia horas, a contusão reveladora do punho de Dwayne descolorindo a mandíbula, e Adrienne estava aqui quando aconteceu. Era o melhor que eu podia propor, o plano que rendeu das horas pensando: conversar com Adrienne e tentar convencê-la de que era do nosso interesse dizer que a morte de Ethan tinha sido um acidente. Achei que fosse possível convencê-la, persuadi-la um pouco, mas isto — o sorrisinho estranho, os olhos semicerrados, o tom provocativo e a maneira como ela continuava olhando para Dwayne — era inquietante e nada do que eu esperava. Tive um pensamento breve e fugaz de que houvesse algo que ela não estava me contando. Algo que todos ali sabiam, menos eu.

Eu devia ter pensado um pouco mais. Devia ter perguntado.

Mas não perguntei.

Porque foi justo quando Adrienne se levantou, apontando um dedo para mim, e falou:

— Me deixa te explicar uma coisa, Lizzie. Para vocês dois. Eu sou a vítima. Sou a sobrevivente. Acham que a polícia vai preferir acreditar em vocês? Seu marido caipira drogado me injetou a droga e assassinou o Ethan, e você... pelo que sei, estava a par de tudo. Você provavelmente planejou! Será que eu devia mesmo acordar?

Foi a minha vez de arregalar os olhos.

— Perdão? — perguntei. Mesmo ali, involuntariamente eu já começava a imitá-la, usando as mesmas palavras que a própria Adrienne tinha usado poucos momentos atrás.

Adrienne girou, ficando de frente para Dwayne.

— Aquela agulha. A sensação desta vez foi diferente. Eu não disse isso? O que você me deu?

Ele lançou um olhar atônito para ela.

— Nada. Digo, nada diferente. — Ele olhou para mim com os olhos arregalados. — É sério. Eu juro. Eu não seria capaz…

— Do quê? — gritou Adrienne. — Você não seria capaz do quê? De matar alguém? Que tal perguntar ao meu marido o que ele pensa sobre isso?

Respirei fundo. Meus ouvidos pareciam pegar fogo, e senti uma pulsação rápida atrás dos olhos. Ainda dava para consertar, não dava? Era preciso.

— Adrienne, foi um acidente. Ninguém tentou matar você — falei.

— Não acredito em você! — gritou ela. Olhou descontroladamente de mim para Dwayne, e, então, de repente, soltou uma gargalhada. Balançando a cabeça, falou: — Ó, céus, e isso nem importa. Olhem para vocês dois. Olhem para mim e olhem para vocês. Dois sacos de lixo. Quando eu disser às pessoas o que você fez, ninguém vai acreditar quando você negar. Se eu disser que nos atraiu até o meio do nada para nos matar, violentar e roubar, vão acreditar em mim. — Agora ela falava mais rápido, as mãos trêmulas, a voz subindo de tom. — A polícia, a imprensa. Caramba, que história. As pessoas vão pirar com ela. Eu provavelmente vou escrever um livro. Quer dizer. Quer dizer, Lizzie. Olhe. Olhe para mim e olhe para você.

Adrienne estava ofegante, e eu também. Dava para ouvir Dwayne balbuciando ao fundo, mas eu o ignorei. E me concentrei. Porque algo importante acontecia: eu estava fazendo o que Adrienne queria.

Estava olhando para ela. Estava olhando para ela com muita atenção.

Ela estava destruída, a maquiagem borrada. Usava sua roupa favorita, o biquíni vermelho e a camiseta listrada, roupas que comprei para mim, mas que ofereci antes de usá-las, porque havia muita sujeira e alcatrão no lago e ela estava preocupada em manchar seu guarda-roupa de peças delicadas. Sua pele estava suja; os lábios, rachados. Ela tinha até uma contusão no joelho.

Nunca estivemos tão parecidas.

Triunfante, Adrienne sorriu.

Apanhei a arma.

QUANDO EU ERA UMA GAROTINHA, e meu pai me ensinou a atirar com um rifle, ele me explicou que, na caça, o mais importante era esperar o momento certo. Depois que o veado entrasse na mira, mas antes que sentisse o cheiro e saísse correndo. Ele me ensinou que um bom tiro exigia paciência. Ele me explicou que puxar o gatilho era, sobretudo, *não* puxar o gatilho. Era esperar. Era preciso saber. Era preciso ver quando era a hora certa — e, então, não se podia hesitar. Quando chegasse o momento, só se tinha uma respiração para fazer o que precisava ser feito.

Inalar.

Exalar.

Apertar.

E era preciso estar pronto. Não apenas pelo estalo da bala e pelo coice que levava você para trás, mas, sim, pelo que vinha depois. O arfar agonizante. O último tremelique. A criatura que há um momento se movia se foi para sempre, irremediavelmente imóvel.

Ele me explicou que tirar uma vida, mesmo a vida de um animal, é algo que nunca se pode recuperar. Contudo, se tiver paciência, se tiver força, se escolher o seu momento, é possível fazer o que precisa ser feito. E dá para saber, no fundo do coração, que você fez a escolha certa.

Eu tinha feito a escolha certa. Até mesmo Adrienne sempre dizia que eu merecia uma vida melhor. Não acho que ela falava sério. Nem acho que ela pensasse muito em mim. Mas suponho que, em algum ponto do caminho, comecei a acreditar nela.

Adrienne estava ali, parada, olhando para a espingarda.

— Dwayne — falei. — Afaste-se.

— O que você vai fazer? — perguntou ele, perplexo. Pela primeira vez, porém, ele fez o que eu pedi. Afastou-se.

Preparei uma bala.

Adrienne ergueu uma mão, o dedo indicador estendido. Nunca saberei o que ela tinha intenção de fazer, se me acusar ou pedir tempo.

— Sua vadia louca — falou e depois girou a cabeça a fim de olhar para o meu marido. — Dwayne — disse ela entredentes. — Dwayne! Manda ela parar! Faz alguma coisa!

Respirei fundo. A luz na sala passava de dourado a rosa à medida que o Sol se punha atrás da linha das árvores. *Inalar. Exalar.*

— Não sei por que você está olhando para ele — falei. Minha voz já não soava como a minha própria voz.

Apertar.

A espingarda deu um solavanco no meu ombro.

Lá fora, um pato-mergulhão grasnou alto no lago vazio.

Ao lado, meu marido sussurrou o nome de outra mulher.

Havia tanto sangue.

LIZZIE

O LAGO

Tentei pensar que o que estava na minha frente era carne. Nada mais. Como os esquilos que amarramos e despelamos para fazer ensopado. Como os cervos que eu preparava para fazer uma renda extra. Quantas vezes não usei uma bandana para tapar a boca e o nariz e fui cortar partes de um corpo? Cortando o ânus, removendo as entranhas, amarrando e pendurando para deixar o sangue escorrer. Preenchendo o lombo, cortando os flancos. Embalando cuidadosamente em plástico-filme, tudo de forma limpa e higiênica. Como algo que se encontraria em uma mercearia.

Carne.

Depois de puxar o gatilho, depois de Dwayne proferir o nome de Adrienne e não falar mais nada, ficamos em silêncio pelo que pareceram anos. Eu deveria estar em pânico, mas não estava. O som da arma foi estrondoso, mas não havia ninguém por perto para ouvi-lo. Apenas os patos-mergulhões, e tudo o que fizeram foi rir e rir, os grasnados ecoando pela água enquanto o céu passava de rosa a roxo. Estávamos sozinhos. O que estava feito não podia ser desfeito. E, na minha cabeça, uma voz bacana e sensata falou: *você sabe o que precisa fazer.*

Dwayne se mexeu ao meu lado. Ele estava mais perto de Adrienne do que eu quando a arma disparou, e havia manchas de sangue espalhadas como sardas na testa dele.

— Não toque nela — comecei a dizer, mas ele não estava indo em direção a Adrienne. Ele estava se afastando, olhando para mim com olhos enormes e assustados.

— Você atirou nela — falou. — Minha nossa. Por que você atirou nela?

Olhei para a cama, onde Adrienne, ou o que restava dela, tinha caído com a força da bala, pousando de lado. Havia um esguicho de sangue na parede atrás dela e uma mancha que se espalhava por baixo, encharcando a roupa de cama. Senti um nó na garganta e engoli em seco.

— Você a ouviu — falei baixinho. — Você ouviu o que ela ia fazer.

— Sim, mas...

Virei-me, empurrando a arma para ele com as duas mãos. Afastou-se dela como se fosse morder.

— Toma — falei. — Bota na caminhonete. Depois tira o corpo da escada e coloca no banco do passageiro. Ele não é grande. Você dá conta de carregar sozinho. Se tiver sangue, não pise. Tenha cuidado.

— Mas... — repetiu, e eu avancei e empurrei a arma no seu peito.

— Toma. Pegue-a. Não queria que eu tivesse uma ideia? É esta. Esta é a minha ideia. Depois eu explico o resto. Agora, precisamos terminar essa parte enquanto ainda está claro. Coloca a arma e o corpo na sua caminhonete. Me espera lá fora. Cadê sua faca de caçador?

— No meu bolso.

— Dá *pra* mim.

Sem nem um pio, ele o fez. Agarrei a faca contra o peito.

— Faça o que eu falei e então espere lá fora. Não quero que volte aqui dentro.

Achei que ele fosse discutir, mas não discutiu. Se muito, parecia aliviado, lançando um último olhar de soslaio para o corpo na cama antes de se virar, a arma nas mãos. O último olhar de um amante, eu perceberia mais tarde. O que será que ele pensava? Será que havia ternura? Eu me pergunto se ele realmente gostava dela.

Esperei até ouvir a porta de tela bater e seus passos rangendo na entrada. Eu não queria que Dwayne visse o que eu estava prestes a fazer, mas, mesmo quando ele se foi, eu hesitei. A voz na minha cabeça me incitava, mas parte de mim ainda entendia, naquele momento, que eu não precisava ouvi-la; que existiam outros finais possíveis, incluindo uma versão da história em que eu reconectava o telefone e chamava a polícia, que chegaria bem a tempo de pegar o meu marido ensanguentado metendo o corpo de Ethan Richards no banco do passageiro de sua caminhonete, junto a uma espingarda recém-disparada. Uma versão em que eu afirmava a todos que Dwayne matou os dois e que já era tarde demais ou que fiquei muito apavorada para detê-lo. Seria minha palavra contra a dele, mas pensei que dava para fazê-los acreditar em mim. Se eu precisasse. Se eu quisesse. Certamente, as chances disso eram melhores do que as de seguir com o meu outro plano, que ainda nem tinha sido totalmente concebido e só parecia ter possibilidade de funcionar porque era absurdamente insano: a maneira como Adrienne, naqueles últimos momentos, afigurava-se ao mundo como um reflexo divertido de mim mesma.

A verdade é que não me apressei. Imaginei o contrário, durante todo o tempo. Pensei em como acabaria: com Dwayne na prisão, ou talvez até morto, se a polícia chegasse no momento errado ou se ele fosse estúpido o suficiente para pegar a arma. Comigo sozinha em nossa casinha suja, olhando para o amassado no sofá onde o homem que prometi manter e cuidar, na saúde ou na doença, costumava se esparramar ao final do dia. Imaginei os olhares, os sussurros, a raiva, se ele partisse e eu permanecesse livre. Diriam que eu o induzi. Diriam que ele deveria ter me matado também. A polícia podia acreditar em mim, até mesmo um júri, mas e os meus vizinhos? Nunca. Seria possível continuar em Copper Falls depois disso? E, se eu fosse embora, para onde iria? Imaginei recomeçar, sem dinheiro e sem diploma e com quase 30 anos, em um lugar onde ninguém sabia o meu nome — e então percebi que, depois do que tinha acontecido aqui, esse lugar não existiria. Não importava aonde eu fosse, onde estivesse. A sem-vergonha do ferro-velho. A vadia caipira. A que saiu impune depois que o marido matou duas pessoas. Adrienne estava certa: era uma história e tanto. Só que, ao contrário dela, eu não seria a sobrevivente que escreveria um livro, participando como convidada de um *talk-show*. Eu não era esse tipo de garota. Ainda dava para ouvir suas palavras, a verdade contida nelas, ecoando na minha cabeça.

Olhem para mim, falou. *Olhem para mim e olhem para vocês.*

Peguei a faca e fui fazer o serviço.

DWAYNE MANTINHA a lâmina afiada. A verruga debaixo do meu peito saiu com um zunido de dor tão atroz que eu arfei. Em um momento, era parte de mim; no seguinte, era apenas uma pequena protuberância preta presa entre o polegar e o indicador, nada mais que uma sensação latejante no lugar onde estava. Ficaria preocupada com o sangue, mas quase não havia. Havia uma cola instantânea em uma das gavetas da cozinha; tinha usado no início daquele verão para consertar a alça quebrada da caneca de café favorita de Adrienne. Foi necessária apenas uma gotinha para fixar a verruga — uma gotinha e uma vida inteira de rumores. Pensei nos meninos que me perseguiram na floresta anos atrás, que puxaram minha camiseta sobre a cabeça e espalharam para todo mundo o que encontraram por baixo. A humilhação daquele momento me acompanhou por toda a vida, mas agora eu estava grata por isso: assim era facílimo que o corpo de outra pessoa se passasse pelo meu. Tirei o anel de diamante do dedo ensanguentado e deslizei o meu anel de ouro no lugar. Recuei, fechei os olhos, respirei fundo. Meu coração batia forte, mas meus pensamentos estavam estranhamente calmos. Estendi a mão até o interruptor de luz atrás de mim. Nesta próxima etapa, eu precisaria ver com clareza.

Olhem para mim e olhem para vocês.

Acendi a luz e olhei.

O tom avermelhado de seu cabelo passaria facilmente pelo meu. O corpo não era exatamente o mesmo, o torso um pouco mais longo e os seios mais redondos, mas isso quase não importava, já que ninguém além de Dwayne me via despida há anos. Os dedos dos pés estavam polidos com um tom que eu não lembrava se eu tinha, mas quem se daria ao trabalho de verificar? Especialmente se eles tivessem certeza de que fosse eu, e eu tinha certeza de que eles teriam. A verruga estava ali. As roupas estavam ali. Ela tinha pele clara, como eu. Olhos azuis, como os meus. Abaixo disso, era tão grande o estrago feito pelo tiro que pouco importava. Mas o nariz... Semicerrei os olhos. Era quase igual. Talvez um pouco mais arrebitado. Uma diferença sutil. Era realmente querer procurar pelo em ovo. Eu estava quase certa de que ninguém notaria.

"Quase" não vale o risco.

Fiz uma careta. Hesitei.

Carne, pensei. *É apenas carne.*

Quando terminei, joguei a colcha sobre ela, tomando cuidado para não borrar o sangue ao redor, consciente de cada passo. Ouvindo a voz interior calculista que me mandava ser atenta, rápida, minuciosa.

Bati no interruptor do triturador de lixo com o cotovelo: nada de impressões digitais.

Levantei o assento do vaso antes de vomitar.

Dei duas descargas com um pouco de água sanitária, por precaução.

Quando me virei, vi um vestido tubinho de mangas compridas pendurado atrás da porta do banheiro e um par de botas de montaria no chão bem ao lado da bolsa de viagem de Adrienne: as roupas que ela usava quando chegou. Vesti tudo, inclusive a roupa íntima amontoada em um bolso lateral da malinha. Apenas as botas eram apertadas; sua tanga de renda se assentou perfeitamente nos ossos do meu quadril, meus seios confortáveis nos bojos do sutiã. O zíper se fechou suavemente, e o vestido caiu no lugar, a bainha roçando levemente minhas coxas. Joguei as minhas próprias roupas no cesto, para que achassem que eu fiz o que ela tinha feito: cheguei em casa em uma tarde quente de outono e pus um maiô para relaxar sob o que restava do sol da tarde. Todos os vestígios de Adrienne entraram na bolsa. Eu deixaria os meus no lugar.

Quando me virei para olhar o meu reflexo no espelho, encontrei uma estranha me encarando de volta. Uma mulher que se parecia um pouco comigo, mas muito mais com *ela*, como se eu começasse a me transformar em uma versão minha mais polida, mas saindo da crisálida antes mesmo de concluído o processo. Minha imagem no espelho era alta, jogando os ombros para trás como ela fazia, o queixo com um arrebitar confiante, os lábios em uma linha fina. Vasculhei a bolsa de Adrienne em busca de um batom e passei-o nos meus lábios, esfregando a cor nos cantos, como eu a vi fazer. Levantei os cantos da boca.

Eis você.

Adrienne Richards sorriu de volta para mim, pretensiosa. Empertiguei a cabeça; ela também. Pus a mão no quadril, e ela fez o mesmo.

Então um baque abafado veio do outro lado da parede, e lá estava eu novamente, no espelho: congelada, a mão no coração, a boca aberta fazendo um pequeno O.

Algo se movia no quarto.

Espiei pela porta e soltei a respiração que eu prendia. Era apenas Dwayne. Mandei que ficasse lá fora, mas é claro que ele não me deu ouvidos. Como se não bastasse, ele se inclinava em direção à colcha, estendendo a mão para ela, prestes a levantar um canto para olhar por baixo. Saí do banheiro e pigarreei.

Dwayne ergueu os olhos — e, se eu já não estivesse confiante de que seria capaz de desempenhar meu papel no que estava por vir, sua reação teria sido toda a convicção de que eu precisava. Cambaleou para trás com um grito, estendendo as mãos à sua frente como se para me afastar.

— Caramba! — gritou. Apoiou-se na beirada da cômoda, ofegante, olhando para mim da outra ponta do quarto. Pus a mão no quadril.

— Mandei você esperar lá fora — falei.

— Minha nossa — disse ele. — Achei que fosse ela. Quase caguei de susto. Juro por Deus, você se parece… Espere. São as roupas dela?

— Sim.

— Por quê?

— Conversamos lá fora. — Ele hesitou, olhando novamente para a cama, a forma imóvel sob os cobertores ensanguentados. Avancei. Estendi a faca, limpei-a, e ele a tomou de mim com um olhar questionador. — Confie em mim — falei. — Você não quer ver o que tem aí embaixo.

DEPOIS DESSE MOMENTO no quarto, não foi difícil fazer Dwayne entender como tudo devia funcionar. Como funcionaria, se tivéssemos sorte. Ao longo de dois verões, muitas conversas e algumas dezenas de garrafas de vinho, Adrienne involuntariamente me forneceu — forneceu a nós duas — todas as informações necessárias para esvaziar as contas dela e sumir. Certa vez, quando estava realmente bêbada, confessou que ela e Ethan se prepararam para fugir do país quando tudo indicava que ele realmente seria acusado pelos crimes. Eu nem precisava fingir choque. Quanto mais boquiaberta eu ficava, mais ela tagarelava.

— Menina, você devia ver a sua cara — ela tinha comentado, rindo e reabastecendo a taça. — Você é tão ingênua. É adorável. Oooh, eu estaria tão encrencada se Ethan me ouvisse falando sobre isso, mas não estou nem aí. Para quem você vai contar, *né*? — Deu risadinhas, tomou um grande gole. — Ethan jamais iria preso. Ele tem *contatos*. Cuidariam de tudo. — Deu de ombros. — Mas o caso foi por água abaixo, então ficamos por aqui. Graças a Deus. Odeio a porcaria de Moscou.

— Eles têm dinheiro escondido por todo canto — revelei a Dwayne. Estávamos recostados na caminhonete, fumando os cigarros de um maço que ele tinha tirado do porta-luvas passando pelo corpo rígido de Ethan Richards. — Talvez até passaportes, não sei. Além disso, tudo o que ela tem nas contas... se eu colocar as mãos nisso, estaríamos com a vida ganha.

Dwayne franziu a testa.

— Sabe o código do caixa eletrônico ou algo assim?

— Dwayne. Gente assim não usa caixa eletrônico. Eles têm consultores financeiros. Se eu for lá e disser que preciso liquidar alguns ativos...

— Não acha que ele vai notar que você não é ela?

Apertei os lábios um no outro.

— Não. Não, não acho. Ele só a encontrou algumas vezes, e eu acho que nem foi recente. Se Adrienne Richards marcar uma reunião no escritório, e então aparecer uma mulher dirigindo o carro de Adrienne, vestindo as roupas de Adrienne, andando e falando como Adrienne... Acho que ele vai ver o que espera ver. Você precisou olhar duas vezes de tão parecida que fiquei, não foi? E você sabia que ela estava morta.

Tragou o cigarro.

— De quanto dinheiro estamos falando?

— Muito. Talvez o suficiente para nos sustentar pelo resto da vida, se planejarmos direito. — Minha voz estava ficando mais animada, o coração batendo forte. Depois dos horrores do dia, de todas as coisas irremediáveis que nós dois fizemos, a ideia de fuga foi suficiente para me deixar estonteada. Havia um cadáver atrás de mim na caminhonete e outro esfriando no chão do quarto, mas eu estava viva, assim como o meu marido. Talvez não fosse tarde demais para nós. Talvez pudéssemos recomeçar e, desta vez, faríamos certo.

— A gente pode ir para qualquer lugar, Dwayne — declarei. — Teríamos que ter cuidado, ficar fora do radar por um tempo. Talvez um ano. Teríamos que ser espertos. Mas podemos recomeçar. Você pode ficar sóbrio. — Ele olhou bruscamente para mim, e eu agarrei de novo a sua mão. — Você *consegue*. Sei que consegue. Vou te ajudar.

Ele deu uma última tragada no cigarro antes de soltá-lo e apagá-lo na terra. Eu me curvei para pegá-lo, maravilhada com a rapidez com que meu cérebro se ajustou à ideia de não deixar vestígios. Apaguei o meu próprio cigarro e joguei as duas bitucas na caçamba da caminhonete. Dwayne mordeu o lábio.

— Acha mesmo que dá conta de fazer isso? — perguntou. — Digo, pegar essa grana toda.

— Sim — respondi. Soei mais confiante do que estava. A verdade é que eu não sabia ao certo. Mas imaginava o que *mais* seria possível se eu apenas fizesse meu papel corretamente... Parecia tolice não tentar. Já estávamos fugindo. Eu estava correndo um risco de todo jeito. Por que não correr o risco um pouco maior por uma recompensa bem mais polpuda?

— Flórida — falou Dwayne subitamente, e eu voltei à realidade.

— Hã?

— Podemos ir para a Flórida. Teve um cara no acampamento madeireiro que falou que dava para caçar porcos selvagens lá nos pântanos. — Deu de ombros. — Sei lá. Você disse fora do radar, então...

— Sim, é claro — falei rapidamente, ignorando o fato de que a ideia da Flórida me arrepiou. Mosquitos, jacarés, baratas do tamanho de um sapato, o calor infinito e inevitável. Mas eu precisava de Dwayne a bordo, e se a perspectiva de caçar porcos selvagens do pântano o levasse até lá... Sorri. — Flórida. Perfeito.

Dwayne anuiu com a cabeça.

— Sim. Não pensariam em nos procurar lá.

— Bem, se tivermos sorte, não vão nos procurar em lugar nenhum.

Lançou-me um olhar confuso.

— Não vão?

— Ninguém sai à procura dos mortos.

PARTIMOS LOGO DEPOIS da meia-noite, no breu e na brisa. Meu último vislumbre da casa do lago foi pelo retrovisor, nada além de uma forma escura cercada pelos pinheiros que balançavam e rangiam ao vento. Dirigi a caminhonete de Dwayne, os dedos firmes no volante, conduzindo cuidadosamente o corpo de Ethan Richards ao local onde finalmente descansaria. Afivelei o corpo — a última coisa que eu queria era fazer uma curva muito rápida e acabar com um cadáver de bruços no meu colo —, mas não havia nada que eu pudesse fazer em relação à cabeça, que balançava grotescamente para a frente e para trás toda vez que um buraco ou uma pedra acidental sacudiam a cabine. Dava apenas para distinguir nas retas, muito atrás de mim, as luzes da Mercedes, Dwayne ao volante e seguindo à distância. Não havia necessidade de caravana; nós dois sabíamos o caminho.

O ferro-velho estava silencioso, os montes com picos irregulares no céu da meia-noite. Os faróis da caminhonete iluminavam meu caminho, embora mesmo cega eu pudesse dirigir. Depois de todos esses anos, ainda conhecia este lugar, suas voltas e suas curvas permanentemente gravadas na memória. O trailer escuro e fechado no final mais próximo da estrada, vazio, como eu sabia que estaria. Meu pai a esta altura estaria no Strangler's, bebendo até as 2h da manhã e dormindo em sua picape até o amanhecer. Quando ele voltasse, todo o lugar estaria em chamas.

Comecei a contar uma história na casa do lago, e este era o último capítulo. Era assim: era uma vez, depois de dez anos de uma união infeliz, Dwayne Cleaves matou a esposa e depois se matou, fechando um ciclo para acabar com a própria vida no ferro-velho, onde se conheceram. Jogando um sinalizador antes de puxar o gatilho. Queimando tudo até virar cinzas. Era o tipo de história em que as pessoas acreditariam, pensei. Não porque Dwayne e eu fôssemos especialmente infelizes, mas porque não éramos — e esses casais não parecem sempre felizes até o primeiro morrer?

Eu preparava o palco, acendia o fogo e me despedia para sempre de Lizzie Ouellette. Da cidade a que nunca pertenceu. Do ferro-velho que já chamou de lar. Ao fazê-lo, mandaria um beijo para o homem que me criou, que me deu a melhor vida que podia; que uma vez disse que mataria por mim, e falava sério.

Segurei o sinalizador na mão. Acendi. Inalei, exalei.

Gostava de pensar que o meu pai, entre todas as pessoas, entenderia as escolhas que fiz esta noite. Não que as tolerasse, mas que as entendesse. Este seria o meu último presente para ele. Eu sabia, pelo menos, que cuidariam dele. Mesmo depois de me casar e me mudar para a cidade, eu ainda ajudei aqui e ali com a manutenção do quintal — garantindo, ainda, a renovação da apólice de seguro. Meu pai sempre falava que a gente devia fazer um seguro mais barato; sempre insisti na cobertura total. Quantas vezes meu pai não fez piada sobre isso, que ele ganharia o dobro se o lugar pegasse fogo do que se vendesse. Esperava que fosse verdade. Esperava que ele pegasse o pagamento, arrumasse as malas e nunca mais olhasse para trás.

Talvez eu não devesse. Talvez destruir tudo o que nos ligava a esta cidade fosse o meu sonho, e não o dele.

Mas o fogo já estava aceso.

As chamas tremeluziram nos olhos abertos de Ethan Richards e depois subiram para engolfá-lo. Recuei, observando o fogo tomar conta da cabine, esperando até a pilha de sucata mais próxima começar a queimar também, antes de eu virar as costas e correr. Corri pelo corredor pela última vez, o vento nos ouvidos, os olhos lacrimejantes, olhando acima dos montes para um céu com milhões de estrelas cintilantes. Correndo tão rápido que eu parecia estar voando. Sem saber o que estava por vir e, naquele momento, não dando a mínima. Atrás de mim, as chamas começavam a subir, consumindo tudo. Na minha frente, nada além da noite escancarada.

22

LIZZIE

A CIDADE

Dwayne se encolheu quando a arma disparou, então cambaleou para frente, bamboleando, os pés apoiados como os de um boxeador. Abriu a boca, e, por um momento aterrorizante, pensei que ele diria que errei o alvo e que eu teria de puxar o gatilho mais uma vez. Não sei se eu conseguiria. Pior, de repente eu não sabia se queria. Meu marido diante de mim, um buraquinho na frente da camisa, onde eu tinha atirado nele. As bordas do buraco começavam a avermelhar, e tudo o que eu pensava era no que ele havia me dito muitos anos atrás, no dia em que matou o Trapim.

Não queria ter feito aquilo. Eu me arrependi assim que fiz.

Mas não foi o mesmo comigo. O que quer que eu sentisse sobre o que tinha feito, não era tão puro ou direto como arrependimento. Eu não queria não ter feito. Eu não queria desfazer minha escolha. Eu só não queria fazê-la duas vezes.

Não precisei. As pernas de Dwayne cederam, e ele caiu feito um saco desajeitado, lançando-se para frente, batendo a cara na quina da elegante mesa de mogno de Ethan Richards.

Houve um estalo quando seu nariz quebrou com o impacto e um segundo baque repugnante quando ele caiu no tapete. Os braços, inúteis nas laterais, nem sequer se ergueram para amortecer a queda. Acho que já estava morto antes de bater no chão.

Espero que tenha sido assim. Espero que tenha sido rápido. Por mais zangada que eu estivesse com Dwayne, que ferrou com a minha vida tão completamente que, de quebra, quase conseguiu ferrar com a minha morte, eu nunca quis que ele sofresse. Não se tratava de desejo. Tinha a ver com sobrevivência, com a percepção de que eu não salvaria os dois, pois era impossível salvar o meu marido de si mesmo. As drogas, as mentiras, a maldita foto granulada de Adrienne que ele não parava de exibir para todo mundo no celular, sem nunca ter tido coragem de me contar: ele continuaria assim, até cometer um erro que eu não conseguiria corrigir, um erro que destruiria a nós dois. Dwayne colocaria o plano por água abaixo e seria, enfim, pego. E, se eu não tivesse sangue frio para seguir um caminho diferente, eu seria arrastada com ele, ainda segurando a sua mão em queda livre.

Soltar era a única escolha.

Fiquei imóvel onde estava por um minuto inteiro depois que ele caiu, a arma pendurada na minha mão, observando se Dwayne não se movia, não respirava. Mesmo com os segundos passando, eu sabia que não precisava deles. Depois de dez anos compartilhando uma casa, uma cama, uma vida, é possível saber a diferença entre seu marido e a concha vazia que ele habitava. Ele se foi.

Era hora de começar a contar uma nova história.

A faca de caçador ainda estava no bolso dele. Deixei a arma de lado enquanto a buscava, apertando-a ao peito.

Ele estava lá quando acordei. E tinha uma faca.

ELE DISSE QUE TINHA MATADO O MEU MARIDO.

Disse que queria dinheiro.

Ele não sabia que tínhamos uma arma no cofre.

Bati com as costas na parede e me recostei. Deslizei até o chão, observando por mais um minuto para ver se ele se movia — não porque achei que ele fosse se mover, mas porque era isso o que ela faria. Na minha cabeça, a voz calculista da sobrevivente continuava descrevendo uma versão alternativa e plausível dos acontecimentos:

Eu atirei nele. Peguei a faca. Achei que ele ainda pudesse vir atrás de mim.

Respirei fundo. Respirei de novo. Engolindo ar, o coração começando a acelerar, estrelas prateadas dançando e se contorcendo nas margens da minha visão.

Esperei. Quando tive certeza de que ele estava morto, corri.

Corri.

Usei o telefone de Adrienne para ligar para o 190. Falei o endereço e que precisava de uma ambulância.

Então desliguei, cortando a telefonista enquanto ela dizia para eu permanecer na linha, e liguei para um advogado.

Não só porque era isso que Adrienne faria, mas porque não sou nenhuma idiota.

O NOME DO ADVOGADO era Kurt Geller. As notícias sobre o quase julgamento de Ethan Richards podiam me fazer recordar o nome, mas não precisei. Adrienne anotava todos os seus contatos — *governanta, maquiador, personal.* Mais cedo, eu tinha procurado a Anna, a loira da *SoulCycle*; na anotação lia-se: *vadia idiota da SC, mas embaixatriz fodona.* Típico de Adrienne; ela não tinha amigos, apenas pessoas que detestava, mas mantinha por perto porque lhe poderiam ser úteis. Lia-se na anotação sobre mim, simplesmente *casa do lago,* e o número de Dwayne não estava salvo, o que me confundiu até perceber que ela nunca precisou: ela tinha o meu. Todos aqueles trabalhos estúpidos que ela inventava para ele fazer, todas as vezes que ela me pediu para mandá-lo, e eu concordava como a maior idiota do mundo. Ela deveria ter adicionado uma segunda anotação ao meu nome: *alcoviteira.*

A lista trazia Geller como *advogado de Ethan,* com vários números de telefone: escritório, assistente, emergências. Liguei para o último e ouvi tocar. Ele atendeu ao segundo toque, a voz grave.

— Kurt Geller.

Respirei fundo, trêmula, e subi o tom da voz.

— Sr. Geller, é Adrienne Richards. Perdão se o acordei. Não sabia para quem mais ligar.

— Adrienne — repetiu. Ao fundo, uma voz feminina abafada perguntou *quem?* Geller limpou a garganta. — Claro, a esposa do Ethan. Mas por quê...

— Ethan está morto — falei. — E eu atirei no homem que o matou.

Não sei o que eu esperava. Um arfar chocado, talvez, ou um silêncio atônito. Em vez disso, descobri por que Kurt Geller era o tipo de advogado que fornecia aos clientes um número de telefone especial para emergências jurídicas à meia-noite.

— Está bem — falou sem se abalar. — Ligou para o 190?

— Sim.

— Ótimo. Para mais alguém?

— Só para o senhor.

— Ótimo — repetiu. — Vamos resumir. A primeira coisa que vão verificar são suas chamadas telefônicas. Eis o que você precisa fazer.

Desmoronei no sofá da sala e ouvi as instruções de Geller. Tentei não pensar em Dwayne, morto, de bruços, no quarto ao fim do corredor. A mão que não estava segurando o telefone começava a tremer. Não pela violência ou pela perda, mas, sim, pela percepção de que eu estava sozinha. Para valer. Pela primeira vez desde que tudo começou, talvez até pela primeira vez na vida. O mais estranho de tudo era que o eu que me restou e em quem eu devia depositar confiança era alguém que eu mal conhecia. Entrei na vida de Adrienne, uma atuação que só duraria alguns dias, mas que agora se estendia indefinidamente e para um público muito maior. Por um momento, pensei em desligar, pegar o que fosse possível carregar e correr. Matei a Lizzie; podia deixar a Adrienne ir também. E talvez fosse o que eu devia fazer. Eu podia renascer em algum lugar do mundo, escolher um novo nome, criar um novo eu. Eu podia ser ninguém. A bolsa de ginástica com o dinheiro, e os diamantes, estava em um armário, a poucos metros. Menos de três minutos se passaram desde que disquei 190. Ainda dava para ir embora antes que chegassem aqui.

Algo se movia no corredor, logo além do tênue retângulo de luz que vinha da porta aberta do escritório. Prendi a respiração, então soltei um gemido quando o gato apareceu, caminhando silenciosamente no escuro e vindo em minha direção.

— Adrienne? — soou a voz aguda de Kurt Geller. — Precisamos encerrar esta ligação agora.

O gato pulou no meu colo, ronronando, e se esticou, para esfregar o rosto no meu queixo. Respirei outra vez. Respiração lenta, estável, uniforme.

Eu não ia a lugar nenhum.

— Entendi.

NÃO SEI QUANTO TEMPO fiquei sentada lá, acariciando o gato que ronronava, ouvindo o som de sirenes ou batidas na porta. Eu estava sozinha esta noite, mas me encontraria com Kurt Geller amanhã, e fiquei me perguntando quanto contato ele teve com Adrienne, quanto tempo desde a última vez que a tinha visto, se a conhecia o suficiente para perceber que algo estava errado. Tentei imaginar o que ela diria. *Você também estaria diferente se tivesse sido atacado por um maníaco no meio da noite.*

Finalmente me levantei, segurando o gato nos braços, e voltei ao escritório. Parei à porta, no mesmo local em que Dwayne ficou nos momentos que antecederam o tiro. A última coisa que ele disse, a última palavra que lhe passou pelos lábios foi o meu nome.

Também tentei não pensar nisso.

Eu contei que nunca quis matar Adrienne, que nunca nem sequer pensei nisso, e era verdade. Mas prometi ser honesta e, para ser sincera, pensei na morte do Dwayne. Pensei. Pensei nisso o tempo todo. Houve um tempo em que imaginei fechar o nariz dele e deixar o sono narcótico se transformar em algo mais permanente, mas não parou por aí. Sua morte era uma constante possibilidade que martelava no fundo da minha mente. Não era preciso que eu mesma o matasse. Às vezes, eu me imaginava à porta enquanto um policial se aproximava com o maxilar travado e o chapéu na mão, o sinal mais seguro de más notícias. Pensei em acidentes durante as caças. *Overdoses*. Uma falha de freio no mesmo trecho gelado onde minha mãe girou e bateu. Já me imaginei apoiada no batente, o policial perguntando se havia alguém para quem eu pudesse ligar. *Você não deve ficar sozinha em um momento como este*, diria ele, porque é isso que sempre dizem.

Ninguém nunca para *pra* pensar que "sozinha" também pode significar "livre".

E livre era como eu me sentia. Por todos aqueles anos que vaguei sem destino com o Dwayne, nós dois agarrados à nossa vidinha de merda como se ela fosse a única coisa que nos impedisse de afogar. Não havia mais nada a que se agarrar agora. Eu não estava ancorada, já me movia muito mais rápido do que jamais me movi, levada por uma corrente invisível. Sozinha, mas à deriva.

Livre.

Lá embaixo, alguém começava a bater na porta. Ouviram-se gritos:

— Polícia! — E o gato se assustou, saltando dos meus braços e saindo disparado pela escuridão da casa. Eu me virei.

— Estou aqui! — gritei. — Estou indo.

Nunca fui uma pessoa sentimental. Não tive vontade de fazer uma pausa para olhar pela última vez ou beijar-lhe a testa que esfriava. Eu o deixaria para trás do jeito que deixei todo o resto: sem dizer adeus. Agradeci por ele ter morrido de bruços, de maneira que seus olhos não me seguiram quando saí, de maneira que não precisei ver a permanente surpresa gravada em seu rosto. Não fosse pela queda desajeitada do corpo no chão, ele bem podia estar dormindo. Quase não havia sangue.

É o que acontece quando se acerta o coração.

BIRD

Bird voltou para a estrada pouco antes das 23h e bem a tempo de ouvir o Sox quase abrir uma vantagem de quatro a um na nona entrada. Apertava as mãos no volante, as luzes da cidade desaparecendo atrás dele, a estrada calma e escura abrindo-se à frente. Em Nova York, a multidão que lotava o estádio rugiu quando os Yankees encostaram no placar.

Ele estava a apenas alguns quilômetros da interestadual quando Kimbrel, que deveria *fechar*, pelo amor de Deus, acertou um rebatedor com corredores na primeira, na segunda e na terceira bases e forçou uma corrida. Ele se perguntou se o Sox seria mesmo capaz de perder com as mãos quase tocando o troféu — e quando os Yanks marcaram novamente, levando a liderança para uma única corrida, ele considerou brevemente que uma derrota seria algum tipo de mau presságio. Não apenas para o Sox, mas para ele, pessoalmente. Voltando a toda a velocidade para Copper Falls com o rabo entre as pernas, amaldiçoando a perda de tempo com a longa viagem até Boston. Adrienne Richards: de aposta promissora a uma busca infrutífera em uma única mensagem.

Bird fez uma careta. Ele já devia saber. O incêndio no ferro-velho era estranho demais para ser coincidência, e ainda assim ele quase tinha aceitado que não passava de um estranho acaso. Afinal de contas, tem ferro--velho pegando fogo o tempo todo. Sorte dele que Earl Ouellette, vigiando os destroços com uma lanterna na mão, tinha avistado a caminhonete de Dwayne Cleaves parcialmente soterrada por uma pilha de sucata. Lataria queimada, quase irreconhecível, a menos que você soubesse, como Earl sabia, que ele nunca teve uma picape estacionada naquela parte específica do quintal. A porta do lado do motorista tinha se despregado, e a pressão da água das mangueiras de incêndio varreu o que estava na cabine, incluindo parte do corpo carbonizado. Quando Earl se aproximou para investigar, algo rangeu nas cinzas sob os seus pés; ele contou à polícia que achava que era vidro, porém todo o vidro tinha derretido, e, quando ele virou a lanterna na direção do barulho, viu que estava em cima dos pedaços de um fêmur humano.

Que coisa tenebrosa!, pensou Bird. Havia passado um dia inteiro caçando o assassino de Lizzie Ouellette, conduzido dezenas de interrogatórios, rodado centenas de quilômetros em seu veículo e se aproximava rapidamente da metade do que se afiguravam 48 horas seguidas sem dormir. E, durante todo esse tempo, o filho da mãe estava bem ali, em Copper Falls, já morto, transformado pela própria mão em um pedaço crocante de churrasco humano, apenas à espera de virar espeto. Foi uma pausa na sorte; não fosse Earl escolher aquele momento em particular para explorar as ruínas de seu ganha-pão, poderiam levar meses até encontrarem o corpo.

E então Gleyber Torres fez um *ground out*, encalhando na base as corridas vitoriosas, e todas as preocupações de Bird em relação ao beisebol e aos maus presságios foram abafadas pelos gemidos indignados da multidão de Nova York e pela torcida esporádica e corajosa dos fãs de Boston ali presentes. Sozinho no carro, iluminado pelo brilho das luzes do painel, Bird fechou o punho e pisou no acelerador. A viatura disparou noite adentro.

Quando o Sox terminou, inundando o vestiário de champanhe, o início de uma comemoração que se estenderia até o amanhecer, Bird estava cruzando a linha do estado do Maine, sentindo-se pronto para o que viesse. A morte de Dwayne Cleaves significava encerramento, senão justiça.

Os policiais costumavam preferir o último, mas as famílias muitas vezes sentiam algo diferente, e Bird pensou que Earl Ouellette estaria mais feliz com esse resultado. Um julgamento tinha suas desvantagens. Delação premiada, liberdade condicional, o espectro de um assassino sendo eventualmente perdoado e posto em liberdade, sem mencionar ter de ouvir detalhes vívidos da brutalidade com que levaram a vida de seu ente querido. O pai de Lizzie não precisava se sentar em um tribunal e ouvir um especialista forense descrever o estrago que Cleaves e uma espingarda tinham feito no rosto dela. E, mesmo que o suicídio fosse um destino melhor e mais justo do que merecia o filho da mãe, pelo menos Earl se consolaria com o fato de não precisar mais compartilhar um mundo com o assassino da filha.

ERAM 3H DA MANHÃ, a viatura percorria os últimos quilômetros de estrada a caminho de Copper Falls, quando o celular de Bird começou a vibrar.

— Bird.

— E aí, Bird — falou Brady. — Ainda na estrada?

— Quase chegando. — Bird segurou um bocejo.

— Você vai querer encostar.

— Não, estou bem. Só quero chegar lá. Ver a cena ainda fresca.

— Não estou falando sobre tirar uma soneca — falou Brady em tom seco, e Bird sentiu um incômodo familiar na parte de trás do pescoço, como um pressentimento. Havia experimentado a mesma sensação horas antes, quando abandonou o interrogatório improdutivo com Adrienne Richards, mas achou que tinha ficado para trás. Agora estava de volta, mais forte do que nunca. Era algo na voz de Brady; ele parecia quase apologético.

— O que é, então?

— Acabei de falar com a polícia de Boston — disse Brady. — O tal Murray?

Bird instintivamente tirou o pé do acelerador. A viatura começou a parar.

— Me conta — disse ele.

— Houve um disparo na residência dos Richards. Um corpo no local. O Murray afirma ser o nosso suspeito.

Bird pisou no freio, e o carro parou, estacionando no meio da linha branca desbotada em que o acostamento encontrava a estrada, os faróis irradiando na noite vazia.

— Cleaves?

— É o que disseram.

— Você só pode estar de brincadeira. Como?

— Sem mais detalhes, detetive. Perdão. Talvez tenha dado sorte por terem ligado.

— Eles têm certeza?

— Suponho que sim.

Bird deixou o celular cair no colo e apertou as pontas dos dedos na ponte do nariz. De repente o rosto pareceu não ter pele suficiente esticada sobre tanto osso, e os olhos começaram a doer. Uma sensação áspera nas bordas, como se as pálpebras fossem feitas de lixa. Soltou um gemido. Com o celular no colo, a voz miúda de Brady voltou a falar.

— Bird? Está aí? — Ergueu o celular até o ouvido.

— Sim. Perdão. É que... — A voz foi sumindo. Pensando. Sacudiu a cabeça. — Então de quem é o cadáver dentro do veículo do Cleaves no ferro-velho de Copper Falls? — Apenas quando as palavras cruzaram os lábios é que ele percebeu saber a resposta.

Apenas algumas horas atrás, divertiu-se com a ideia de ser o primeiro a contar a Ethan Richards sobre o caso da esposa. Agora ele tinha certeza de que tinha perdido a chance.

Não só porque Richards já sabia, mas porque ele já estava morto.

Bird soltou um suspiro.

— Deixa *pra* lá.

Brady soou divertido.

— Sério? Simples assim, já sacou tudo?

— Provavelmente — respondeu Bird. — Talvez. — Pausou e depois bateu a mão no volante. Uma vez. Duas. Com força.

— Bird?

— Estou aqui. — Respirou fundo e soltou um suspiro ruidoso pelos lábios apertados. — Que merda.

POUCO TEMPO DEPOIS, a viatura voltava para a estrada, seguindo em frente, rumo a Copper Falls, ao ferro-velho, rumo à caminhonete abandonada de Dwayne Cleaves e aos restos humanos carbonizados que jaziam nela. Restos que não eram de Cleaves, afinal — não podiam ser, já que Cleaves tinha acabado de ser morto a tiro pela amante a mais de 300 quilômetros de distância. Bird balançou a cabeça. Não fazia sentido dar meia-volta, ainda que quisesse; a polícia de Boston estava vigiando a casa dos Richards, mas não receberiam de bom-grado um policial de fora do estado se intrometendo em um caso de homicídio enquanto o corpo ainda estava quente. Em vez disso, ele terminaria a viagem onde havia começado, assistiria ao dia raiar em uma nova cena de crime e, com sorte, terminaria com o caso encerrado ou perto disso. Círculo completo. Até que fazia sentido.

Pelo menos, era bom saber que seus instintos estavam aguçados. Só deve ter deixado Cleaves escapar em Boston, os dois passando um pelo outro como navios à noite enquanto Bird saía da cidade. Outra estranha coincidência — ou talvez Cleaves estivesse à espreita, observando, esperando o vaivém da polícia antes de sair da moita. Algo nisso fazia sentido também, exceto pelo fato de que Cleaves era muito mais inteligente do que se acreditava, o que não parecia se encaixar de jeito nenhum.

Bird suspirou, desejando ter parado para tomar um café antes de sair da interestadual. Carregava a frustração de quase ter descoberto algo interessante, um fio pendente que valia a pena puxar, mas seus pensamentos estavam desfocados e foram interrompidos por um enorme bocejo. Esfregou novamente os olhos — e então berrou e pisou no freio quando uma forma se assomou da escuridão adiante, congelada sob o brilho dos faróis que se aproximavam. A viatura chiou até parar. Pelo para-brisa, Bird espiou o cervo, que olhou para ele, pálido e imóvel no meio da estrada. Era uma corça, e ele instintivamente olhou para a escuridão atrás dela, esperando ver suas crias ou seus amigos, mas ela estava sozinha. Bird buzinou, irritado, mas a corça apenas girou a cabeça para trás, olhando para o caminho de onde tinha vindo. Buzinou de novo, com mais força.

— Vamos lá, menina. Desocupa logo — falou e então riu um pouco quando o animal girou a cabeça novamente, os olhos âmbar ante o brilho dos faróis. Como se o escutasse, considerando as opções. Por um momento, ela ficou assim, parada. Depois, com um único saltitar gracioso, desocupou a linha central, disparou à frente, o rabo para cima, e desapareceu na escuridão.

24

LIZZIE

— Foi legítima defesa.

Segurei as palavras na mente porque queria estar pronta para dizê-las. Sabendo que isso era o que eu diria, a única coisa que diria, quando perguntassem. Por muito tempo, porém, ninguém me perguntou nada. Um paramédico verificou meus sinais vitais, perguntando se eu tinha sido ferida, e então assentiu com a cabeça quando eu respondi: "Estou bem." Falou para eu permanecer onde estava, e obedeci, sentada no meio-fio da rua escura, ainda uma ilhazinha em meio ao vermelho e azul dos estroboscópios elétricos das viaturas e aos movimentos agitados dos policiais que entravam e saíam da casa, desviando de mim como se eu fosse um arbusto ou mesmo um hidrante. Apenas parte da paisagem. Alguns deles olharam de relance para mim, mas ninguém realmente me *enxergou*. Por que culpá-los? Eu era a coisa menos interessante por ali, um pontinho silencioso envolvido por um cobertor; todo mundo estava lá para ver o homem morto dentro da casa. Observei um policial ir de um lado ao outro da rua, subindo e descendo as escadinhas de pedra que levavam às elegantes portas vizinhas, as entradas decoradas com guirlandas de videiras ou crisântemos chamativos em belos vasos. Metódico, foi de casa em casa, batendo e esperando, olhando para as janelas a fim de ver se acendia alguma luz. Em uma das vezes, uma porta se abriu um pouco, e alguém espiou de dentro, enquanto o policial gesticulava na direção da casa atrás de mim e falava rapidamente, perguntando se a pessoa tinha visto ou ouvido alguma coisa, provavelmente, mas a porta se fechou rápido demais para que a resposta não passasse de um "não". Temia que um mundaréu de vizinhos curiosos saísse para ver o que estava acontecendo, esticando o pescoço para ver algo que valesse uma fofoca, mas ninguém saiu, assistindo do conforto de suas casas, se é que estavam, tomando cuidado para não balançar as cortinas. Talvez, porém, saíssem todos para falar disso depois que a polícia fosse embora — depois que me levassem. Talvez comentassem que sempre souberam que havia algo de estranho naquela mulher, naquele casal. Algo de errado e obscuro, algo que alertava que seria apenas uma questão de tempo até tudo terminar, e tragicamente.

Talvez a cidade fosse mais parecida com Copper Falls do que jamais imaginei.

O policial que batia nas portas chegou ao final da rua e voltou, parando para falar com outro policial a poucos metros. Gesticulou para as casas adjacentes, balançou a cabeça e deu de ombros. No meio-fio, tentei mexer os dedos dos pés dentro dos sapatos que me trouxeram lá de dentro depois que perceberam que eu estava descalça. Eu nem tinha reparado.

Contudo, obviamente, eu estava em estado de choque. Sei disso porque Kurt Geller assim me disse.

— Diga a eles que foi legítima defesa e que você gostaria de falar com seu advogado antes de prestar depoimento — orientou. — Eles vão tentar convencê-la a falar. Não fale. Você não pode falar nada esta noite.

— Não posso? — perguntei, e a voz de Geller assumiu um tom paternal.

— Ninguém no seu lugar é capaz de ter essa conversa, Adrienne. Não agora. Você perdeu o marido e acabou de matar um homem. Está traumatizada, quer sinta, quer não. Quando disserem que está liberada, vá embora.

Na verdade, eu não me sentia traumatizada. Não sentia nada, exceto o tipo de cansaço que se tem quando se passou o dia todo usando o corpo para empurrar coisas. O tipo de cansaço que sentiria após escovar, esfregar a ferrugem, ou desenterrar o carro de uma pilha de neve depois que Dwayne estupidamente o atolou pela terceira vez naquele inverno. Usando a pá como uma marreta para quebrar a crosta de gelo imundo, misturado a sujeira e o cascalho, pois era quase impossível lascá-lo. Trabalhava até as mãos doerem e as axilas se encharcarem de suor dentro do meu casaco de inverno. Cavava sem ver fim, o mundo inteiro reduzido ao movimento da pá e ao bufar áspero da minha respiração, absorta no trabalho até vê-lo finalizado. E, então, abatia-me a exaustão, tão pesada que me prendia no lugar onde eu me sentava assim que parava de me mover, de maneira que eu não conseguia fazer absolutamente mais nada, nem mesmo me curvar para desamarrar as botas ou erguer a mão para abrir a jaqueta.

Minhas 24 horas como Adrienne Richards não exigiram pá nem limpeza — havia pessoas que faziam tudo por ela; cruzes, até mesmo o gato tinha uma caixa de areia robótica que se autolimpava toda vez que ele fazia as necessidades —, mas a exaustão era a mesma. Eu andava o dia todo usando a identidade de outra mulher como uma segunda pele, e isso pesava. Tudo o que eu queria era voltar para casa, deslizar meu corpo por entre os lençóis incrivelmente sedosos e fechar os olhos para o mundo. Passar a noite com o meu eu despido. Apenas Lizzie, a garota morta-viva, aliviada do peso de ser Adrienne Richards por algumas horas, antes de acordar para vesti-la novamente.

Mas não dava para abandoná-la. Não agora, não ainda. Talvez não por muito tempo, e a exaustão me abateu ainda mais, pois percebi que não havia mais nada a fazer senão seguir em frente.

As palavras de Geller ecoaram de novo na minha cabeça: *você está traumatizada, quer sinta, quer não.* Na minha vida anterior, o meu desejo seria dar um tapa no homem que me dissesse isso. Agora, porém, eu estava grata, por mais condescendente que fosse, ou talvez porque o fosse. Facilitava as coisas. Adrienne não tinha amigos, mas tinha pessoas como Kurt Geller ou Rick Politano, pessoas que se alegravam muito em instruí-la sobre os detalhes de quem ela era, como se sentia. Isso me fez pensar em uma história assustadora que li quando criança, uma em que uma mulher acorda no meio da noite com o marido despindo-a delicadamente, estende a mão para o abajur, e o marido lhe afasta a mão. Tem algo meio errado, não muito familiar, mas ela está com muito sono para pensar; é mesmo um pouquinho sensual. Fazem amor no escuro — e então ela acorda na manhã seguinte e encontra o marido morto no chão do quarto; morto há várias horas. O corpo dela está coberto de digitais sangrentas, e há uma mensagem rabiscada no espelho do banheiro: *AINDA BEM QUE NÃO ACENDEU A LUZ.*

Adrienne sempre teve pessoas ao lado para segurar sua mão, para guiá-la pelo escuro, a fim de garantir que ela fizesse o que se esperava dela. Agora seguravam a minha. Se eu quisesse saber como ser ela, tudo o que eu precisava fazer era perguntar — e, ao contrário da mulher na história, eu apostava que eles nunca saberiam a diferença.

— Sra. Richards?

Ergui os olhos. Havia um homem parado na minha frente. Vi primeiro os sapatos, marrons e surrados, depois levantei o queixo para ver o rosto. Trazia olhos cansados em um rosto de meia-idade e uma barba loira desalinhada que me fez sentir pena por ele, não apenas porque a barba era terrível, mas porque, aparentemente, não havia ninguém em sua vida que o amasse o suficiente para lhe dizer que ela não estava lhe caindo bem. Não usava aliança de casamento, mas havia um distintivo de ouro pendurado no pescoço em que se lia DETETIVE. Olhei para ele e fiz que sim com a cabeça, pensando se deveria parecer assustada, depois percebendo que não precisava parecer nada. As instruções de Geller foram um golpe de gênio; eu estava traumatizada, quer sentisse, quer não, o que significava que o trauma teria a aparência que eu quisesse. Se eu gritasse e arrancasse os cabelos, isso era o trauma. Se eu me mostrasse calma demais, era o trauma também. O trauma tinha fervido em minha mente cada detalhe da horrível provação desta noite, a menos, é claro, que houvesse inconsistências na minha história, caso em que o trauma tinha fragmentado minhas lembranças. O trauma explicava tudo. O trauma era a minha nova religião.

— Sra. Richards, sou o detetive Fuller — falou o homem. Ele estendeu a mão, e eu estendi a minha, mas, em vez de apertá-la, ele me puxou e me pôs de pé. O cobertor caiu dos meus ombros quando me levantei, e eu tremi, abraçando meu próprio corpo. Por trás de mim veio o som de rodinhas sobre pedra: virei-me bem a tempo de vê-los saindo com uma maca pela porta, um saco de borracha preto amarrado em cima. Alguém já havia fechado, e Dwayne já não passava de uma massa informe lá dentro. Nem sabia ao certo qual tinha sido o fim da cabeça dele. *Sem olhar pela última vez,* pensei. E sem despedidas também: a maca desapareceu na traseira de um furgão, e um dos policiais bateu a porta para fechá-la.

Voltei-me para o detetive, que me observava, as sobrancelhas arqueadas.

— Foi legítima defesa — falei.

— Levaremos tudo em consideração, Sra. Richards. Mas gostaríamos de falar com a senhora na delegacia.

— Um advogado não deveria me acompanhar?

— É apenas uma conversa casual. Não precisa prestar depoimento. Mas os peritos ficarão dentro da sua casa por um tempo ainda, então vamos lá. Vamos para um local mais confortável, sim? Pode ir no meu carro.

Ele gesticulou, e eu segui, arrastando os sapatos apertados de Adrienne. Deixei o cobertor onde ele tinha caído, mesmo com a noite fria, e eu já sentia falta de seu peso nos meus ombros. Eu me perguntei se Geller iria gostar que eu fosse tão cooperativa, mas era tarde demais para perguntar. Se eu ligasse novamente para ele esta noite, seria porque fui presa.

A DELEGACIA FICAVA A UMA viagem curta de carro, mas fiquei desorientada no espaço de poucas quadras à medida que deixávamos o bairro de Adrienne. Dobrei o pescoço, buscando um ponto de referência, mas não vi nada, e um nó claustrofóbico se formou no meu estômago. Ao sol, cercado por outras pessoas, o anonimato da cidade era como a liberdade; agora, os quilômetros de ruas vazias faziam com que eu me sentisse presa e exposta, perdida em um mar de tijolos iguais e vitrines fechadas, saguões vazios atrás de vidraças que refletiam um brilho pálido sob os postes de luz. Então a viatura fez uma curva, e apareceu um grupo de edifícios mais altos.

— Chegamos — avisou Fuller, e eu murmurei "hum", porque não sabia a qual dos edifícios nós "chegamos", e talvez devesse saber. A delegacia era grande, uma caixa de tijolos grossos com uma única fileira de janelas estreitas disposta na lateral. Parecia mais uma fortaleza do que uma prisão, projetada para impedir que as pessoas entrassem e não fugissem. Fuller me conduziu atravessando portas, passando por um balcão de segurança com um policial que bocejava atrás; entramos em um elevador onde ele apertou um botão e subimos em silêncio até o sexto andar. Abertas as portas, saímos e viramos à direita em um longo corredor no qual as portas se abriram dos dois lados, dando para salas vazias.

— Estamos com pouca equipe esta noite — comentou Fuller para puxar conversa. — Toda vez que levamos um campeonato em cima dos Yanks, tem um pessoal que fica animado demais e tenta botar fogo na cidade.

— Ah — falei.

— Não é fã de beisebol, *né*?

— Ah — repeti. — Beisebol. Não. Não muito. — A verdade para Adrienne, uma mentira para mim. Assistir ao beisebol era uma das poucas coisas que Dwayne e eu sempre fizemos juntos e ainda vínhamos fazendo; há anos ele não lançava uma bola, mas gostava de gritar diante da TV, particularmente quando um dos árbitros era um mesquinho quanto à zona de *strike*. Se não fosse pelos acontecimentos dos últimos dias, teríamos assistido ao jogo esta noite, e foi estranho perceber que eu nem tinha me tocado; que o mundo continuava o mesmo enquanto eu ateava fogo em tudo.

— Aceita um café? — perguntou Fuller.

— Não, obrigada.

Desejava um café mais do que tudo, não pela cafeína, mas pelo calor do copo, o amargo familiar e reconfortante daquele primeiro gole. Café era café, não importava a lonjura que se viajava, não importava quem você era. Certa vez, contudo, vi um filme em que enganaram alguém desta maneira: pegaram o copo e usaram para analisar o DNA. Não sei se era verdade, ou mesmo o que fariam com o meu DNA caso o tivessem, mas a voz daquela sobrevivente ecoando na minha cabeça — uma voz que começava a soar cada vez mais como a da própria Adrienne a cada minuto que passava — me alertava para não arriscar.

— Se mudar de ideia... — disse Fuller e depois se afastou sem terminar a frase. Apontou para uma fila de cadeiras no corredor. — Aguarde só um segundo, Sra. Richards. Agradeço a sua paciência.

Limpei a garganta.

— Adrienne — falei. — Por favor, me chame de Adrienne.

É o que teria dito a própria.

NÃO PRECISEI ESPERAR muito até Fuller voltar com outro policial, um homem de uniforme e com cara de que tinha se formado no ensino médio na semana passada. Olhou para mim, e eu senti os pelos no pescoço se arrepiarem. Havia uma expressão estranha no rosto, como se estivesse na expectativa de algo, como se talvez nos conhecêssemos. Uma onda de pânico correu pela minha espinha: Adrienne tinha amigos no Departamento de Polícia de Boston? Ou, pior, mais do que amigos? Subitamente me ocorreu que Dwayne podia não ter sido o único amante de Adrienne; parecia que ela havia trepado com este policial com cara de bebê e com todos os amigos dele.

— O policial Murray se juntará a nós — avisou Fuller.

— Oi — cumprimentei.

— Prazer em conhecê-la — disse Murray, e senti todo o meu corpo relaxar: *ele não a conhece*. A emoção deve ter se estampado no meu rosto, porque o policial mais jovem balançou a cabeça, mortificado. — Digo, não é um prazer em tais circunstâncias. Não quis parecer...

— Não importa, oficial — cortou Fuller. Ele apontou, e entramos em uma sala que parecia projetada para fazer as pessoas terem vontade de dizer aos policiais o que eles queriam ouvir, só para que pudessem ir embora. Não havia quase nada, e era muito iluminada, com uma janela manchada que dava para o corredor. O único móvel era uma mesa e cadeiras de metal, e via-se uma câmera montada em um canto alto. A voz de Adrienne soou na minha cabeça novamente: *ninguém fica bem deste ângulo.*

Estremeci.

— Tudo bem, Sra. Richards — disse Fuller e se sentou em uma das cadeiras. Murray, muito educado ou apenas fingindo ser, puxou uma cadeira do outro lado da mesa de Fuller e fez sinal para que eu me sentasse, e assim o fiz.

Fuller sorriu. Ele tinha dentes bonitos; uma lástima a barba horrorosa.

— Você pode ir embora, se quiser — falou, e pensei nas instruções de Geller. Era o momento que eu esperava. *Ele disse que posso ir embora.* Mas eu deveria me levantar agora, quando acabei de me sentar? Será que Adrienne, traumatizada, aterrorizada e esperando para descobrir que o marido estava morto, ficaria tão ansiosa para voltar para a casa vazia onde ela tinha acabado de balear o amante? Eu sabia que ela não agiria assim. Não agora. Não ainda. — Certo — disse ele. — Sei que é tarde e que todos nós queremos ir para casa, então vamos agilizar aqui. Mas será melhor para todo mundo se ouvirmos o seu lado da história agora, enquanto ainda está fresca.

— Foi legítima defesa — repeti. Era tudo o que eu deveria dizer, mas os dois homens me observavam, esperando por mais, e o silêncio se estendeu por um tempo desconfortável. Foi legítima defesa; e o que mais? Engoli em seco, abraçando meu próprio corpo. Talvez fosse a minha vez de fazer uma pergunta. — Ele matou... ele disse que matou o meu marido. Vocês o encontraram? Encontraram o Ethan? — perguntei.

Fuller e Murray se entreolharam.

— Estamos cuidando disso — respondeu Fuller. — Mas não tem por que acreditar, sabe...

— Mas ele *afirmou*! — gritei e, incrivelmente, talvez apenas por pura exaustão, senti meus olhos se encherem de lágrimas. Funguei e as enxuguei, lembrando a maneira como Adrienne pressionava um dedo na pálpebra inferior para deixá-las escorrer, porque esfregar o olho como uma pessoa normal borraria o rímel. Fuller se inclinou.

— Ouça, tente não se preocupar com isso agora. Vamos encontrar o seu marido. Prometo. Vamos retomar, certo? Por que não nos fala um pouco da sua origem, um pouquinho mais sobre você. Sem pressão. Você é do sul, né?

Funguei novamente.

— Carolina do Norte.

— Ótimo — disse Fuller. — Muito bom. De Raleigh, capital?

— Não — respondi e ouvi a voz de Adrienne. Primeiro na minha cabeça e, depois, saindo da minha boca. — Oeste. Perto das Montanhas Blue Ridge.

— *A estrada ensinou/ O que eu sei, o que eu sou* — gorjeou Fuller de repente, com uma voz rouca, mas incrivelmente afinada, e sorriu. — Desculpe, não resisti. É um lugar bacana. Volta muito *pra* lá?

Fitei-o fixamente.

— Não.

Concordou com a cabeça.

— Seus pais ainda moram lá?

— Só a minha mãe. — Parei para pensar. Eu sabia muita coisa sobre isso; Adrienne foi sincera comigo sobre a condição da mãe, como ela se sentia com isso, o pouco que se importava. Mas ela falaria sobre isso com este homem?

Não. Nunca.

— Ela está... em um asilo. Doença de Alzheimer.

— Não a visita?

Fiz que não com a cabeça e funguei mais uma vez, para soar convincente.

— Ela está em uma condição péssima. Visitas a perturbam.

— Claro, claro — falou Fuller. — Então, nenhum outro familiar? E por aqui?

— Apenas o meu marido.

Ele inclinou a cabeça.

— Faz tempo que estão casados?

— Dez anos.

— Muito tempo — falou. — Nunca cheguei tão longe. Qual é o segredo?

Quase respondi. A pergunta foi tão casual, tão fluida, que quase não percebi como beirávamos o casamento de Adrienne, a felicidade de Adrienne, o relacionamento de Adrienne com Dwayne — que eles sabiam, não? Precisavam saber. Relanceei os olhos de Fuller para Murray, imaginando se o outro policial entraria na conversa, mas aparentemente ele não tinha falas. Fuller limpou a garganta, abriu a boca para fazer outra pergunta — e então alguém bateu no vidro, e ele piscou contrariado. Do lado de fora, outro homem trajando roupas simples estendia o polegar e o mindinho da mão, o símbolo universal de *ligação telefônica*.

— Com licença — falou Fuller. — Só vai levar um segundo.

Fuller saiu, fechando a porta atrás de si. Na fração de segundo antes de fechá-la, ouvi-o rosnar para o aparelho: "Espero q...", começou a dizer, e então a trava clicou e se fez o silêncio. Fiquei sozinha com Murray, que agora olhava para mim com um misto de desprezo e nervosismo, como se eu fosse um monte de vômito em um tapete que ele temia ser encarregado de limpar. Ele olhou para a câmera e voltou os olhos para mim. O corredor para além do vidro estava vazio, e tanto Fuller quanto o policial que tinha sido interrompido não estavam mais enquadrados. Passaram-se longos segundos sem que ninguém falasse. Abracei os braços com mais força no peito.

— Está com frio? — perguntou Murray.

— Um pouco.

— Humm — murmurou. Ele olhou de relance na direção da porta e, em seguida, para o corredor atrás do vidro (ainda vazio) e se aprumou na cadeira. Seu pomo de adão continuava subindo e descendo como se estivesse se preparando para dizer algo, depois decidindo melhor. Será que ele tinha sido instruído a não falar comigo e, se sim, por quê?

— Sabe — falou finalmente —, fiquei diante da sua casa hoje mais cedo. Fiquei plantado lá por um bom tempo, na verdade.

Tentei manter o rosto neutro.

— Jura? Não vi você.

— Bem, eu vi você — falou. Sorriu para mim, pretensioso. — Como estava o jantar? O que pediu, comida japonesa?

Eu começava a suar. Por quanto tempo ele tinha ficado lá, observando?

— Sim. Estava boa. — Uma mentira: achei que comida japonesa seria parecida com comida chinesa, salgada e gordurosa, mas é claro que Adrienne não comia essas coisas. Seu pedido acabou sendo uma bandejinha repleta de peixe cru e uma segunda cheia de algo viscoso, provavelmente algas marinhas. Comi torcendo o nariz, desesperada. Murray ainda sorria.

— Não é a primeira vez que conversa com um policial hoje, *né*?

Meu estômago embrulhou; as algas ameaçavam voltar.

— Como? — perguntei.

— O tira estadual. O quê? Achou que a gente não sabia? Ele achava que este tal Cleaves podia estar indo fazer uma visita na sua casa. Acho que ele tinha razão.

— Eu não chamaria de *visita* alguém invadindo a minha casa no meio da noite — vociferei, e as sobrancelhas de Murray se arquearam.

— Segundo o laudo, ele tinha uma chave.

— Ele deve ter roubado.

— Você não lhe deu uma cópia? Ouvi dizer que vocês tinham um caso.

— O que você está... — comecei a dizer, percebendo que eu estava mordendo a isca, que eu deveria calar a boca, e então a maçaneta da porta se moveu, e nos voltamos para ver Fuller retornando à sala. Trazia uma expressão estranha no rosto e um bloco de notas na mão. Fechou a porta e depois se recostou nela em vez de se sentar.

— Sra. Richards — falou. — Era a polícia do estado do Maine ao telefone.

Pestanejei.

— *Okay* — falei devagar.

— Esperava discutir isso com você. — Parecia cansado. — É do meu conhecimento que, antes de atirar em Dwayne Cleaves, um policial foi à sua casa à procura dele e que você e Cleaves vinham tendo um caso. Você planejava nos contar isso?

— Achei que... — A voz foi sumindo. Sacudi a cabeça. Agora seria um bom momento para voltar a chorar, mas meus olhos estavam repentina e irritantemente secos. — Não me lembro do que eu disse ou não — choraminguei. — Passei por muita coisa esta noite.

— Claro — falou Fuller. Mas, quando ele olhou para mim, os lábios apertados, pensei: *sim, aí está*. Já vi essa expressão antes. Na verdade, apenas poucas horas atrás, no rosto de Ian Bird. Era a irritação presunçosa de um homem que acha que sabe exatamente quem você é, que tem certeza de que ele é o cara mais inteligente da sala. Bem, ótimo. Eu esperava que Fuller pensasse que Adrienne era uma idiota. Quanto menos pensasse nela (em mim), menos tempo ele desperdiçaria se questionando do que eu era capaz.

Fuller suspirou.

— Está bem, Sra. Richards. Lamento, não há maneira fácil de dizer isto. A polícia de... hã... — ele olhou de relance para o bloco na mão — de Copper Falls encontrou a caminhonete de Dwayne Cleaves e alguns, hum, restos humanos.

Fiquei boquiaberta e pensei *caramba!* Cogitei essa possibilidade, a chance ínfima de alguém do seguro tropeçar no corpo, mas achei que levaria semanas. Tempo de sobra para Dwayne e eu desaparecermos. Eu me achando tão esperta: sabendo como as coisas funcionavam em Copper

Falls, nunca ocorreria a ninguém que não seria Dwayne na caminhonete. A mãe pressionaria pela liberação do corpo para que pudesse enterrá-lo no jazigo da família atrás da igreja no topo da colina, antes da primeira geada — e os policiais locais iriam no embalo dela, ansiosos para deixar toda a imundície para trás. Haveria muito falatório sobre não prolongar as coisas, de maneira que a comunidade iniciasse o processo de cura. Certamente, não haveria razão para conectar um assassinato seguido de suicídio em uma cidadezinha rural do Maine com o desaparecimento de um bilionário desonesto e sua esposa em uma cidade a centenas de quilômetros de distância. E, com um pouco de sorte, pensei, eis onde terminaria: com Adrienne e Ethan enterrados nos túmulos com os nossos nomes, e Dwayne e eu sentados em uma pilha de dinheiro em algum pântano, comendo carne-seca de porco selvagem e imaginando o que viria pela frente.

Esse plano foi por água abaixo, por um milhão de motivos. Mas minha sorte foi: era por isso que Ian Bird havia saído com tanta pressa e não tinha ficado à espreita quando Dwayne voltou no meio da noite.

Fuller e Murray ficaram olhando para mim, e eu apertei as mãos no coração, tentando parecer destroçada.

— Restos humanos? — perguntei. — Ó, céus. Você quer dizer... Ethan? São do Ethan?

— Não temos certeza, senhora. Havia fogo, e os restos mortais... bem, podem levar um tempo para serem identificados. Mas, sob tais circunstâncias, e dado o que a senhora alega que o Cleaves lhe falou... — Fez uma pausa, anuindo com a cabeça, pressionando os lábios um no outro. — Achamos que pode, sim, ser o seu marido.

Enterrei o rosto nas mãos. Ainda sem lágrimas. Tudo transcorria muito rápido. Eu devia ter ido embora quando disseram que eu podia; agora a melhor coisa a fazer era dar no pé. Já.

Abaixei as mãos e olhei para Fuller.

— Falou que eu estava liberada, certo?

Ele pareceu alarmado.

— Sim, senhora, mas...

— Não consigo. É demais. Preciso dormir, e preciso falar com o meu advogado antes de prestar depoimento, e eu preciso ir para casa.

— Senhora, se me permitisse apenas uma pergunta... — começou Fuller, e, finalmente, *finalmente*, meus olhos voltaram a lacrimejar. Foi porque a última coisa que falei era verdade: eu precisava ir para casa. Desesperadamente. Contudo, quando falei a palavra "casa", a imagem que me passou na mente não foi a casa geminada onde Adrienne Richards morava na cidade, ou mesmo a casinha suja onde construí uma vida com Dwayne. Era o ferro-velho, o nosso pequeno trailer montando guarda com os montes se elevando atrás, meu pai lá dentro, descansando na frente da TV, cochilando do jeito ridículo que sempre fazia à noite, com uma lata de cerveja na mão e uma tigela de amendoim equilibrada na barriga. Uma casa que nem existia mais, porque ateei fogo nela até virar cinzas.

— Por favor — implorei, e, como se no momento exato, como algo saído da porcaria de um filme, meus dois olhos se encharcaram ao mesmo tempo e derramaram duas lágrimas perfeitas que escorreram pela minha face. Os dois se retraíram, e eu sabia que tinha vencido.

ADRIENNE TINHA UM aplicativo no celular que chamava um carro para você. Achei que fosse complicado, mas, assim que o elevador chegou ao térreo, o celular de Adrienne recebeu uma mensagem: *para onde?*, e eu simplesmente toquei na opção mais alta. Uma resposta honesta, mesmo que significasse algo diferente para o telefone do que para mim. O carrinho cinza na tela rastreou meu caminho pela cidade, refazendo minha rota anterior. Para onde eu queria ir?

Para casa.

Seja lá o significado disso.

Temia que a rua estivesse bloqueada, mas estava tranquila e quase deserta. O furgão do médico legista e todos os carros de polícia desapareceram. Permanecia apenas um único SUV, com dois peritos, um homem e uma mulher de jaqueta encostados nele. Ela fumava; ele ria. Os dois me olharam com curiosidade quando saí do carro. Brandi as chaves.

— É a minha casa.

— Oh — falou a mulher. — Sim, tudo bem. Acabamos aqui. Pode entrar.

— Certo — falei. Na mão, o celular vibrou, convidando-me a avaliar a corrida. Insistente. Isso me fez pensar nos policiais me incitando a falar antes mesmo que o cadáver de Dwayne esfriasse. *Será melhor para todo mundo se ouvirmos o seu lado da história agora, enquanto ainda está fresca.* Comecei a subir os degraus da frente, coloquei a chave na fechadura.

— Ei — chamou o perito de jaqueta. — Sabe como vai estar aí dentro, *né*?

Virei-me bem a tempo de ver a mulher bater o cotovelo nas costelas do homem e fazer um "xiu" para que ele se calasse. O homem se encrespou.

— Como? — perguntei com cautela.

— Digo — falou o homem, afastando-se para evitar outra cotovelada —, acabamos de ensacar. Sabe como é. A gente não limpa nada.

— Ah! — Acenei com a cabeça, como se entendesse, e virei a chave. A porta se abriu e depois se fechou atrás de mim. Observei através do vidro a mulher apagar o cigarro e os dois entrarem no SUV, ligarem o motor, irem embora. Subi as escadas no escuro.

Só poucos minutos depois, parando à porta do escritório de Ethan Richards, que percebi o que significava a tecnologia pericial. Foi-se o corpo, é claro — vi quando o levaram no furgão —, mas ainda havia pedaços do Dwayne no escritório. Uma mancha na quina da mesa de mogno, uma manchinha vermelha, quase um círculo perfeito, no chão acarpetado. O gato saiu do escuro e começou a rodear minhas pernas enquanto eu ficava lá, olhando para tudo o que restava do meu marido. O sangue secando até virar uma mancha de ferrugem no carpete. A última sujeira que ele deixou.

Obviamente, seria eu quem limparia tudo.

Ou talvez — a voz de Adrienne bocejou na minha cabeça — *você queira pagar alguém para esfregar no seu lugar. Ou tacar fogo. Jogar fora. Que seja. Afinal, sempre achei brega esse chão todo acarpetado.*

Aos meus pés, o gato se ergueu sobre as patas traseiras, miando, implorando por atenção. Curvei-me, coloquei-o nos braços, aconcheguei-o e fechei a porta do escritório. O Sol nasceria em apenas algumas horas, e, quando isso acontecesse, eu teria trabalho a fazer. Entretanto, no corredor, naquele quarto azul-escuro, não havia nada a fazer senão dormir, e assim o fiz. Um sono profundo. Sem sonhos. Mortal.

BIRD

O fogo consumiu o homem da maneira como o fogo devora: de fora para dentro, começando pelas extremidades. Os menores pedaços eram sempre os primeiros a serem engolidos pelas chamas. Orelhas, nariz, dedos dos pés, dedos das mãos. Foram-se todos eles. O corpo na caminhonete de Dwayne Cleaves queimou ininterruptamente por bastante tempo. Não havia pés nem mãos, e o mais inquietante de tudo: não havia rosto, apenas uma massa inexpressiva de carvão com duas pequenas depressões onde eram os olhos. Quando o Sol encimava o topo dos pinheiros na borda leste do ferro-velho, não restava mais nada aos técnicos senão vasculhar as cinzas em busca de pedaços que tivessem deixado escapar, os dedos dormentes de frio. Na maior parte das vezes, não encontraram nada. Apenas cinzas sobre cinzas, tudo encharcado e fedendo à fumaça, alcatrão e borracha derretida. A equipe forense do estado manteve os olhos no trabalho; os policiais locais se entreolhavam de soslaio, desconfortáveis, por cima das máscaras que lhes forçaram a usar para proteger os pulmões das partículas tóxicas. Em comparação, o clima no lago na manhã anterior tinha sido, sobretudo, alegre. Aquele loiro idiota quase dando uma risadinha por causa da verruga e do fato de que todos sabiam sobre ela, quase rindo da defunta Lizzie Ouellette, uma pobre vagabunda. Aquele mesmo homem estava aqui, agora; Bird o reconheceu somente pelos olhos atentos, e a parte visível do rosto acima da máscara e abaixo da aba do chapéu estava pálida e suada. *Agora não vai rir, né, chefia?*

Era difícil saber o que deixava os moradores locais mais desconfortáveis: o fato de o corpo não ser de nenhum deles ou o fato de o bom amigo Dwayne Cleaves ser oficialmente um assassino múltiplo que agora jazia morto em um necrotério da cidade. Bird contou ao xerife Ryan, que contou ao restante, e a notícia se converteu num peso descomunal quando os policiais de Copper Falls perceberam o significado dela, e o que ainda estava por vir. A imprensa ainda não tinha ouvido os rumores, mas era apenas questão de tempo. Quando soubessem, baixariam em Copper Falls como abutres, lutando e rosnando até arrancarem o último pedaço de carne dos ossos da tragédia citadina. O legista falou a Bird que talvez tivessem restado alguns dentes para a identificação, cerrados atrás da máscara preta carbonizada que já havia sido o rosto de um homem. O médico legista precisaria colocar as mãos nos prontuários odontológicos, mas, no que tangia a Bird, era apenas uma formalidade. O pessoal de Augusta só confirmaria o que ele já sabia: este corpo carbonizado, os braços manetas curvados como se ainda tentassem afastar as chamas que se aproximavam, era Ethan Richards.

O xerife Ryan, os olhos vermelhos nas bordas e aparentando ser quinze anos mais velho do que na manhã anterior, puxou a máscara e esfregou a mão na barba grisalha do queixo.

— Mas que inferno — falou Ryan. — Sei que sempre dizem isso, mas, caramba, eu conhecia o Dwayne Cleaves há muito tempo. Todos nós aqui. É difícil acreditar que ele mataria a esposa. Mais difícil ainda é acreditar que ele faria uma coisa assim. Queimar um homem até a morte. Céus.

— Bem, provavelmente ele já estava morto antes de queimar — comentou Bird. — Ou inconsciente, talvez. Mas entendo o que diz.

— Disseram que estão quase acabando aqui. Debbie Cleaves é de acordar com as galinhas. Gostaria de ir bater na porta dela antes que outra pessoa vá. Ela vai ter um dia péssimo pela frente. — Sacudiu a cabeça. — Boston. Droga. Eles têm certeza de que é ele?

— É o que parece — respondeu Bird. — Ela terá que viajar até lá para reconhecer o corpo, é claro.

— É claro.

Bird contemplou o Sol nascer vermelho acima da copa das árvores e subir até transbordar a luz, iluminando as ruínas fedorentas e enegrecidas do ferro-velho, dissipando as últimas gavinhas da névoa matinal rastejante. Observou a equipe fazer as malas, os policiais locais se trombando desajeitados enquanto esfregavam as mãos frias e evitavam contato visual. Myles Johnson não estava entre eles, e Bird se perguntou se ele sabia o que se passava. O que havia se passado. Ele e Dwayne Cleaves não viajariam mais juntos para caçar — mas, depois dos últimos dias, talvez Johnson não estivesse mais tão interessado em matar por esporte. Bird deu de ombros para si mesmo. De todo modo, não era da conta dele. Atendo-se ao que lhe cabia, teria ido embora de Copper Falls ao pôr do sol. Esperou até o último carro sair, depois entrou na viatura e seguiu a caravana até a cidade, onde parou em um espaço junto à extremidade do prédio municipal que abrigava o departamento de polícia. Manteve o motor ligado, aumentou o aquecedor e fechou os olhos. Mais tarde, os amigos e os familiares de Dwayne Cleaves precisariam ser interrogados novamente, a papelada precisaria ser arquivada, e o café precisaria ser adquirido com urgência e prioridade máxima. Todavia, pelo menos na próxima hora abençoada, não havia nada a fazer senão tirar um cochilo.

O *zum-zum* do celular o despertou um tempo depois — *não deu nem pro cheiro,* pensou Bird e olhou para o relógio para perceber que haviam se passado apenas 25 minutos. Era um e-mail: o laudo preliminar da autópsia de Lizzie Ouellette estava completo. Rolou rapidamente o documento na telinha. Em sua maior parte, uma reafirmação do que já sabia ou imaginava.

CAUSA DA MORTE: FERIMENTO À BALA, CABEÇA.

FORMA DA MORTE: HOMICÍDIO.

A informação que ele procurava vinha ao final do relatório, e ele franziu a testa ao ler.

Uma perfuração na dobra interna do antebraço esquerdo causada, aparentemente, por injeção.

Hematomas na pele. Lizzie usava, então. Ela e Dwayne, provavelmente — geralmente era assim que funcionava —, mas ficou triste por vê-la no papel, quase desapontado com ela. Ele tentou imaginar: Lizzie no quarto, uma agulha no braço. Dwayne, ao lado da cama com uma arma. E, então, como se nem pertencesse à história, despenca Ethan Richards em cena. Bird gemeu, esfregando os olhos. Ainda precisava de um café, mas também não precisava para saber que, tão logo tomasse um, a história que este caso parecia contar ainda não faria nenhum sentido. Abriu a porta do carro e deu uns socos nas coxas para fazer o sangue circular, depois entrou severo no prédio municipal. Primeiro foi até o banheiro masculino, urinando ao lado de dois homens que reconheceu do ferro-velho e que conscientemente evitaram olhar ou falar com ele enquanto fechavam as braguilhas e saíam do local. Depois ele os seguiu por um momento, achando a delegacia mais silenciosa do que esperava. Alguns dos policiais tinham ido se trocar em casa, talvez, ou tomar um banho para se livrarem do fedor de todas aquelas horas perambulando pelas cinzas. Havia uma cafeteira com café fresco na sala de descanso, e ele encheu um copo até a borda. Então voltou ao carro e ligou para o Brady. Na linha, a voz soou grave depois do terceiro toque.

— E aí, Bird.

— Ei, chefe. Estava dormindo?

— Eu nunca faria uma coisa dessas — falou Brady. — Segura um segundo. — Fez-se um barulho quando ele pousou o celular, e Bird ouviu uma descarga.

— Sabe que tem um botão de mudo para momentos assim — brincou Bird quando Brady pegou o telefone.

Brady bufou.

— Anotado. O que tem para mim?

Bird fez o resumo: os fatos até o momento, sua frustração por sentir que deixava algo escapar. Esperou enquanto o homem mais velho lia o laudo que o legista havia encaminhado. Pensou novamente em Lizzie, marcas de agulha no braço morto e pálido, o arrependimento perplexo na voz do ex-chefe dela quando falou: "Lizzie nunca pareceu o tipo."

O tipo, pensou Bird. Havia algo nisso, a ideia de categorias, que tipo de mulher Lizzie era, que tipo de esposa, que tipo de vítima. E então:

— Oh — falou Bird. — É isso.

— É isso o quê? — Brady pareceu distraído. — No laudo? Não vejo...

— Não, não. Acabei de perceber que ainda trato o caso como um incidente doméstico.

— Bem, obviamente — disse Brady. — Esposa morta, marido desaparecido. Faz sentido.

— Se fossem apenas os dois envolvidos, sim. Entretanto, se for Ethan Richards na caminhonete, e estou bastante confiante de que seja, então visualizei da perspectiva errada.

— Não entendi aonde quer chegar.

Bird abaixou seu copo de café, pensativo.

— Adrienne Richards afirma que o marido não sabia sobre o caso. Estou aqui pensando, e se ela estiver enganada? E se Richards sabia e quis fazer algo a respeito? Talvez tudo tenha começado porque ele soube que a esposa o traía e veio até aqui para confrontar o Cleaves.

— Aham — falou Brady. — Esse cara não era um banqueiro ou coisa assim? Parece muito homem das cavernas.

— Como alguém me lembrou recentemente, as pessoas fazem loucuras por amor — filosofou Bird, e Brady riu.

— Exato. Ou por dinheiro. Havia uma foto da esposa circulando por aí, não é? Um *nude*. Vai que foi chantagem. Alguém chega no marido e diz: nos vê 1 milhão ou a gente envia esta foto safada da sua esposa para... hã...

— Para um site de fofocas? — sugeriu Bird.

— Sim, claro. Que seja. Então Richards vai lá, sozinho, para tirar satisfação, e a porra toda sai do controle.

Bird fez que sim com a cabeça, o celular pressionado no ouvido.

— Faz sentido. Mas então... você acha que a Lizzie estava no rolo também.

— Não fique tão desapontado, Bird. Não há vítimas perfeitas, *né*? Mas não, não necessariamente. Talvez ela tenha entrado de gaiato. Viu a parte do laudo do legista sobre as marcas de rastros?

— Vi.

— Então ela vai até a casa para injetar, sem saber que o marido está com o Richards lá fora. Talvez aí descubra sobre o caso. Rola uma discussão, ela esquenta...

— E Cleaves tem a espingarda — interrompeu Bird.

— Exato. Maldição, talvez ele sempre planejasse matá-la, pegar o dinheiro do Richards e se mandar.

— Um plano muito do estúpido — opinou Bird.

— Correto — falou Brady. — Mas é o tipo de plano estúpido que uma pessoa estúpida acha genial.

— Sim, é — disse Bird. — Se Cleaves queria mudar de vida, e a oportunidade se apresentou... e não se esqueça do nariz. Quem fez aquilo, foi pessoal.

— Verdade — falou Brady. — Mas, se ele odiava a esposa a ponto de matá-la...

Passaram-se uns momentos, Bird bebericando o café em silêncio, pensativo. Do outro lado da linha, Brady ficou quieto. Quando Bird voltou a falar, o tom foi contemplativo.

— Cara, o nariz. Acho que não tem como saber...

— Se foi *post-mortem* ou não? — Brady terminou a frase para ele. — Não. Especialmente com o estrago geral do rosto. Mas, pelo bem dela, a gente torce que tenha sido depois. — Parou. — Na verdade, aguenta aí. Acabei de me dar conta...

Houve um barulho novamente quando pousou o telefone. Bird ouviu o raspar de uma gaveta sendo aberta, o farfalhar de papel, e então Brady voltou.

— O laudo inicial da polícia de Boston afirma que, no local, encontraram uma faca de caçador. A mulher do Richards alega que Cleaves a ameaçou com a faca.

— Oh — falou Bird. — Se for a mesma que ele usou para...

— Sim, exatamente — disse Brady. — Vou fazer a solicitação. Talvez até analisem as digitais para nós, nos economizem um pouco de verba com os laboratórios. Aposto com você que vão achar sangue que corresponda ao do falecido. Somando isso à espingarda na caminhonete de Cleaves, eu diria que você tem toda as armas. Dá para esclarecer, sem pontas soltas. Parabéns, detetive.

— Sim. Isso foi rápido. — Bird soltou um suspiro. — Mas vou te dizer, viu, ainda queria saber o que exatamente aconteceu lá. Cleaves mata duas pessoas, então a amante do Cleaves atira nele, e agora está tudo explicado, amarradinho. E ela é a única para contar a história.

— A última fatia da pizza — falou Brady com falsa solenidade.

— E por falar em pizza — disse Bird, aprumando-se —, quanto você acha que ela herda com o marido batendo as botas?

Brady soltou uma gargalhada.

— É uma guinada e tanto. O quê, acha que *ela* deu um jeito de planejar?

— Não — respondeu Bird. Depois, completou: — Talvez. Não sei. — A soneca havia sido curta, e a cafeína incapaz de lhe aguçar os pensamentos.

— Vou tentar montar o quebra-cabeça. Digamos que você é Adrienne Richards. Você quer que seu marido morra. Então você trepa com o faz-tudo na casa de férias e, depois que ele já está comendo na sua mão, pede a ele que mate o marido. Talvez prometa fugir juntos, no final. Então, feita a façanha, você dá *pra* trás e, em vez da promessa, dá um tiro, mata o amante e fica sozinha com uma pilha gigante de dinheiro. — Brady fez uma pausa. — Quero dizer, claro, é muita frieza. Não?

— Sim — disse Bird, mas sua mente já estava vários passos adiante, dizendo *sim, mas não*. Brady estava certo: era muita frieza. Coisa de pirado também: confiar em alguém como Cleaves para executar um serviço com tantas maneiras de dar errado. E Adrienne Richards, por mais irritante e conivente que fosse, definitivamente não era pirada. — Certo — falou Bird —, ouvindo em voz alta assim, não parece lá muito plausível.

Brady riu e disse:

— Olha, eu entendo. Pontas soltas fazem parte do ofício, mas não significa que elas não vão te encafifar. Se você realmente acha que há algo aqui para vasculhar, tem todo o meu apoio.

— Mas… — disse Bird.

— Mas — repetiu Brady — às vezes está de bom tamanho saber "quem", "o quê" e "quando", e não faz sentido ficar preso ao "por quê". Sem mencionar que as pessoas preocupadas com as taxas de depuração vão se perguntar por que você está aí, olhando os dentes de um cavalo dado, quando bem podia colocar uma pedra sobre isso e fim de papo. Sabe, não falta trabalho por aqui. Esperava para mencionar isso até que você se desengalfinhasse deste caso, mas anteontem você recebeu um retorno de um dos seus casos antigos. Aquela testemunha que você procurava no caso da Ritcher? Pullman ou um nome assim.

Bird se animou.

— Pullen — corrigiu, enquanto a mente conjurava a fotografia de jornal granulada presente no arquivo do caso. Era a única foto que tinham de George Pullen, e ele mal estava enquadrado; só se dava conta dele porque era o único que olhava para a câmera, um homem de cara redonda no fim da meia-idade em meio a um grupo de curiosos que se reuniram para assistir à polícia dragar uma pedreira na busca do corpo de uma mulher desaparecida chamada Laurie Richter. George Pullen ligou para a polícia duas vezes, alegando saber algo sobre o caso, mas inexplicavelmente nunca foi interrogado. Deu chá de sumiço em 1983; em 1985, sumiu completamente do radar. Era o tipo de erro que dava ódio de ver. Quando Bird saiu à procura de Pullen, foi sabendo que o lugar mais provável de encontrar o homem era um cemitério. Mas agora…

— Pullen — repetiu Brady. — Certo, é isso. Vai adorar saber: ele é uma celebridade local no leste. O mais velho residente do lar de idosos de Stonington.

— Você *tá* de brincadeira — disse Bird. — Estava no estado esse tempo todo.

— Sim, e, se quiser interrogá-lo, vai querer aparecer por lá mais cedo ou mais tarde. Sabe o que dizem sobre as pessoas que detêm o recorde de mais velhas.

— O recorde nunca dura muito tempo — respondeu Bird aos risos. — Sim. Bem observado. Vou aparecer por lá.

— Acho que é um bom plano — falou Brady. — E, olha, não é por nada, a menos que você se mostre duro na queda... e eu digo *duro na queda*... passaríamos uns maus bocados convencendo um juiz a nos autorizar pescaria probatória para compilar provas contra Adrienne Richards. Ela é podre de rica, tem contatos. As pessoas estão de olho nisso, e um dos nossos tiras estaduais assediando uma viúva em luto que acabou de sobreviver a uma invasão de domicílio? Não pega bem.

Bird soltou um suspiro.

— Entendi. Só por curiosidade, quando você diz "duro na queda"...

— Por acaso não foi você que tirou um pau decepado do triturador de lixo dela?

Bird riu, de doer, e depois se sentiu mal por rir, mesmo enquanto pelejava para parar. Coitada da Lizzie. Morta, desfigurada, e agora fonte de piadas que você sabe que não devia fazer, e muito menos rir — o tipo de piada que os policiais contam porque às vezes é o único jeito de manter o astral e executar o trabalho, encarando o pior da humanidade, a boca do inferno, dia após dia. Ela merecia um destino melhor.

Era tarde demais para Lizzie, porém. Ela estava morta, e, para o bem ou para o mal, também estava morto o homem que a havia matado. O homem que matou Laurie Richter, por outro lado... ele ainda podia estar à solta, a propósito, depois de quarenta anos; era poético demais para ser mera coincidência. Em 1983, o caso Richter exalava na cidadezinha da Nova Inglaterra a mesma fedentina que pairava aqui: moradores que sabiam de algo, mas não falavam, ou mentiam para acobertar os próprios segredos. Circulavam boatos sobre um namorado, ou talvez vários namorados, pistas misteriosas que, *puf*, desapareciam toda vez que alguém tentava investigá-las. Rumores de que o carro de Laurie estava soterrado em uma pedreira perto de Greenville, na região de Forks, talvez até mesmo a oeste de Rangeley; a dragagem que George Pullen presenciou tinha sido uma das várias ocorridas no verão em que ela desapareceu. Naquela época, contudo, havia pedreiras e rumores demais, muitas bocas caladas e portas batidas. Saber agora que a justiça poderia ser cumprida, trazendo alívio a uma família que há muitíssimo esperava respostas…

Ergueu o polegar e o indicador para massagear os lados do nariz. Rumo ao leste, então. Se fosse eficiente, no dia seguinte já estaria a caminho da costa. Veria se George Pullen ainda se lembrava do que ele queria contar aos policiais em 1983. Talvez, na volta, fizesse uma parada em Bucksport. Havia um lugar que ele costumava ir com os pais naquela época. Comiam excelentes frutos do mar que eram sempre melhores na baixa temporada; os turistas mal sabiam o que estavam perdendo. As lagostas eram muito mais apetitosas no inverno.

Do outro lado da linha, Brady terminou de rir da própria piada de mau gosto. Houve uma pausa longa e confortável. Então Brady tossiu.

— Ó, céus — falou.

— Que foi?

— Aquela mulher do Richards — continuou Brady. — Quer apostar quanto que ela vai acabar escrevendo a porcaria de um livro?

26

LIZZIE

Por todo este tempo, pensei que conhecesse muito bem Adrienne Richards. Bem o suficiente para antecipar suas necessidades, bem o suficiente para cobiçar sua vida para mim mesma. Bem o suficiente, obviamente, para entrar nesta vida e andar por aí como se ela pertencesse a mim. E eu pensei, *pensei*, que eu sabia das coisas ruins tanto quanto das coisas boas. A solidão. O ressentimento. O anseio... por atenção, aceitação, segurança. Por um bebê que o marido admitiu, tarde demais, que eles nunca teriam.

Não sabia da missa a metade.

Acordei ao meio-dia ao som do celular de Adrienne fazendo barulho no chão. Aprumei-me na cama, a cabeça doendo, o coração acelerado, o estômago se embrulhando com o medo instantâneo e instintivo. O gato, que dormia na curva entre as minhas coxas e a barriga, saltou da cama e saiu do quarto com um miado indignado. Pelo segundo dia consecutivo, acordava neste quarto, no quarto *dela*, se muito eu me sentia até mais ansiosa e deslocada do que ontem. Naquela primeira manhã, Dwayne tinha dormido ao meu lado, e ainda éramos nós, e eu ainda era eu mesma. Agora, não. Não mais. O quarto todo parecia um campo minado: a cômoda sozinha coberta de fotografias de lugares em que nunca estive, joias que nunca usei, lembranças de uma vida que eu não vivi. Olhei para a cômoda, o arrepio na pele. Havia cinco perfumes em pesadas garrafas de vidro dispostas em uma bandejinha, e eu senti um pânico absurdo ao perceber que não fazia ideia do perfume que exalavam. Parecia impossível que apenas dois dias haviam se passado desde que apontei uma espingarda para Adrienne Richards enquanto ela apontava um dedo para mim. Desde o sangue, o fogo, a longa e silenciosa viagem para o sul, Copper Falls perdida na escuridão atrás de nós.

Balancei as pernas à lateral da cama e respirei fundo, tentando me acalmar, mas cada respiração só enchia meu nariz de aromas que não me pertenciam. Os lençóis, as roupas que eu usava, até os meus próprios cabelos tinham o cheiro do salão onde os tingi para ficarem mais parecidos com os de Adrienne, onde o cabeleireiro franziu a testa e me perguntou se eu tinha certeza, certeza absoluta, visto que a minha cor natural era tão bonita. Puxei a camiseta por cima do nariz e respirei fundo, depois suspirei de alívio. Eu fedia, mas de um jeito totalmente familiar, uma levedura um pouco amarga, como se algo dentro de mim tivesse se deslocado um pouco e começasse a vazar pelos poros. Pelo menos, as minhas axilas ainda sabiam a quem pertenciam.

O celular tinha caído na entradinha entre a cama e a parede e, quando rastejei sob a cama para recuperá-lo, entendi o porquê: ele acendia aos alertas e, com a vibração incessante, foi se aproximando da beirada da mesinha de cabeceira até cair ao lado. *Cometeu suicídio*, pensei do nada — o que me deu vontade de rir, até que o celular acendeu novamente; uma nova mensagem tinha chegado.

Lia-se em letras maiúsculas: SE MATA.

— Mas que raios? — falei alto, mas claro que não houve resposta. Eu estava sozinha na casa de Adrienne, era a única aqui a receber todas as mensagens que o mundo quisesse enviar a ela. Olhei novamente ao redor do quarto, observando todas as coisas que não me pertenciam, mas que de todo modo agora eram minhas. Minha mão com o celular pendurado de lado, vibrando periodicamente. Entrei no corredor e comecei a caminhar em direção à frente da casa.

Havia algo acontecendo lá fora. Deu para ouvir assim que me aproximei da cozinha, o murmúrio de vozes vindo da calçada abaixo. Fui até a janela e olhei para fora; lá embaixo, um bando de repórteres se agrupava na frente, empurrando-se para chegar a uma posição perto da porta. Um deles olhava para cima quando olhei para baixo, e ele gritou e fez gestos, uma dúzia de cabeças girou para olhar na direção que apontava o dedo. Olhando para mim. Recuei com tudo, mas era tarde demais. Eles tinham me visto. Então foi isso: enquanto eu dormia, alguém deve ter vazado para a imprensa a história sobre Dwayne. Descartei o rol de mensagens e abri o navegador do celular. Não foi difícil encontrar a história, detonada da noite para o dia: POLÍCIA VAI À CASA DE ETHAN RICHARDS APÓS DENÚNCIA-CRIME PELO 190. Alguém, talvez um vizinho, tirou uma foto minha sentada no meio-fio à noite, curvada em um cobertor enquanto a polícia se precipitava por toda parte. Era uma fotografia de baixa qualidade tirada à distância; não dava para ver nada além do meu cabelo, caindo em uma folha acobreada dos dois lados do rosto. A legenda me chamava de "a esposa de Ethan, Adrienne", o que foi um alívio, mesmo sabendo que Adrienne teria ficado furiosa com isso: depois de todo esse tempo, a infâmia do marido ainda era a coisa mais interessante sobre ela.

— E agora jaz morto — murmurei. A notícia era vaga quanto a isso: quem tirou a foto sabia sobre o corpo, mas não de quem era, e o repórter teve o cuidado de usar palavras como "supostamente" para descrever o que teria acontecido. Já os comentaristas da história, no entanto... não foram nem um pouco cuidadosos. Eles tinham certeza de que Adrienne Richards tinha matado o marido, e mais do que alguns pareciam irritados por ela não ter se matado também. *Aquela vadia era tão culpada quanto ele.*

Será que as coisas ficariam melhores ou piores quando a verdade viesse à tona? Não a verdade real, é claro, mas a "história verdadeira" sobre um caso sórdido entre uma *socialite* e um caipira que terminou numa série de tiros. Ficariam piores, provavelmente. Adrienne estava certa sobre algo: esta era uma história dos infernos. Todavia, do jeito que tinha imaginado, ela seria a vítima. A sobrevivente. A heroína.

Talvez ela tivesse sido. Talvez a verdadeira Adrienne encontrasse um jeito de tocar o coração de todas as pessoas que queriam vê-la sofrer. Contudo, enquanto o celular dela vibrava na minha mão, enquanto eu passava as mensagens que continuavam rolando como uma onda de malícia impossível de ser contida, pensei que ela devia estar se enganando. Não é de admirar que estivesse trepando com o Dwayne e usando drogas; não é de admirar que nunca tenha reclamado que a casa do lago não tinha sinal de celular, não tinha Wi-Fi. Deve ter sido o único lugar onde ela podia escapar de si mesma — ou da pessoa que os outros imaginavam que ela era, grotesca e hedionda e com apenas uma leve semelhança com a verdadeira Adrienne. Uma mulher tão vil que você, um estranho, não pensaria duas vezes em dizer a ela para se matar. Sacudi a cabeça. Adrienne Richards era uma vadia privilegiada, mas dane-se, ela não era um *monstro*. Observei as mensagens que iluminavam o celular como se observaria a casa de outra pessoa pegando fogo, exceto pelo fato de que eu não podia me dar o luxo de apenas assistir. Eu era a única dentro do prédio em chamas. Senti um calor terrível no rosto, a pele começando a empolar.

Na mão, o telefone começou a vibrar com urgência, e eu quase o arremessei para o outro lado antes de perceber que estava tocando: o nome de Kurt Geller apareceu na tela. Desmoronei no chão e dei um toque nela.

— Alô?

A voz de Geller estava irritada.

— Adrienne, você está bem? Deixei várias mensagens.

— Sinto muito — falei, a voz trêmula. — Eu... eu não vi. Alguém tirou uma foto ontem à noite enquanto eu estava lá fora com a polícia, e agora caiu na internet. Meu telefone... É horrível o que as pessoas estão me enviando.

— Ah — disse Geller, o tom suavizando. — Lamento ouvir isso. Era esperado, infelizmente. Você lembra como foi com o Ethan.

Não fazia ideia de como havia sido com o Ethan.

— Tentei esquecer — falei com cautela, e Geller riu um pouco.

— Bem, vamos lidar com isso da mesma maneira. Vou lhe enviar uma pessoa; ela vai escoltar você a partir da sua porta. Pode vir ao escritório esta tarde, às 15h? Esta manhã passei um tempo ao telefone com um amigo da Procuradoria. Temos coisas para discutir, mas estou otimista.

— Está bem — falei. — A imprensa...

— Não fale com eles — orientou Geller. — Não fale com ninguém. Vou redigir umas declarações em seu nome depois do nosso encontro.

Depois que desliguei, fiquei onde estava, assistindo impotente enquanto as notificações continuavam acendendo a tela do celular. O telefone sobre a mesa tocou uma vez, e eu me ajoelhei para pegá-lo; ouvi a voz de uma mulher dizendo:

— Sra. Richards? É Rachel Lawrence. Sou repórter da...

Desliguei. Depois desconectei o telefone.

Enquanto eu rolava as mensagens de Adrienne, de repente me ocorreu como era estranho que o celular dela não tocasse. Havia centenas de contatos salvos, mas, fora três chamadas perdidas e dois correios de voz de Kurt Geller, mais ninguém em linha direta com Adrienne tentou ligar ou enviar mensagem. Em vez disso, inundavam mensagens de estranhos. A foto que postei ontem na conta de Adrienne acumulava dezenas de comentários. Havia mais de cem e-mails não lidos, a safra mais recente sobretudo de repórteres ou produtores de TV na esperança de uma entrevista. A polícia não parecia declarar nada no momento — todas as histórias que li diziam apenas que um homem não identificado havia sido declarado como morto no local —, mas não duraria muito. Por pior que as coisas estivessem agora, percebi que só tendiam a piorar. Depois de todos esses anos em Copper Falls, achei que soubesse o que era ser odiada. Mas isto...

Surpresa, disse a voz da Adrienne na minha cabeça. *Devia ver a sua cara neste instante.*

PONTUALMENTE 14H45, chegou o carro de Kurt Geller, embicando no meio-fio enquanto os repórteres se acotovelavam. Eu estava pronta, banho tomado e vestida, usando um chapéu de feltro de abas largas e óculos escuros extragrandes que eu tinha encontrado no armário de Adrienne. Eram os mesmos que ela tinha usado há vários anos, quando fotografaram ela e Ethan saindo de casa no auge do escândalo financeiro do marido, o que eu sabia porque pesquisei a foto na internet apenas uma hora antes. Era como uma fantasia em cima de outra fantasia: eu, vestida de Adrienne Richards, que por sua vez se vestia como ninguém. Eu estava ridícula, mas, novamente, ela também. Nenhuma de nós ficava bem de chapéu, e eu provavelmente teria de usar este por semanas. Este chapéu em particular, toda vez que saísse de casa, enquanto a imprensa estivesse acampada na minha porta.

Naquela foto antiga, Adrienne e Ethan eram parcialmente protegidos das câmeras por um homenzarrão de ombros largos, pele morena e cabeça raspada. Quando espiei pela janela, avistei o mesmo homem, agora um pouco mais grisalho nas têmporas e maior na cintura, saindo de trás do volante do carro parado ao meio-fio. Foi abrindo caminho usando os ombros, atravessando facilmente a multidão de repórteres e subindo até a porta. Meu celular voltou a tocar. Atendi, olhando da janela. Ele estava na varanda, segurando o celular no ouvido, olhando para mim. A boca formou as palavras que ouvi no celular.

— Sra. Richards? É o Benny. Seu motorista.

— Estou pronta.

— Desça, que vou escoltá-la até o carro.

Desci as escadas com cuidado, segurando firme no corrimão, o andar com pouca naturalidade nos saltos de Adrienne. Estava orgulhosa de mim mesma por pensar antecipado, experimentando todos os pares de sapatos para encontrar um que se encaixasse suportavelmente, mas esqueci a parte em que precisaria andar neles. Pelejei para não cambalear. Lá fora, apoiei-me ao máximo no Benny, balançando a cabeça em negativa enquanto os repórteres se aglomeravam ao redor, gritando perguntas e enfiando gravadores diante do meu rosto. Ao meu redor, o som do obturador disparando rápido das câmeras. Mantive a cabeça baixa, os olhos nos pés e o coração na garganta enquanto descíamos os degraus de pedra e atravessávamos a calçada. Vi a porta do carro na minha frente e, sem pensar, estendi a mão para a maçaneta.

— Senhora?

Ergui os olhos: Benny estava à minha esquerda, segurando a porta que ele tinha aberto para mim. Uma expressão estranha no rosto.

— Ah. Certo. Obrigada — falei, e ele pestanejou, as sobrancelhas se unindo como se eu tivesse dito algo errado, porque é claro que eu disse. É claro que Adrienne jamais agradeceria. Dava para ouvir a voz dela na minha cabeça agora, incrédula: *desde quando você diz "obrigada" às pessoas por fazerem o trabalho delas? É para isso que serve o dinheiro.* Mas o momento estranho foi apenas um momento, e Benny se pôs de lado. Passei por ele praticamente mergulhando no banco de trás, puxando os pés latejantes atrás de mim. Fechou-se a porta. Eu estava protegida mais uma vez, invisível atrás dos vidros escuros. Na frente, a porta do lado do motorista se abriu e depois se fechou.

— Ei — falou Benny. Ergui os olhos, cruzando com o olhar dele no retrovisor. Ainda franzia a testa. — Não se lembra de mim, *né*?

Meu estômago revirou. O que será que Adrienne falou a este homem na última vez que o encontrou? Nem adiantava adivinhar, exceto que foi provavelmente algo desagradável. Mas Adrienne não teria se perguntado nada. Adrienne não daria a mínima. Dei de ombros e desviei o olhar.

— Acho que não. Eu deveria?

Senti Benny olhando para mim por mais alguns segundos. Então, ele deu de ombros e engatou o carro.

— Acho que não — falou. — Acho que lembrar não é o seu trabalho.

A CORRIDA ATÉ O ESCRITÓRIO de Kurt Geller no centro da cidade levou vinte minutos, com outro momento estranho no meio-fio quando Benny abriu a porta e estendeu a mão para me ajudar a sair do banco de trás. Desta vez, engoli a vontade de agradecer. Será que Geller não podia arranjar outra pessoa para me levar para casa? Se bem que talvez fosse pior; até onde eu sabia, Adrienne iria pouco se foder para essa pessoa também. Talvez até pouquíssimo se foder. Meus pés já começavam a doer novamente quando atravessei as portas do saguão sobre os saltos. Alguém chamou o nome de Adrienne, e eu me virei e vi uma mulher esbelta em um terno e de saia, estendendo a mão em saudação.

— Me chamo Ilana, assistente do Sr. Geller — apresentou-se. — Ele pediu para que eu viesse recebê-la.

— Já nos conhecemos? — perguntei com cautela, ainda paranoica depois do encontro com Benny; ela, porém, apenas sorriu educadamente.

— Acho que não. Eu ainda não estava na firma quando seu marido... — Deteve-se e parou no meio da frase, franzindo a testa em gesto compassivo. — Perdão, sinto muito. Deve ser muito difícil para você.

— Obrigada — falei.

— Apenas me siga, por favor — orientou Ilana, gesticulando para o elevador. Entramos em silêncio, uma longa subida. Abertas as portas, continuei a segui-la. Passamos por uma recepcionista que me olhou com olhos de quem me reconhecia (acenei para ela com a cabeça, ela acenou de volta) e entramos no escritório onde Kurt Geller me esperava atrás de uma mesa para um aperto de mãos. Também tinha visto fotos dele, mas ainda assim fiquei desconcertada com a aparência do homem. Em Copper Falls, as pessoas eram jovens, de meia-idade ou velhas, e nunca era difícil dizer quem era o quê; cada ano doloroso se vincava no rosto com garras afiadas. Geller era como de outro planeta; podia ter seus 35 anos com fios precocemente grisalhos ou até ser um sessentão bem conservado, uma beleza eterna que eu nunca tinha visto na vida real. Ele acenou para Ilana, que saiu, fechando a porta atrás de si.

— Por favor, sente-se — pediu ele, e eu acatei, desmoronando na cadeira mais próxima. Tirei o chapéu e os óculos escuros, ainda paranoica, talvez até esperando Geller apontar e uivar para mim como o cara desengonçado no final de *Os Invasores de Corpos*. Ele apontou, mas para a cadeira vazia ao meu lado.

— Fique à vontade para colocar suas coisas aí — falou. Ainda sorria, mas era um sorriso mais atenuado. — É um prazer vê-la, Adrienne, embora, é claro, eu sinta muitíssimo que seja sob tais circunstâncias. Estimava minha relação com o seu marido e pretendo cuidar pessoalmente do seu caso. — Apertou os lábios um no outro. — Pelo que entendi, talvez o Ethan tenha sido... encontrado?

— Disseram que ainda não podem afirmar — respondi. — Mas Dwayne... o homem em que eu atirei, que invadiu a minha casa... ele afirmou...

— Entendo — falou Geller. — Sinto muitíssimo. Precisamos discutir tudo isso, é claro, mas por ora vamos deixar esse assunto de lado. Meus honorários pré-processuais aumentaram um pouco desde o caso do seu marido...

— O custo não importa — falei e ouvi a voz de Adrienne saindo da minha boca. Ela havia me dito essas mesmas palavras um bom número de vezes, sempre com uma negligência que me chocava; parecia tão alienada. Geller, porém, apenas assentiu com a cabeça. Rabiscou um número em um pedaço de papel e deslizou-o pela mesa, até mim. Contei os zeros, mantendo a expressão neutra, fingindo não ficar chocada ao saber que o homem à minha frente custava tanto quanto uma casa de três quartos.

— Quer que eu faça o cheque agora? — perguntei.

Ele fez um aceno com a mão, dispensando.

— Está tudo bem. Temos muitos assuntos a tratar. Conte-me tudo o que aconteceu ontem à noite.

E eu contei. Digo, contei *uma* história. Não uma verdadeira, mas uma bem boa. Um conto de fadas em que a bela princesa acorda sozinha em seu castelo, no meio da noite, a ponta da faca de um intruso pairando suavemente na garganta. Só com uma modernização para agradar a grande massa: nesta história, o príncipe já tinha ido para o saco, e a princesa precisou pensar rápido para se salvar com uma bala certeira.

Ele disse que o Ethan estava morto.

Disse que queria dinheiro.

Ele não sabia que tínhamos uma arma no cofre.

Contei a história. Tim-tim por tim-tim. Tão bem que até eu acreditei em mim, e por que não? Este era exatamente o tipo de brincadeira que eu sempre amei, que costumava me ocupar por horas a fio naqueles dias poeirentos de verão no ferro-velho. Sempre fui muito boa em me convencer de que eu era alguém em outro lugar — e sempre preferi fazê-lo sozinha. Outras pessoas sempre estragavam, fazendo buracos na fantasia até que ela se decompunha. Outras pessoas sempre queriam dizer por que sua história era falsa, errada, estapafúrdia, e que você estava se enganando, e que fingimento nenhum mudaria quem e o que você é. Uma princesa? Uma heroína? Um feliz para sempre? Só se for no seu sonho. Talvez depois de 1 milhão de dólares em cirurgia plástica.

Kurt Geller ouviu enquanto eu falava, fazendo anotações de vez em quando, na maior parte do tempo acenando com a cabeça. Quando terminei, ele bateu a caneta no papel em que escrevia.

— Quando comprou a arma? — perguntou.

Franzi a testa, ressentindo-me com este homem que me custava os olhos da cara para fazer um buraco na minha história, fazendo uma pergunta cuja resposta eu não sabia.

— Não sei dizer — respondi. — Tínhamos a posse legal. É o que importa, não?

— E, quando você atirou nele, onde ele estava? Em relação a você, para ser exato.

— A poucos metros. Entre mim e a porta.

Geller anuiu com a cabeça.

— Bloqueando você de sair. Entendi. E você atirou no peito dele?

Fechei os olhos, vi Dwayne cambalear para frente. O buraco na camisa se avermelhando nas bordas.

— Sim.

Outro aceno de cabeça.

— Está ótimo. — Olhou novamente para as anotações. — Antes disso, você estava sozinha em casa por quantos dias mesmo, quase dois? Você não chegou a se perguntar onde estava o Ethan, por que ele não tinha ligado?

— Não é incomum. Digo, não era. Ele ficava fora com bastante frequência. Às vezes, especialmente se fosse uma viagem curta, ele não se preocupava em manter contato. — Hesitei. — E às vezes eu não queria mesmo saber dele.

No papel, parou o *tap tap* da caneta de Geller. Ele arqueou as sobrancelhas. Deixei o silêncio se estender entre nós um pouco mais. Fazia sentido parecer relutante em contar esta próxima parte, mas eu não precisava fingir que hesitava. Eu não queria dizer isso. Dizer significava que precisei pensar sobre isso, sobre os dois juntos. Eu me contorci na cadeira.

Geller se inclinou para frente, e o sorriso desapareceu.

— Adrienne — falou —, vou lhe dizer o que digo a todos os meus clientes. Não minta para mim. Quando você mente para o seu advogado, faz de mim o mais idiota da sala. Já é ruim quando somos apenas nós dois. Pior ainda se for a julgamento. Seja o que tiver...

— Você sabe que eu tive um caso — deixei escapar, e o advogado se recostou novamente.

— Prossiga.

— Tive um caso com Dwayne Cleaves. Ele era o faz-tudo na casa do lago onde ficamos no verão. Estava infeliz e entediada, foi impulsivo, e eu só... Nem sei. — Achei que Geller me repreenderia por esperar tanto para contar essa parte, mas ele apenas assentiu com a cabeça.

— *Okay* — disse ele. — E ontem você recebeu a visita da polícia do estado do Maine, correto? Porque Dwayne Cleaves já era procurado pelo assassinato da esposa...

— Foi o que o detetive disse. O nome dele é Ian Bird.

Geller suspirou pelos lábios franzidos.

— *Okay*. Veja, Adrienne, é o seguinte. — Recostou-se na cadeira, um olhar estranho no rosto, e eu senti um nó no estômago. Preparei-me. O dedo ia subir agora, ele ia apontar e gritar: *é o seguinte. VOCÊ NÃO É ADRIENNE.*

Em vez disso, deu de ombros e falou:

— Isso não me preocupa em nada.

Pestanejei.

— Em… nada.

— Dwayne Cleaves matou duas pessoas, incluindo seu marido. Dirigiu com o carro do Ethan até a cidade, invadiu sua casa com uma chave roubada, ameaçou você com uma arma e tentou roubá-la. Evidente legítima defesa. Então, supondo que a balística confirme a mesma história… E com base no que as minhas fontes no departamento me disseram esta manhã?! Não, não me preocupa em nada. A procuradora concorrerá à reeleição mês que vem, e o alto escalão já está descrente dela depois daquela sindicância que ela instalou no departamento durante o verão. A última coisa que ela quer é cutucar onça com vara curta, arrastando a polícia para outro caso furado de grande repercussão.

— Não compreendo — falei, porque eu não compreendia, e Geller deu de ombros.

— Não quero ser insensível. Mas, como deve perceber, você é uma ré que esbanja simpatia. Você é uma bela jovem que acabou de perder o marido, que teve a coragem de atirar em um assassino que invadiu sua casa no meio da noite.

— E a relação extraconjugal?

— Mais uma vez, sem ser insensível… são os tempos do #MeToo, Adrienne. Tentar usar isso contra você é pedir para ser humilhado.

Agarrei com toda a força os braços da cadeira. Geller olhou para mim com ar solidário.

— É muito para processar — falou. — Quer um lenço?

Fiz que sim com a cabeça.

Mas eu não segurava as lágrimas. Eu me segurava para não rir.

Geller cruzou a sala, tirou uma caixa de lenços de uma estante e depois a estendeu para mim.

— Sinto muito pela sua perda — disse ele. — E pelo que você passou. Sei que não foi uma conversa fácil e aprecio a sua honestidade. É raro que um cliente se abra assim tão imediatamente.

— Obrigada — falei, pegando um lenço de papel. Levei ao rosto e então percebi que Geller ainda estava de pé diante de mim, ainda me olhando.

— O que me faz pensar — falou, a voz suave como sempre —, por que tenho tanta certeza agora de que você me esconde algo?

A casa caiu. O sangue rugia em meus ouvidos, que pareciam pegar fogo, enquanto eu, boquiaberta, fitava-o com os olhos arregalados. O lenço caiu da minha mão. Geller inclinou-se para pegá-lo, devolvendo-o delicadamente. Meus dedos se enrolaram automaticamente, mas eram a única parte do corpo que pareciam funcionar. A mandíbula ainda caída e as pernas totalmente dormentes. O advogado apenas retornou para trás de sua mesa, sentando-se novamente na cadeira. O rosto sem idade, tão bonito um momento atrás, agora parecia aterrorizante, como uma máscara por trás da qual o verdadeiro Kurt Geller me observava. Por completo. Em detalhes. Apenas a expressão nos olhos era familiar: a mesma que vi no rosto de Benny, no rosto da polícia, mesmo na expressão cautelosa de Anna quando paramos para conversar na rua. Andava muito distraída com as minhas próprias mentiras, muito preocupada em ser descoberta, que não tinha entendido o significado. Agora entendia a demora que levei para perceber: não era em *mim* que as pessoas não confiavam. Era em Adrienne.

Todas as pessoas que conheciam Adrienne, desde a colega da *SoulCycle* até o advogado, sentiam o mais profundo ódio por ela.

— Como eu ia dizendo — falava Geller —, o seu casinho em si não me preocupa em nada. E, se a promotora tentar vasculhar, tenho na manga meia dúzia de maneiras diferentes para desencorajá-la. Mas eu gostaria da verdade, Adrienne.

Finalmente, consegui fechar a boca. Engoli em seco.

— Bom, você não está entendendo muito bem — falei, e as sobrancelhas de Geller se arquearam. Dava para ouvir a raiva na minha voz, raiva que era toda minha e não parecia em nada com Adrienne. Mas não era possível retroceder. Eu não iria retroceder. Precisava ver, para saber o que aconteceria se eu não desempenhasse perfeitamente o meu papel. As pessoas sempre se prontificavam a informar Adrienne sobre o que se esperava dela. E se ela desafiasse a expectativa? — Mesmo se eu quisesse contar tudo, eu não poderia — falei. — Sei que o Ethan está morto em um ferro-velho incendiado no meio do nada. Sei que o Dwayne o matou. Mas não sei a verdade. Não sei o porquê, e agora ninguém nunca saberá, porque eu não esperei que o Dwayne explicasse suas motivações ou justificativas antes de puxar aquele gatilho. Quer a história toda? A única pessoa que poderia lhe contar está morta. Estou sossegada com isso. Se não suporta a incerteza, talvez eu deva ir atrás de outro advogado.

Ele pestanejou. Prendi a respiração.

Então, ele sorriu, a surpresa varrida do rosto, e emendou:

— Ah, isso não será necessário. E, sim, agora pode fazer aquele cheque.

DEPOIS QUE TUDO ACABOU, com o dinheiro nas mãos de Geller e sem nada para fazer senão esperar, esconder-se e confiar, pensei repetidamente naquele momento imprudente no escritório do advogado. Aquela fração de minuto em que abri a porta da minha antiga vida e permiti que Lizzie espiasse para fora, falasse, fosse vista. Um risco completamente perigoso e desnecessário, mas que precisei assumir — mesmo que apenas para provar a verdade a mim mesma. Porque acho que sabia, mesmo antes de tentar, que ninguém a enxergaria escondida lá. Acho que já sabia, antes mesmo de puxar o gatilho, talvez até mesmo antes de Adrienne entrar na minha vida. Eu era boa em fingir, em imaginar. Quando eu olhava para mim, via possibilidades. Mas acho que eu sabia que ninguém mais veria.

As pessoas veem o que esperam ver, uma vez que pensam saber quem você é. As ideias das pessoas são um fantasma que flutua à frente em todos os cômodos, esperando você chegar e então agarrando você, sujas, opacas. Acumulam-se ao seu redor ao longo da vida, camada por camada, até que o fantasma feito dos julgamentos de outras pessoas é tudo o que se vê. A biscate caipira. A sem-vergonha do ferro-velho. A vadia privilegiada. E você fica presa no centro, invisível. Encurralada. Berrando *olha eu aqui*, mas o som da sua própria reputação é tão ensurdecedor que ninguém nunca nem vai ouvir você. Quando Lizzie Ouellette estava com aquela arma nas mãos, ela era uma fantasia que eu não consegui afastar, e ninguém jamais dará falta da garota que morava ali dentro. Ninguém nem a conhecia.

Talvez minha nova fantasia vista melhor.

Talvez eu seja uma Adrienne Richards melhor do que Adrienne Richards jamais foi.

Segurei o celular dela nas mãos e dei um, dois toques na tela. Hesitei. Meu dedo pairava sobre uma caixa de diálogo que perguntava: *tem certeza disso? Esta ação não poderá ser desfeita.* Isso me fez pensar novamente naquele cabeleireiro, franzindo a testa quando expliquei o que queria. Eu tinha certeza?

Não tinha. Nem um pouco. Este era um território desconhecido. Até este momento, eu me orientei pela lógica do que Adrienne teria feito, porque fazer o que Adrienne teria feito, não importasse o que fosse, era o mais importante. Eu sabia disso. Sabia desde o momento em que puxei o gatilho que, para me safar, era preciso manter o curso. Permanecer na personagem. Se eu fosse Adrienne, precisava fazer as escolhas de Adrienne, não as minhas. E esta escolha, esta ação "irreversível", não era o que Adrienne teria feito. De jeito nenhum. Jamais.

Contudo, mais uma vez, Adrienne não era exatamente ela mesma hoje em dia. Adrienne estava em choque. Adrienne tinha passado por uma experiência traumática e, se deu de agir estranho de repente, não estava ela no direito? Seria caso de culpá-la? Você se perguntaria por quê?

— Dane-se — soltei em voz alta, sentando o dedo na tela. A caixa de diálogo desapareceu, substituída por uma nova mensagem.

Sua conta foi deletada.

PARTE 3

SEIS MESES DEPOIS

BIRD

A faca estava em um saco plástico estampado com o número do caso e protegido por uma fita vermelha que indicava que ele não tinha sido aberto desde o ano passado. Ensacado, etiquetado e esquecido. Parecia uma faca qualquer de caçador, nada de especial — a menos que você soubesse, como sabia Bird, que ela tinha sido usada, não há muito tempo, para decepar o nariz de uma mulher.

A policial atrás da mesa estava alinhada no uniforme, mas parecia mais uma bibliotecária do que uma policial, os cabelos puxados para trás e presos em um pequeno coque na nuca e os olhos grandes atrás de pequenos óculos redondos. Ela empurrou uma prancheta para Bird.

— Assina aí, e é tudo seu — informou. — Demorou até para vir buscar, *hein*?

Bird deu de ombros.

— Não moro exatamente aqui no bairro — falou. — Espero que não tenha ocupado muito espaço nas prateleiras.

A mulher sorriu.

— Sem problema. Está tudo pronto? Precisa de um formulário de cadeia de custódia?

— Não é necessário — respondeu Bird. — Encerramos o caso. Estou apenas amarrando pontas soltas. Este carinha aqui — brandiu a faca — vai direto para uma caixa.

Na cidade, era um dia frio do mês de abril, tempestuoso e acinzentado. O sol da tarde espiava por detrás das nuvens, morno e incolor como um chá sem graça. Mesmo assim, Bird virou o rosto para o sol. O estado do Maine ainda descongelava depois de um inverno longo e sombrio, mas, a algumas centenas de quilômetros ao sul, já dava para sentir o prenúncio da primavera. Dias mais longos, temperaturas mais amenas, o cheiro de terra úmida no ar. O Sox estava em Fenway, estreando em casa. Bird podia parar para jantar cedo, pegar o fim do jogo e ainda chegar em casa antes de escurecer.

Saiu de carro da cidade, distanciando-se do engarrafamento de Boston. Passaram-se seis meses desde a última vez que tinha feito este trajeto, deixando a casa de Adrienne Richards e seguindo para o norte, permitindo que ela atirasse em Dwayne Cleaves, no que a polícia de Boston imediatamente decidiu se tratar de um caso evidente de legítima defesa. À época, Bird ficou surpreso com a pouca repercussão, particularmente na imprensa, particularmente com uma sobrevivente execrável, mas ávida por publicidade e muitíssimo fotogênica como Adrienne Richards no centro de tudo. Não dava para negar, era uma história de dar gosto. Por dias, os moradores de Copper Falls foram inundados, batendo portas na cara de todos os repórteres que fizeram a viagem ao Norte na esperança de obter um comentário dos amigos e familiares de Lizzie. Ninguém falou, é claro. Por fim, os repórteres foram embora. Mas Adrienne — era de se pensar que ela fosse extrair os seus 15 minutos de fama por tudo o que valia. Em vez disso, ela recusou todos os pedidos de entrevista e praticamente desapareceu dos olhos do público. Por um tempo, os tabloides fizeram estardalhaço para saber onde e o que ela escondia, mas, no fim, entediaram-se e foram caçar outra história. O estardalhaço parou. A vida prosseguiu. Exceto por Ethan Richards, obviamente, mas ninguém nem fingiu estar muito destroçado com a morte.

Não que Bird estivesse ocupado com isso. Tinha mais do que o suficiente para ocupá-lo nos meses que se seguiram ao encerramento do caso de Lizzie Ouellette, meses passados seguindo pistas oriundas de sua conversa com George Pullen. O centenário Pullen não sabia dizer qual tinha sido o café da manhã daquele dia, mas ainda se lembrava com clareza nítida do início dos anos 1980 e de Laurie Richter. Acima de tudo, lembrou que um amigo dele andava agindo estranho naquele verão e tinha ficado ainda mais estranho depois que a garota desapareceu. Olhando para o espaço, acordado a noite toda, desaparecendo por dias a fio. Pullen não sabia o que pensar sobre isso; nem tinha certeza de que o amigo conhecesse Laurie, que era muito mais jovem do que todos eles e, sobretudo, reservada. Mas ficou desconcertado a ponto de perguntar ao amigo para onde ele sempre fugia; quando o fez, o homem lançou um olhar desvairado — "como um cavalo de corrida assustado", foram as exatas palavras de Pullen — e respondeu que ia pescar em uma pedreira perto de Forks. Ele descreveu o lugar em detalhes meticulosos, quase reverentes. A clareza da água, as cores manchadas da rocha, a maneira como dava para se empoleirar em um afloramento e olhar direto para as profundezas. Trazia paz, disse ele. Muita paz. Quando Pullen perguntou sobre o peixe, o amigo lhe lançou um olhar divertido e respondeu que não sabia — ele nunca pescou nenhum.

Graças a essa conversa, Bird identificou quatro pedreiras de ardósia na área que, pela intuição dele, valiam uma vistoria.

Encontraram o carro de Laurie Richter afundado na terceira pedreira da lista. O corpo, o que havia restado dele, trancado no porta-malas.

Ainda havia meses de trabalho pela frente antes de Bird fazer outra pausa, complicada pelo fato de que o amigo de George Pullen, ao contrário do próprio George, não estava mais vivo para confessar. A descoberta do carro, porém, reacendeu o interesse no caso, e, no fim, George Pullen viveu o suficiente para descobrir que seu amigo não era culpado de nada, mas não queria partir o coração da irmã caçula.

O sobrinho do amigo, por outro lado — o filho da irmã caçula —, era um maldito assassino.

Mas não muito mentiroso, pensou Bird com um sorriso malicioso. Depois que prenderam o cara, ele confessou em poucos minutos. Ele estava muito cansado, alegou. Todos esses anos mantendo para si o terrível segredo, esperando e se perguntando se alguém iria descobrir. Foi um alívio finalmente contar a verdade.

A mente de Bird ainda vagava pelas memórias recentes — Lizzie Ouellette, Dwayne Cleaves, Adrienne Richards, Laurie Richter — enquanto ele saía da estrada e seguia as placas de uma rede de restaurante, a aposta mais confiável para um hambúrguer decente e um assento com boa visão da TV. Se não fosse pelo fato de ter acabado de pensar nela, ele podia ter chegado e saído sem nunca reconhecer a mulher sentada no bar. Ela estava a quatro assentos dele, ao lado da parede, o corpo ligeiramente inclinado em sua direção, o rosto virado para cima. Tomava uma cerveja e olhava para a televisão, o Sox apanhando por uma corrida. Agora, os cabelos estavam diferentes, cortados na altura dos ombros e castanho-avermelhados, mas não havia como confundir o rosto. Espantado, Bird sacudiu a cabeça.

Quando Adrienne Richards desapareceu dos olhos do público, todos presumiram que ela vivia uma vida privada, cheia de luxo em um retiro à beira-mar. Mas agora eis ela aqui: em um Chili's suburbano, bebendo Coors e assistindo ao beisebol.

Ele quase se virou e foi embora. Não era só por querer evitar o constrangimento inevitável quando ela o avistasse, se o avistasse. Era a expressão no rosto: não exatamente feliz, mas confortável. À vontade. Em casa. Por mais louco que fosse, Bird sentiu que estaria sendo intrometido.

Então ela olhou, e os olhos se arregalaram, e o gole de cerveja que estava prestes a tomar caiu na camisa.

— Merda — sibilou, batendo a garrafa no bar e se atrapalhando com um guardanapo. Bird se aproximou, as mãos levantadas como se a pedir desculpas.

— Ei — falou. — Desculpa.

Ela secava a camisa molhada de cerveja e ergueu os olhos brevemente, para cruzá-los com os dele.

— Olá, detetive Bird — falou. Os cantos da boca se contorceram para baixo; ela não estava feliz em vê-lo.

— Olá, Sra. Richards — falou, e ela apressadamente balançou a cabeça, os olhos correndo ao redor do bar. Medo de atrair atenção.

— Não — disse ela. — Agora é Swan. Meu sobrenome, no caso.

Bird também olhou em volta; o nervosismo era palpável o suficiente para ser contagioso, mas todos os outros clientes estavam com os olhos na televisão ou nas bebidas. Mesmo assim, ele baixou o tom de voz.

— Mudou o seu nome?

— Voltei ao de solteira. Adrienne Richards tinha muita... bagagem — respondeu, e ele riu involuntariamente.

— Adrienne Swan — disse ele, vendo como soava. — Certo, faz sentido. Fica bom. Swan significa cisne. Cisnes são lindas aves.

— Eles matam uma dúzia de pessoas por ano — comentou.

— Você está inventando isso — respondeu Bird, mas, na verdade, não sabia dizer, e isso o incomodou. Quando interrogou esta mulher há seis meses, foi capaz de interpretá-la facilmente; ainda se lembrava do momento confiante em que ela perdeu o controle, falou um pouco demais da conta, e ele tinha certeza de que havia obtido a verdade. Agora, ele olhava para o rosto dela e não fazia ideia se ela estava brincando ou não. Ela olhou para ele, sem expressão... e então os cantos da boca se contraíram, e ela deu de ombros.

— Pesquise se não acredita em mim. — Deu um longo gole na cerveja, depois se virou para ele, franzindo a testa. — Céus, sinto muito. Isto é mesmo... permitido? Eu falando com você, você falando comigo? É esquisito.

Bird se retraiu.

— Veja, sinto muito. Mesmo. Não devia ter vindo. Estava quase indo embora, na verdade, mas a princípio nem tive certeza se era você. Está... diferente.

— Sim, bem, tem sido um ano daqueles — falou. — Esta merda grava linhas no seu rosto que Botox nenhum dá jeito.

— Não quis dizer nesse sentido — falou, mas ela apenas deu de ombros novamente. — De todo modo, desculpe tê-la assustado. De verdade.

Vou deixá-la em paz. — Virou-se para ir embora, e a voz dela lhe soou por cima do ombro.

— Não estava sentado?

— Sempre posso ir para outro lugar.

— Não — disse ela e hesitou quando ele se voltou a fim de olhar para ela. Mordeu o lábio, considerando o próximo movimento, depois acenou abruptamente para a cadeira ao lado. — Olha, eu vim aqui porque ninguém me conhece. As chances de nos esbarrarmos... Isso é estranhíssimo. Parece, não sei, algum tipo de teste. O universo, ou algo assim. Então, que tal se sentar, e eu te pago uma bebida? Se quiser. A não ser que esteja em serviço.

Bird hesitou. Mesmo que ele esperasse ver Adrienne Richards, não, *Swan*, aqui, não esperaria um convite para se sentar e beber com ela. Ele não tinha sido exatamente bacana com a moça quando se viram pela última vez e também não se arrependia disso. Encerrou-se o caso, mas, se pensasse nisso — e ele pensou de vez em quando —, sempre lhe vinha a impressão de que ela sabia um pouco mais do que dizia saber. A impressão de que ela tinha se safado de algo.

Entretanto, naquela época, ele também teve a impressão de que ela era uma mala sem alça. Uma vadia escarrada mesmo. Desagradável de tudo.

Agora ele não sabia mais o que pensar.

— Tudo bem, obrigado. Parece divertido — falou e percebeu, incrivelmente, que era meio isso mesmo.

Adrienne fez sinal ao barman e manteve os olhos no jogo enquanto Bird fazia o pedido.

— Quero o mesmo que ela pediu — falou e assistiu maravilhado quando o barman disse "claro" e depositou uma *long neck* na frente dele sem nem olhar para a subcelebridade sentada ali. Nem sombra de reconhecimento. Tomou um gole da garrafa, e, quando notou, Adrienne o observava.

— Acha estranho que ele não me reconheça — falou.

— Um pouco — respondeu Bird, e ela sorriu.

— As pessoas veem o que esperam ver — disse ela. — E, se elas não sabem o que esperar, veem o que você quer lhes mostrar. Demorei um pouco para descobrir. Quando tudo aconteceu, os repórteres estavam sempre tentando me seguir, e passei a vestir esta roupa para evitar as câmeras. Óculos escuros imensos, chapelão, este agasalho de lã folgado, sabe, como um suéter feito de um cobertor. O *look* "irreconhecível". — Fez aspas com os dedos. — E, por algum motivo, achei que funcionaria. — Bird riu, e ela também. — Foi ridículo — disse ela, colocando no rosto o dorso da mão e empinando o queixo como uma modelo. — "Oh, não! Por favor, sem fotografias! Sou famosa! Não olhem para mim!"

— Engraçado como funciona — comentou Bird.

— É como um código secreto. O que vestir quando quiser ser fotografado parecendo que não quer ser fotografado.

— Pelo visto deu certo.

— Parece que sim — falou. — Por enquanto, pelo menos. Tenho a sensação de que, em seis meses, se esgotará toda e qualquer atenção.

— Você diz como se fosse ruim — brincou Bird, e ela balançou a cabeça.

— Não, não. É o que eu quero. É tudo o que eu quero. — Virou-se para olhar para ele, estudando-o. — Detetive Bird, qual é o seu primeiro nome?

— Ian.

— Ian. Ian, por que está aqui?

— Amarrando uma ponta solta — respondeu. Ele não lhe contaria sobre a faca, ainda em sua bolsa, depositada em uma caixa-cofre no porta-malas da viatura. *Pode até reconhecê-la*, pensou ele. De acordo com o relatório policial, ela acordou por volta das 2h da madrugada e encontrou Dwayne Cleaves no quarto, de pé sobre ela, a lâmina prateada reluzindo na mão.

— Algo a ver com...

— Sim — respondeu.

— Acho que você não tem permissão para falar sobre isso.

— Queria falar sobre?

— Não. — Tomou um gole demorado. — Ficaria feliz em nunca mais falar disso. Parabéns, a propósito.

Bird terminou sua cerveja.

— Obrigado. Pelo quê?

— Laurie Richter? Li em algum lugar que você pegou o sujeito. Esse caso foi... — Ela balançou a cabeça, detendo-se. Ele se perguntou o que ela estava prestes a dizer, como é que ela sabia sobre isso. Adrienne Richards não parecia o tipo que se interessava por histórias policiais da vida real, mas talvez tenha sido uma falha da imaginação dele. *As pessoas veem o que esperam ver*, pensou.

— Ah, sim. Bem, obrigado. Tive sorte.

Ela lhe lançou um olhar engraçado.

— Acho que foi mais que isso. Toma mais uma cerveja?

Ele olhou para o relógio, depois para o rosto dela.

— Tomo se você tomar — falou.

A conversa fluiu quando ele falou sobre Laurie Richter, a série de golpes de sorte — e, sim, as horas e horas de andanças — que o levaram primeiramente ao corpo dela e, depois, ao filho da mãe que a havia matado. Contou a ela sobre a confissão, sobre como o velho havia se empertigado enquanto desabafava, finalmente livre daquele peso, o terrível segredo juvenil que por tanto tempo ele tinha mantido.

— Quarenta anos — disse Adrienne. — Minha nossa.

— Muito tempo para carregar algo assim — comentou Bird, acenando com a cabeça. — Mas e você? Digo, como vem lidando com tudo?

— Os advogados cuidaram da maior parte — respondeu ela. — Ethan era bem organizado. Ele tinha tudo planejado para, você sabe, se algo acontecesse. Quando identificaram o corpo, tudo o que eu precisava fazer era assinar a papelada.

— Houve funeral?

Fez que não com a cabeça.

— Cerimônia privada. Somente eu e os advogados. Parecia que, depois do que aconteceu...

— Não precisa explicar — dispensou Bird rapidamente, mas ela pareceu não ouvir.

— Foi tão estranho — falou baixinho. — Todas aquelas cartas de condolências, tantas flores, mas tudo vindo de... empresas. As pessoas lamentaram perder o dinheiro do Ethan. Acho que ninguém se importou mesmo com a morte dele.

Bird não disse nada, e ela tomou um gole, depositando a garrafa com um leve baque.

— De todo modo, acabou. Ou vai acabar. Os advogados disseram que tudo seria resolvido em breve.

— Faz algo nos feriados? — perguntou Bird, esperando uma mudança de assunto, e a boca de Adrienne se contorceu.

— Passei um tempo no sul, na verdade — respondeu ela. — Visitei a minha mãe. Não que ela saiba. Ela está em um asilo. Doença de Alzheimer.

— Lamento saber. Como ela está?

— Está bem — respondeu. — Mas acho... acho que quero transferi-la de lá. Ela devia estar em um lugar melhor. Mais confortável.

Um tempo depois, Bird olhou para fora e percebeu que já se fora o pôr do sol. Agora o bar estava a mil com a multidão depois do trabalho; os fãs de esporte já tinham ido embora depois da decepcionante derrota do Sox que nem ele nem Adrienne viram. Houve outra rodada de cervejas, e outra — a certa altura, Adrienne pediu água, enquanto Bird metia o pé na jaca, pedindo uísque —, e suas cadeiras de algum modo giraram de maneira que agora se sentavam bem perto, tão perto que os joelhos roçavam um no outro, perto o suficiente para que ele sentisse o perfume dela. *O que é isto? O que está acontecendo?*, pensou Bird e então se perguntou se não estava apenas imaginando coisas. Talvez absolutamente nada estivesse acontecendo. Talvez ele estivesse apenas atordoado, mais do que atordoado — "atordoado" tinha sumido no retrovisor quanto ele virou a esquina e entrou no longo e familiar trecho rumo ao bêbado por completo —, mas ela o olhava com os olhos arregalados e os lábios ligeiramente entreabertos, e isso estava acontecendo, assim como aquele nó na barriga, aquela sensação de eletricidade no ar. Ele levantou a mão, que se movia tão lentamente que parecia pertencer a outra pessoa, e encurtou a distância entre eles, tocando suavemente no joelho dela. Ela baixou os olhos, olhou para a mão na perna, olhou de volta para ele. Os lábios entreabertos começaram a se mover.

Ela perguntou:

— Que tal irmos embora?

O que está acontecendo? O que está acontecendo? Que diabos está acontecendo?, bradou o cérebro dele.

— Sim — disse ele. — Sim, eu topo.

O joelho desapareceu de debaixo da mão quando ela se levantou e vestiu a jaqueta. Saíram, ele seguindo-a, os dois parando desajeitados no estacionamento quando ele percebeu que não fazia ideia de aonde ir. Houve um silêncio pontuado pelo barulho do tráfego da estrada próxima, o tique de um semáforo passando de verde para vermelho.

— Sua casa? — perguntou ele.

— Não — respondeu ela. — Lá, não. Não posso. E é longe também.

— Meu... carro? — sugeriu ele e começou a rir, e ela também, a tensão entre eles se dissolvendo. Ela se inclinou para ele, que passou um braço em volta dela.

— Acabaram os meus dias gloriosos no banco de trás — brincou Adrienne. — Mas, veja, olhe lá. — Ela apontou, e Bird olhou e viu o logotipo familiar de uma cadeia de motéis baratos se assomando em um letreiro iluminado acima de suas cabeças. Bem ali, a menos de cinquenta metros.

— É o destino — sentenciou ele, e ela bufou.

— É uma piada do universo.

— Não é chique o suficiente para você?

— Vá se danar — falou. — Vamos. Está frio aqui fora.

DEZ MINUTOS DEPOIS, Bird deslizava um cartão-chave na fechadura eletrônica, Adrienne atrás. Ele estava prestes a fazer outra piada — algo sobre a provável falta de champanhe e caviar no menu do serviço de quarto —, mas, quando ele se virou para deixá-la passar pela porta, ela estava bem ali, bem ao lado dele, e então a porta se trancou e o corpo dela se apertou contra o dele, os lábios se roçando ávidos enquanto ele, no escuro, atrapalhava-se todo para encontrar um interruptor de luz.

— Deixa apagado.

Pela janela, o letreiro do hotel se assomava como uma lua oblonga. Adrienne se afastou de Bird e se pôs de frente ao letreiro, em silhueta, os braços erguidos puxando a camisa sobre a cabeça. Ele tirou a jaqueta.

— Quero ver você — disse ele, e ela riu.

— Talvez eu não queira ser vista.

Ele foi até ela, as mãos encontrando os ombros, descendo para cingir-lhe a cintura. Dava para sentir a essência quente e doce de seu corpo sob a nota mais tênue de seu perfume ou xampu, e o nó na barriga dele tornou-se pulsante. Levando-a para a cama, puxou-a para baixo, a suavidade da pele nos lábios dele, a aspereza do edredom barato nas costas. As mãos dela na cintura dele, a desfazer o cinto, a deslizar as calças pelos quadris. Ele sentiu o roçar da ponta dos dedos e disse:

— Ah. — E então nada mais se falou.

QUANDO TERMINARAM, ele estendeu a mão para acender o abajur. Desta vez, ela não se opôs, aninhada na dobra do braço dele. Ele olhou para o topo da cabeça de Adrienne. O castanho-avermelhado era bonito, mas sempre lhe pareceu engraçado como as regras diferiam tanto no caso das mulheres; se você fosse uma garota e não gostasse dos cabelos que a natureza lhe deu, dava para escolher de uma caixa qualquer cor que lhe agradasse. Mas os homens, jamais. Havia sempre algo vagamente suspeito em um sujeito que tingisse os cabelos, mesmo que apenas para disfarçar os grisalhos. Indigno. Bocejou, sentindo-se quente e sonolento, os primeiros sinais de dor de cabeça despontando pelos cantos dos olhos. O uísque havia sido um erro, mas, novamente, se ele não tivesse tomado, não estaria aqui, em um momento pós-coito tão selvagem e inesperado quanto satisfatório. Foi satisfatório. Os últimos meses foram profissionalmente produtivos, mas pessoalmente solitários. Ele teve um punhado de primeiros encontros que renderam uma noite de sexo medíocre, encontros ligeiríssimos, e a sensação desconfortável de que isso provavelmente era culpa dele. Bocejou de novo. Talvez ele dormisse aqui algum tempo antes de voltar. Ao lado dele, Adrienne bocejou também.

— A culpa é sua — disse ela. — É contagioso. Preciso ir. Não posso dormir aqui.

— Eu digo "você *pode*".

Ela sorriu.

— Não. É uma má ideia.

— Pelo menos não ainda — sugeriu e a abraçou. — Gosto de você aqui. Você é bem... quentinha.

— Cinco minutos.

Concordou com a cabeça.

— Certo. Cinco minutos. — Por um tempo, ninguém falou nada. Bird se virou para descansar o queixo no topo da cabeça dela.

— Então, o que fará agora? — perguntou ele, finalmente.

— Bem, nos próximos cinco minutos, nada — brincou ela.

— Não, quero dizer...

— Sei o que você quer dizer. — Soltou um suspiro. — E eu não sei. As pessoas ficam sugerindo coisas. Todas essas opções. Mas não gosto de nenhuma delas.

— Teve gente que conheço que jurou que você escreveria um livro — comentou Bird, e ela caiu na risada.

— Uma das muitas opções. Recebi oferta, mas pulei fora.

— Não quer ser famosa?

Ela fez cara feia.

— Cruzes, não.

— Qual é. Seja honesta.

— Estou sendo. Pode parecer estranho para você. Mas Adrienne Richards é a única que queria ser famosa. E eu não sou ela. Deixei essa pessoa para trás.

Bird fechou os olhos. A respiração começou a desacelerar, e ele pensou que não seria nada mal simplesmente adormecer. Adormecer e acordar sozinho. Passavam-se os cinco minutos que ele tinha pedido, e, embora nenhum deles tenha dito, havia no ar a sensação do final de um ciclo. O final, e não o início de algo. Ele devia ficar acordado para ver o ciclo se completar, mas as pálpebras pesavam muito.

— Quer honestidade? — indagou Adrienne. — Quer ouvir algo realmente chocante?

— Hum — murmurou Bird.

Ela disse:

— Certa vez falei ao meu marido que esperava que ele morresse.

Os olhos de Bird se abriram, ele rolou de lado e olhou para ela. Ela estava deitada de costas, o olhar fixo no teto.

— Credo, isso é sério?

— O fato é que ainda não sei se realmente falei sério. Acho que não. Mas então tudo descambou. E agora ele se foi.

— Você sente que a culpa é sua.

— É culpa minha, sem sombra de dúvida — falou com tanta naturalidade que não restou nada a Bird senão concordar em silêncio. Não que a morte de Ethan Richards tenha sido culpa dela; algo assim nunca era. Mas também dava para ver como as coisas teriam sido diferentes se ela tivesse feito escolhas diferentes. Se alguém tivesse. Havia culpa para dar e vender.

— Sente falta dele? — perguntou Bird, e agora ela olhava para ele.

— É uma pergunta estranha — falou.

— É, sim — disse ele. — Não sei por que eu...

— Não — respondeu ela. — Fico feliz que você tenha perguntado, porque quero dizer isso. Quero dizer a alguém que, sim, sinto falta do meu marido. Sinto mesmo. Sinto falta dele e, ao mesmo tempo, sei que não continuaríamos juntos. Algo estava sempre para acontecer... talvez não isto, mas algo. Éramos como uma bomba caseira. Sabe? Elementos que não são nada sozinhos, mas, então, se você os une, o resultado é uma lama tóxica que mata tudo o que toca.

— Hum — disse Bird, e ela riu, balançando a cabeça.

— Sim. Eu sei. E esse era o nosso casamento. Mas já estávamos juntos. É isso. Mesmo que rompêssemos, não dava para... nos dissociarmos.

— Até que a morte separou vocês — disse Bird.

— Sim — falou. — Até que separou. Preciso ir.

O edredom caiu quando ela se sentou, afastando-se de Bird. Ele pousou a mão nas costas dela.

— Sinto muito — falou.

— Pelo quê?

— Pela sua perda. Pelo que significa para você.

Virou-se totalmente para ele, inclinou-se, tocou os lábios nos dele.

— Obrigada.

Observou enquanto ela se levantava, passava as alças do sutiã por cima dos ombros, alcançando as costas para prendê-lo. Via-se uma pequena cicatriz na parte interna do seio direito, mais pálida do que a pele circundante e ligeiramente enrugada.

— Catapora? — Ele apontou.

— Ferimento de guerra — brincou ela.

— De outra vida — brincou também, e talvez fosse a sonolência ou a cabeça zonza, mas ele nunca entenderia muito bem o que aconteceu depois: ela piscou para ele, depois jogou a cabeça para trás e riu como se tivesse feito a piada mais engraçada do universo. Mas, se Bird tinha aprendido algo nesta noite, era que havia muita coisa que ele não entendia em Adrienne Richards. Ele a viu calçar os sapatos e passar a jaqueta pelos ombros. Tirando um elástico do bolso da jaqueta, torceu os cabelos e fez um nó, olhando o quarto pela última vez.

— Então. Na mesma hora, mês que vem? — perguntou ele, porque sentiu que precisava dizer algo, e desta vez ela não riu.

— Não seria má ideia — falou, sorrindo de um jeito que transmitia: *nós dois sabemos que nunca vai rolar*. Por um momento, ela parou, mudando o apoio de perna, e ele pensou que, depois de tudo, ela pediria o número dele ou, pelo menos, se despediria com um beijo. Então ela deu de ombros, virou-se e abriu a porta.

— Adrienne — chamou, e ela parou, a mão ainda na maçaneta. Sem se virar, mas olhando, relanceando por cima do ombro. Lábios levemente entreabertos, faces ainda rosadas do calor do sexo, os cabelos enrolados desordenadamente no topo da cabeça. Olhos azul-claros moldurados por cílios pesados, arregalados. Como se pega de surpresa. — Boa sorte. Falo sério.

Ela fez que sim com a cabeça.

A porta se fechou, então, e ela já não estava mais lá.

LIZZIE

Meu nome é Lizzie Ouellette, ou era, antes de dispensá-lo. Outra mulher tem esse nome agora; lê-se a sete palmos acima da cabeça dela, em uma pedra no cemitério de Copper Falls, onde ela jaz enterrada trajando o que a esposa do agente funerário decidiu ser mais apropriado. A velha Sra. Dorsey teria feito o serviço, vasculhando o meu armário na busca de um vestido de luto, assim como fez pelo da minha mãe anos atrás, testando o peso e o tecido das opções com os dedos artríticos, enquanto meu pai acenava com a cabeça, concordando com tudo que ela sugerisse. Ela teria sido cuidadosa, embora muito pouco importasse. Depois da desgraça que fiz com o rosto da nova Lizzie, um caixão fechado era a única opção. Às vezes, porém, me pergunto sobre o que ela escolheu. Se ela passou os dedos pelo vestido verde sedoso, apertou os olhos para enxergar a marca, se quis saber como dei conta de comprar tal peça. Se as pessoas sussurraram após o funeral sobre todos aqueles vestidos bonitos e caros, itens completamente inviáveis no meu armário. Todas as minhas roupas mais bonitas eram presentes de Adrienne. Será que foi assim que terminou para ela? Mofando em uma sepultura com o nome de outra pessoa, usando um vestido que ela tentou passar para frente, enquanto eu continuava na vida que lhe roubei? Tudo embrulhado em sua identidade como uma garotinha brincando de se emperiquitar.

Era fim da primavera, a grama fresca e verde no cemitério, quando voltei a Copper Falls. Vestindo o meu disfarce de Adrienne Richards, dirigindo o seu carro ridículo. Era arriscado voltar à cena do crime em um tipo de clichê de filme de mistério, mas acho que eu sempre soube que o faria. Era preciso. Havia coisas que eu precisava fazer e coisas que eu precisava provar. Precisava mostrar para mim mesma que Lizzie estava tão morta, tão defunta, que ela podia andar deixando o rastro do perfume bem diante de seus narizes estúpidos e eles nunca notariam. Precisava voltar, mesmo que apenas para ter certeza de que eu nunca mais poderia voltar para casa. Para pousar a mão na lápide e traçar a forma de um nome que nunca escreverei novamente. Para olhar as duas lápides de pedra lado a lado, uma grande, outra pequena, ambas com o mesmo sobrenome, e sentir uma triste satisfação com a ideia de que fazem companhia uma à outra. Para passar dirigindo por todos os lugares em que morei e ver que eu não estava mais lá. Para observar através dos olhos de outra pessoa a vida continuar sem mim.

Acabou que eu estava quase certa: ninguém viu a Lizzie naquele dia. Nem nos corredores da mercearia, onde certa vez fiz um espetáculo, gritando com Eliza Higgins. Nem na gelateria local, onde a Maggie ainda cavava sorvete, carrancuda, olhando feio para quem pedisse para experimentar algum sabor. Nem no cemitério, onde eu sabia que não devia me demorar, mas não pude deixar de fazer uma pausa para colocar um pequeno buquê de trevos e bálsamos de laranja no túmulo do bebê. Nem no correio, onde enfiei um cartão-postal e um envelope cheio de dinheiro em outro envelope maior, sem assinatura, sem endereço de devolução. Deixei cair na caixa de correio e depois me perguntei se eu não devia tê-lo feito. Do que será que eu tinha mais medo: que ele não entendesse ou que ele entendesse?

Ninguém viu a Lizzie. Mas esqueci que Adrienne, naquele chapéu estúpido e com aqueles óculos gigantes, sempre chamava atenção de uma maneira que eu nunca poderia, nunca tinha chamado.

Não percebi que ela me seguia até que saí da cidade e parei no posto de gasolina para completar o tanque da Mercedes. Não ouvi os passos dela atrás de mim; não percebi que a voz que gritava "ei, você aí" era para mim. Mas então ela espetou um dedo no meu ombro, com força, e eu me virei e dei de cara com Jennifer Wellstood, pernas apoiadas, mãos nos quadris, olhando para mim com total aversão no rosto.

— Lembra de mim? — perguntou ela, e eu precisei conter o desejo de rir, porque é claro que contive. Contive, e o que eu queria dizer era: *cadela, eu me lembro de tudo.*

Me lembro de como você mordeu a bochecha enquanto enrolava os meus cabelos no dia do meu casamento e disse que achava o meu vestido bonito, ainda que não fosse branco.

Me lembro da expressão ridícula no seu rosto quando flagrei você com o meu marido e como, passada a raiva, não conseguia parar de rir, me perguntando onde diabos você teve a ideia de usar as duas mãos para masturbar alguém.

Me lembro da vez que você ficou bêbada numa festa e desafiou Jordan Gibson a te deixar depilar os pelos das costas dele, e ele estava tão bêbado que te deixou tentar.

Lembro que gostava de você, apesar de tudo.

Lembro que você era mais decente do que a maioria.

Mas Adrienne Richards não se lembraria da Jennifer e, se o fizesse, nunca admitiria. Então sorri para ela com os lábios apertados de Adrienne, e mantive os óculos de Adrienne, e usei a voz mais esnobe de Adrienne para dizer:

— Oh, sinto muito, não. Não me lembro.

Jennifer soltou uma gargalhada e disparou de volta com os dentes cerrados:

— Sim, bom, eu me lembro de você. Vadia arrogante. Ainda tem a cara de pau de voltar para esta cidade. Já não deu, não?

— Perdão? — perguntei.

Agora ela gritava.

— Lizzie e Dwayne estão mortos por sua causa. Ninguém te quer aqui. Então por que não entra no seu carro e vai embora para nunca mais voltar?!

— Ah, é o que pretendo — falei com sorriso afetado, mesmo com o coração batendo forte. — Não se preocupe, querida. Nunca mais me verá.

Virei-me e retornei ao carro. Quando virava a chave na ignição, uma mão bateu na janela do lado do motorista com tanta força que me fez gritar. Ergui os olhos: Jennifer estava parada ao lado do carro, olhando para mim através do vidro. Seu rosto se torceu de uma maneira engraçada, e, por um momento estouvado, perguntei-me se ela tinha me reconhecido depois de tudo. Em vez disso, ela abriu a boca e gritou:

— E seu cabelo ainda *tá* uma merda!

Ri na maior parte do caminho enquanto saía da cidade.

Chorei também, só um pouco.

Por mais que Copper Falls tivesse ódio de mim, eles odiavam ainda mais quem era de fora.

Mas dá para viver com isso. Sei que dá. Este é o lado bom de estar morta. Não preciso mais me importar com nenhum deles, salvo um — e ele ficará bem. Vou garantir que fique. Acho que ele sabe que estou em um lugar melhor.

Só queria que não fosse tão solitário.

NÃO MENTI A IAN BIRD quando falei que fui visitar a mãe de Adrienne. Eu fui. Eu queria ir. A imprensa parou de me assediar algum tempo antes do Dia de Ação de Graças. Em meados de dezembro, havia neve no chão e apenas a pegada ocasional de um fotógrafo na esperança de tirar uma foto minha entrando ou saindo, uma prévia do momento que eu sabia que um dia chegaria, quando ninguém mais se importaria com Adrienne Richards. Kurt Geller olhou estranho para mim quando falei dos meus planos, mas eu estava me acostumando com isso, a maneira como as pessoas da vida de

Adrienne estremeciam quando ela fazia algo inesperado. Eu estava aprendendo que era possível fazer melhor.

— Algo me impede de visitar a minha mãe? — perguntei, e ele franziu os lábios.

— Acredito que não — respondeu finalmente. — Eu não deixaria o país agora se fosse você, mas a Carolina do Sul...

— Do Norte — corrigi de pronto.

— É claro — respondeu Geller com ar tranquilo. — Erro meu.

Sorri e falei que não precisava se desculpar, mas me perguntei a pergunta que sempre me fazia. Se ele suspeita de algo, se ele está me testando. Brincando comigo. Acho que o Kurt Geller nunca confiou em mim, mas talvez nunca tenha confiado na Adrienne também. Também não acho que ele se importe muito, desde que os cheques continuem sendo compensados e ele receba sua comissão oriunda da dissolução da propriedade de Ethan. E então penso no que ele me falou naquele dia antes de eu sair — um presente, embora ele nunca saiba disso.

— Você parece tão cansada, minha querida — comentou. — Ninguém, obviamente, pode culpar você por negligenciar certas coisas, e a tragédia pode nos envelhecer um bocado. Mas que tal considerar uma aplicaçãozinha de Botox, *hein*? Só para resgatar a boa e velha aparência. Posso recomendar um excelente dermatologista.

— Não será necessário — respondi em tom ofendido, esperava eu. Era uma página diretamente do manual de Adrienne, insultar a aparência de uma mulher sob o pretexto de estar preocupado; até eu sabia que "cansada" não era um código tão secreto para "pálida, velha e flácida". Mas não me senti ofendida sobremaneira. Foi um alívio. Eu me indagava quando isso aconteceria, quando alguém veria por através dos cabelos, roupas e óculos escuros de Adrienne e perceberia que uma impostora tinha tomado seu lugar. Toda vez que alguém espremesse os olhos na direção do meu rosto, toda vez que alguém olhasse por tempo demais, eu sentiria as cócegas do medo: *eles me veem.*

Mas é claro que não viam. Viam apenas uma mulher cujas feições sempre passavam por modificações e se perguntavam que tipo de procedimento ela tinha feito. Adrienne era do tipo que saía da cidade por um fim de semana e voltava puxada, o rosto sutilmente manipulado de maneira que você era incapaz de explicar o que tinha mudado. Um maxilar mais fino? Uma testa mais lisa? Foi o que fez da sugestão de Geller uma piada tão brilhante: há anos Adrienne não parecia com ela mesma.

Eu estava salva.

Também entendi, finalmente, por que o rosto eternamente jovem de Geller nunca se mexia.

O voo para o Sul foi minha primeira vez em um avião e, quando as rodas decolaram da pista, senti-me exultante e aterrorizada. Sem peso. Voei de primeira classe porque Adrienne o faria, mas também porque eu queria. Uma comissária de bordo me serviu uma taça de champanhe e perguntou se eu estava indo para casa a fim de passar o feriado. Respondi que ia ver a minha mãe, e foi engraçado como não soava como uma mentira. Como ainda não soa. A diretora da casa de repouso me encontrou à porta e me avisou que a visita poderia ser desafiante, e foi, mas não do jeito que temiam. Margaret Swan jogou os braços em volta de mim com um sorriso largo e exclamou:

— Ah, é você! — E eu a abracei também, um abraço apertado, sentindo que algo se despertava dentro de mim. Pousei o rosto no ombro dela. Minha voz vacilou quando falei "mamãe", mesmo sabendo que Adrienne sempre a chamava de "mãe".

Entre todas as coisas de que Adrienne nunca tinha gostado, entre todos os seus descartes e roupas usadas, esta é a que me deixa com mais raiva. E grata. E receosa.

Passado o horário de visita, entrei em um banheiro. Uma das atendentes que me escoltaram estava diante das pias com sua bata e seus tamancos brancos, raspando uma unha nos dentes da frente. Esboçou um sorriso, o tipo desagradável que retorce os lábios, mas não alcança os olhos, e comentou:

— Sabe que ela está apenas fingindo, *né*? Todos estão. Minutos antes dizemos que eles vão receber a visita de alguém, não importa quem, e então fingem reconhecer a filha ou o filho ou a esposa ou o que for. Sabe disso, *né*?

O fato é que eu sabia. Claro que sabia. Deu para ver atrás dos olhos de Margaret momentos antes de ela me abraçar; aquele medo de dar um passo em falso. De não saber o que se espera. Como tentar cantar em coro uma música cuja letra você se esqueceu, esperando que os ruídos que você está fazendo se assemelhem às palavras que ninguém percebe, questionando-se se a forma da boca está traindo você, fazendo "ooooh" quando devia estar fazendo "aaaah". Sim, reconheço alguém que está fingindo.

Mas, pelo amor de Deus, até eu sei que não se diz isso a uma pessoa. Não em voz alta, não em um lugar como este, não sobre a mãe de alguém. Adrienne teria ficado furiosa. Não pela mãe, mas por si mesma. Minha nossa, a grosseria. A falta de respeito. Ela teria se empertigado, postado nas alturas de uma rainha do gelo, olhando por cima, na direção da mulher, e torcendo o nariz:

— Karen, gostaria de falar com o seu gerente.

Eis o que Adrienne teria dito.

O que eu disse foi:

— Vai se catar, sua víbora rancorosa.

Ainda ouço a voz de Adrienne na cabeça, mas não significa que eu sempre faça uso dela.

Realmente quero transferi-la para um lugar melhor. Margaret. Mãe.

Mamãe, talvez.

Antes de partir, no último dia da minha visita, Margaret Swan se inclinou e agarrou as minhas duas mãos.

— Você é um doce de menina — falou. — Você me lembra a minha filha.

Digo a mim mesma que posso viver assim. Rick Politano diz que a propriedade será liquidada em breve e, distribuídos os ativos de Ethan Richards, posso ir para onde eu quiser. Deveria me trazer alívio, eu sei. Animação, até. Mas essa expressão, "para onde", contém tantas possibilidades, muitas, e me paralisa, especialmente quando seguida pela outra. *Para onde eu quiser.* Como se eu soubesse o que eu quero. Como se eu soubesse quem sou eu. Será que ainda podia seguir os sonhos de Lizzie Ouellette e ser feliz? Tenho medo de descobrir. Tenho medo de arranhar a superfície. Tenho medo de que, não importa quem eu realmente fosse, ela tenha se sufocado e morrido em algum lugar aqui dentro, pequenina e esquecida, enquanto eu brincava na pele de Adrienne; que, se eu tentar descascar as camadas, ela apodrecerá e cairá em pedaços no momento em que a luz tocá-la.

Ainda durmo na casa onde Adrienne morava, onde Dwayne morreu, e, sim, tenho medo disso também. Medo de ficar aqui, medo de ir embora. É mórbido não ter me mudado, eu sei, mas é o único lugar que eu tenho agora que me transmite um pouco a sensação de lar. Como o meu lar. Não fiquei na casa por muito tempo com o Dwayne para a memória dele me perseguir por todos os cômodos. Mantenho fechada a porta do escritório. Finjo que não há nada por detrás. Nunca limpei o sangue, e agora já faz muito tempo; será preciso substituir o tapete, refazer o piso onde encharcou por baixo.

Eu não devia ficar. Sei disso. Talvez não na cidade, mas definitivamente não nesta casa. Sei que as pessoas acham estranho que Adrienne Richards ainda more na casa onde ela matou o amante. Sei que devia morar em uma casa menor. Devia dar ouvidos às pessoas tão ávidas por me dizer o que fazer e fazer o que elas me dizem. Conselheiros e consultores. Corretores de imóveis, como aquele que vendeu esta casa para Ethan anos atrás, que me ligou no dia seguinte ao da divulgação do obituário. Ele queria prestar suas condolências... e expressar sua honesta opinião de que a casa era muito grande para uma pessoa só. Falei que era cedo demais, murmurei algo sobre paredes repletas de lembranças, a baboseira sentimentaloide que Adrienne às vezes postava nas redes sociais quando não tinha mais nada para dizer. Mas a verdade é que gosto do vazio do lugar. Há algo reconfortante em todo esse espaço, como uma almofada entre mim e o mundo. À noite, sirvo-me uma taça de vinho e olho para a cidade reluzente. Dava para me perder aqui, ou talvez me encontrar.

Ou talvez alguém me encontre primeiro e ponha um fim nisso tudo. Penso em Jennifer Wellstood olhando fixamente na minha cara, gritando comigo sem me enxergar. Penso em Ian Bird, os dedos roçando o meu corpo, o hálito quente e urgente enquanto sussurrava o nome de Adrienne ao meu ouvido. Penso no homem que ele pegou, aquele que matou Laurie Richter, tão desesperado sob o peso das longas décadas de seus crimes que a confissão foi um alívio.

Se eu acreditasse em destino, afirmaria que a história era uma mensagem do universo. Um aviso do que está por vir. Novamente, porém, se eu acreditasse em destino, provavelmente pensaria que tudo isso estava destinado para ser; que eu sempre estive destinada a puxar o gatilho e depois puxá-lo de novo; que Adrienne entrou na minha vida apenas para que eu entrasse na dela. E era realmente culpa minha se eu estivesse apenas seguindo o caminho que o destino tinha traçado para mim?

Mas não acredito nessas coisas. Foram as minhas mãos segurando a arma, a minha escolha de tirar esta vida. Não sou vítima das circunstâncias. E já carreguei fardos piores que este.

Mas parei de ir ao Chili's. Por precaução.

Não sei quanto tempo vai durar. Tive sorte; talvez eu permaneça assim. Sentada nesta casa enorme, bebendo o Sancerre de uma defunta, acariciando o gato, que não liga a mínima que sou a sua nova família agora. Ele não tinha coleirinha nem nada, então me antecipei e dei um nome a ele; o que quer que o chamassem antes, agora é Baxter. Sei o que você provavelmente estava esperando, e não, não o chamei de Trapim. Está de brincadeira comigo? Céus, por que eu vou querer reviver esta memória toda vez que abrir uma lata de ração? Como se eu quisesse pensar no Trapim novamente, ou no ferro-velho, ou no Dwayne.

Ainda penso no Dwayne.

Ainda está no armário a bolsa de ginástica de Adrienne, estufada de dinheiro e diamantes — e uma escova de dentes se eu precisar fugir. Iria para o Norte, imagino. Depois de tudo, ainda prefiro o frio. Gosto de um inverno rigoroso, o chicote do ar em uma manhã escura e gélida, o céu do leste começando a se tingir de rosa com a luz. O gemido do lago conforme o gelo se instala. Um cobertor fresco de neve novinha, as árvores esbranquiçadas, o mundo inteiro reluzindo branco e límpido. Levaria o gato comigo. Abandonaria todo o resto. Eis o que eu faria, o que eu *farei*, se alguém ficar curioso. Ou se eu cometer um deslize. Ou se eu não aguentar mais.

Mas vou tentar. Esta vida que tomei deve ser vivida por alguém; pode muito bem ser eu. E, quanto a Lizzie Ouellette, vou lhe dizer: ela era um poço de problemas. Ela era o lixo que alguém devia ter tirado anos atrás. Aquela vadia caipira, aquela garota do ferro-velho. Ela se foi, e boa viagem.

Ninguém sentirá falta dela, nem euzinha aqui, e eis a verdade.

Quase acredito nela.

EPÍLOGO

BIRD

O ferro-velho, lar de infância de Lizzie Ouellette, agora já não passava de um lote vago, preto e vazio como uma boca que tinha perdido um dente podre. Bird parou no acostamento e saiu do carro, recostando-se na viatura, olhando para o espaço vazio no outro lado da ruazinha. Não precisava se aproximar para saber que o local estava abandonado e seria reivindicado, no seu devido tempo, pelo progressivo perímetro da floresta que cercava o lote. Os bosques eram verdes e exuberantes, e ervas daninhas já despontavam das rachaduras e fendas antes enterradas sob pilhas de sucata. Em breve, o lugar não teria aparência de nada, apenas parte da paisagem — exceto para as pessoas que sempre viveram aqui, que sempre se lembrariam de como era. Bird respirou fundo e sorriu ao exalar. A última vez que ele esteve neste local, o ar estava cheio de cinzas flutuantes, irrespirável mesmo com uma máscara. Agora o cheiro era diferente. Doce, até um pouco inebriante, como grama recém-cortada após um longo dia quente sob o sol de julho.

Earl Ouellette estava hospedado na cidade, em um pequeno apartamento em cima da garagem de Myles Johnson. Bird pensou ter visto Johnson ao sair do carro, uma forma de pé nas sombras dentro da casa, atrás de uma porta de tela suja. Acenou. A forma desapareceu. Bird se perguntou como estava o homem, entendendo por fim que seria inútil tentar descobrir. Os policiais que viu nesta visita foram educados o suficiente, mas havia uma sensação palpável transcorrendo por baixo das gentilezas de que queriam que ele fosse embora, de que a presença de Bird na cidade era apenas um lembrete das coisas que todos tentavam muito esquecer. *É justo*, pensou ele. Com sorte, esta seria sua última viagem a Copper Falls.

Earl saiu enquanto Bird subia as escadas até a porta do apartamento, erguendo a mão em saudação. Bird olhou para cima, espremendo os olhos contra o sol.

— Earl. Como vão as coisas?

Earl deu de ombros, afastando-se para abrir passagem.

— *Tô* levando. E *ocê*?

— Tudo bem. Obrigado por me receber.

Earl seguiu Bird para dentro. O apartamento era lúgubre, mas ajeitado. Um sofá descaído ao longo de uma parede era a única peça de mobília no lugar, e Earl se aproximou de uma ponta enquanto Bird olhava ao redor da sala: havia uma pilha de roupas dobradas em um canto e uma bancada na parede frontal com alguns papéis empilhados, um prato quente, uma pia e uma minigeladeira. Os olhos percorreram os papéis — o seguro, parecia, e um grande envelope branco com o nome POLITANO ASSOCIADOS carimbado em um canto — e se curvaram para examinar a geladeira. Viam-se duas fotos fixadas com um ímã entre um cartão de visita de um ajustador de seguro e um cartão-postal antigo em que se lia CONGRATULAÇÕES! DE ASHEVILLE, C. N. Uma das fotos Bird já tinha visto, Lizzie de vestido amarelo, olhando para trás por cima do ombro. Na outra, ela mais jovem, uma garotinha com joelhos esfolados, sentada nos degraus de um trailer, nos braços, um gato de aspecto esfarrapado.

Atrás dele, Earl limpou a garganta, e Bird olhou para trás.

— Fotos bonitas — comentou.

— Ôpa. Só tenho as duas aí — disse Earl.

Bird indicou o cartão-postal.

— O que tem em Asheville?

A boca de Earl se retorceu de maneira engraçada, como se tivesse começado a sorrir, mas pensando melhor e guardando para si.

— Um amigo das *antiga*.

Bird esperou mais explicações, mas Earl apenas se sentou, deixando o silêncio se desenrolar. *Não é de conversa fiada*, pensou Bird. Enfim, tudo bem. O próprio pai dele era do mesmo jeito. E não havia por que se demorar. Mudou o apoio de perna, para tirar um envelope do bolso.

— Bem, vou direto ao ponto. Como falei ao telefone, finalmente saiu a indenização das vítimas. Lamento a demora. Não costuma levar todo esse tempo.

Earl pegou o envelope com um aceno de cabeça e, sem abri-lo, deixou-o de lado.

— Muito agradecido. Não carecia de vir até aqui.

Bird deu de ombros.

— É melhor assim. Aproveito e vejo a família, como estão passando. De todo modo, espero que o dinheiro lhe seja de boa ajuda.

A boca de Earl se retorceu novamente, e ele fez que sim com a cabeça, dizendo:

— Todo *dinherim* já ajuda. — Mas não escapou a Bird o fato de que ele nem se preocupou em olhar o cheque. Como se realmente não importasse. Foi uma estranha demonstração de confiança para um sujeito que morava em cima de uma garagem e passava as noites em um sofá. Relanceou novamente a geladeira.

— E quanto ao seguro do seu negócio? Saiu?

— A gente tá *num* vai e vem. Falam que demora mais quando pega fogo, mesmo que não foi *ocê* que *tacô*.

— Acha que vai receber o que valia o lugar?

Earl sorriu, então, mas apenas um pouco.

— É duro *dizê*. Tem muita memória lá. É duro *botá* número em coisa assim.

— Bem, se eu puder ajudar em alguma coisa...

— Não carece, não, seu detetive. Tem gente cuidando de mim. — Apertou os lábios um no outro, anuindo um pouco com a cabeça.

— Bom saber — falou Bird, mas Earl não parecia ouvi-lo. Ele ainda anuía.

— A minha Lizzie sempre cuidou do pai — falou.

Bird também acenou com a cabeça.

— Lamento muito — disse ele.

Earl falou:

— Ôpa. — E se levantou.

Então era isso, pensou Bird. Uma conversa breve, todas as coisas consideradas, mas às vezes eram assim. Não era apenas a polícia local; as famílias do falecido nem sempre ficavam felizes em vê-lo, especialmente depois de passado tanto tempo. Alguns dispensavam uns minutinhos de gentilezas antes que algo endurecesse atrás de seus olhos, e Bird se visse enxotado pela porta. Alguns nunca nem abriam a porta. Ele compreendia. Nem todo mundo gostava de ser lembrado do que tinha perdido. Para algumas pessoas, a única coisa a fazer era abandonar o passado, deixar os mortos descansarem e seguir em frente sem eles. Era o que fazia Earl Ouellette. Bird faria o mesmo, embora tivesse mais uma parada antes de partir. Uma paradinha rápida no local onde a enterraram, para dizer oi, adeus e sinto muito.

Sinto muito, Lizzie.

Atravessou a sala, passou pela minigeladeira, os olhos vagando uma última vez pelo cartão-postal, pelas fotos.

— Cuide-se, Earl — falou, mas seu olhar permaneceu na foto do casamento de Lizzie. Olhando para trás por cima do ombro, os lábios ligeiramente entreabertos, como se pega de surpresa. A expressão em seu rosto era cautelosa, mas os olhos azuis eram claros e ferozes. Ela parecia consciente, desperta, viva, e nas periferias de sua memória algo bruxuleou. Algo familiar. Uma sombra em forma de mulher. Os cabelos torcidos sobre a cabeça, o rubor de esforço nas faces. Mas ela se afastava dele, já desaparecendo. Um fantasma. Um fantasma de um fantasma.

— Cuida *d'ocê* também — desejou Earl. A porta rangeu ao se abrir.

Bird atravessou a porta, retornando ao calor da tarde, e por um momento ele sentiu na ponta da língua uma pergunta sem resposta. Algo que não havia sido dito, talvez até algo importante. Mas era tarde demais: a porta já estava fechada atrás dele, e o sol era tão quente, claro e ofuscante que ele sentiu vontade de espirrar. Espremeu os olhos, fungou, depois desceu os degraus até o carro, abriu a porta, virou a chave na ignição. À esquerda da entrada, outra esquerda para a rua principal da cidade, e então voava. Passou pela gelateria de Copper Falls, onde uma velha de cara azeda recebia os pedidos através de uma janela. Passou pelo edifício municipal, em cuja entrada estava o xerife Ryan, que acenou quando viu a viatura. Passou pela igreja no topo da colina, com seu cemitério ao lado, nas sombras, e, embora Bird tivesse planejado uma pausa aqui, ele não parou. Parar no túmulo de Lizzie Ouellette de repente pareceu desnecessário. Um gesto oco, uma batida na porta de uma casa onde já se sabia que ninguém morava. Bastava dedicar um pensamento, decidiu ele, e a viatura foi em frente. Pé na tábua.

Sinto muito, Lizzie.

ACONTECEU APENAS MAIS uma vez enquanto saía de Copper Falls: a sensação mais ínfima, apenas um átimo de segundo de que algo lhe tinha escapado. Todavia, vasculhando a mente no local outrora bruxuleante, o que quer que tenha sido já não estava mais lá.

AGRADECIMENTOS

Obrigada aos amigos e colegas escritores que forneceram leituras prévias, conselhos valiosos, verificações de sanidade e extensa torcida enquanto eu trabalhava neste livro: Leigh Stein, Julia Strayer, Sandra Rodriguez Barron, Phoebe Maltz Bovy, Amy Wilkinson, Katie Herzog, Jesse Singal e Nick Schoenfeld.

Obrigada à minha mãe, Helen Kelly, a leitora beta mais entusiasmada do mundo.

Tenho uma enorme dívida com estes especialistas: Lennie Daniels, policial aposentado do estado de Nova York, que respondeu às minhas perguntas sobre investigações criminais e procedimentos legais em conflitos no campo. Andrew Fleischman, advogado de defesa e seguidor A+ no Twitter, forneceu experiência jurídica (incluindo a melhor fala de Kurt Geller). Joshua Rosenfield (também conhecido como o meu pai) arrematou com conhecimento médico. Quaisquer imprecisões ou liberdades criativas são minha culpa, não deles.

Obrigada a Margaret Garland por me colocar em contato com Lennie.

Sou extremamente grata a Yfat Reiss Gendell por ser meu agente ao longo de sete anos, vários gêneros, duas convenções de quadrinhos e uma pandemia global.

Foi um privilégio incrível trabalhar com Rachel Kahan, cuja visão e entusiasmo tornaram esta história melhor. Obrigada também à incrível equipe de William Morrow, que transformou um manuscrito confuso neste livro.

Obrigada ao meu irmão, Noah Rosenfield (a quem este livro é dedicado), por sempre estar disposto a discutir uma ideia. Um programa de TV em que alguns cães são policiais e outros são apenas cães: faz sentido isso?

E, finalmente, obrigada a Brad Anderson, que em nada se assemelha a nenhum dos vários maridos terríveis deste livro. Exceto pela barba. Eu te amo.

SOBRE A AUTORA

KAT ROSENFIELD trabalhou em parceria com o grande e saudoso Stan Lee como coautora de *Um Truque de Luz, best-seller* do *New York Times,* e também escreveu dois aclamados títulos Young Adult — os indicados ao Prêmio Edgar *Amelia Anne is Dead and Gone* e *Inland*. Ex-repórter da *MTV News,* seu trabalho como escritora política e sobre cultura *pop* apareceu em *Wired, Vulture, Entertainment Weekly, Playboy, Us Weekly* e *TV Guide.*

CONHEÇA OUTROS LIVROS DO SELO

Autora colunista em *Modern Love*

Profundo e comovente

UM THRILLER PSICÓLOGICO PROFUNDO E COMOVENTE.

Anna Hart, uma detetive de São Francisco especializada em casos de desaparecimento, retorna para sua cidade natal e se depara com um crime assustadoramente similar ao que ocorrera no momento mais crucial da sua infância, e que mudou a comunidade para sempre...

DUAS MELHORES AMIGAS. AS FÉRIAS DOS SONHOS. O ASSASSINATO PERFEITO?

Emily está nas montanhas do Chile com sua melhor amiga, Kristen, em sua viagem anual de reencontro. Mas na última noite da viagem, Emily entra na suíte do hotel e encontra sangue e cacos de vidro no chão. Kristen alega que o mochileiro charmoso que ela levou para o quarto delas a atacou, e ela não teve escolha a não ser matá-lo em legítima defesa. Ainda mais chocante: a cena é terrivelmente parecida com a viagem do ano anterior, quando outro mochileiro acabou morto. Emily não consegue acreditar que isso aconteceu... novamente.

Suspense Psicológico

Reviravoltas

Protagonismo feminino

Todas as imagens são meramente ilustrativas.

 /altanoveleditora  /altanovel

Este livro foi impresso nas oficinas gráficas da Editora Vozes Ltda.,
Rua Frei Luís, 100 – Petrópolis, RJ.